Nané Lénard
SchattenHaut

Bibliografische Information der Deutschen Nationalbibliothek
Die Deutsche Nationalbibliothek verzeichnet diese Publikation in der
Deutschen Nationalbibliografie; detaillierte bibliografische Daten sind im
Internet abrufbar über http://dnb.ddb.de

© 2011 CW Niemeyer Buchverlage GmbH, Hameln

4. Auflage 2015
www.niemeyer-buch.de
Alle Rechte vorbehalten
Umschlaggestaltung: Brigitte Mück
Umschlagabbildung: Nach einem Gemälde von Rolf Netzer, Bückeburg
Druck und Bindung: Nørhaven, Viborg
Printed in Germany
ISBN 978-3-8271-9403-9

Nané Lénard

SchattenHaut

CW Niemeyer N

Der Roman spielt hauptsächlich in einer allseits bekannten Stadt des Weserberglands, doch bleiben die Geschehnisse reine Fiktion. Sämtliche Handlungen und Charaktere sind frei erfunden.

Über die Autorin:

Nané Lénard wurde 1965 in Bückeburg geboren, ist verheiratet und Mutter von zwei erwachsenen Kindern. Nach dem Abitur und einer Ausbildung im medizinischen Bereich studierte sie später Rechts- und Sozialwissenschaften sowie Neue deutsche Literaturwissenschaften.

Von 1998 an war sie als Freie Journalistin für die regionale Presse tätig. Ab 2009 arbeitete sie für unterschiedliche Firmen im Bereich Marketing und Redaktion. Seit 2014 ist Lénard als freiberufliche Schriftstellerin tätig.

Von ihr wurden neben den Romanen bereits mehrere Gedichte und Kurzgeschichten veröffentlicht.

Mehr über Nané Lénard und ihre Aktivitäten erfahren Sie unter www.nanelenard.de

Haut, die im Dunklen verborgen,
vergiftet das Heute ins Morgen
und tötet die Seele aus Leid.

Denn was am Anfang geborgen,
geliebt und bewahrt war vor Sorgen,
muss weichen den Zeichen der Zeit.

Was schmerzlich als Fluch nur dem Träger vertraut,
lebt schweigend und lichtlos als Schattenhaut.

Anfang und Ende

16. Juli 1963, 21:30 Uhr

Sie konnte ihr eigenes Blut riechen. Der Schmerz, dieser unglaubliche Schmerz wollte nicht von ihr verschwinden. Er ließ ihr kaum die Möglichkeit zum Atmen. Sie schrie, doch es kam nur noch ein heiseres Krächzen. Noch während sie gegen das Messer ankämpfte, das in ihr zu stecken schien, war plötzlich alles vorbei.

Ende und Anfang.

Und während der Tag und ihre Kraft dahindämmerten, hörte sie wie von Ferne, dass ihr jemand etwas zurief.

16. Juli 1963, 22:25 Uhr

„Es ist ein Mädchen!", sagte die Hebamme und strahlte die Mutter an.

Ein Glück, dachte sie, er hatte sich so sehr ein Mädchen gewünscht. Allmählich kehrten ihre Kräfte zurück. Der kurze Schlaf hatte ihr gut getan.

„Hier ist Ihre Tochter. Wie soll sie denn heißen?"

Vorsichtig bettete Hebamme Ute die Kleine in die Armbeuge der Mutter.

„Wir wollten sie gerne Susanne Michaela nennen", antwortete Gisela abwesend und hatte nur Augen für das winzige Gesicht. Sie bemerkte nicht einmal, wie sich leise die Tür schloss und sie plötzlich allein im Raum war. Nein, nicht ganz allein. Susi machte auf sich aufmerksam. Sie schmatzte und gluckste im Schlaf.

Unter der Frankenburg war der Herbst eingezogen. Wolf Hetzer streckte sich gemütlich vor seinem Kaminofen aus und hielt die feuchten Wollsocken in die Wärme. Er hätte Gummistiefel anziehen sollen, dachte er, aber wie gewöhnlich war er in seine Lieblingsschuhe gestiegen und hatte nicht weiter darüber nachgedacht, dass Waldwege feucht sein könnten. Vor allem Wege, wie Gaga sie liebte. Seine Schäferhündin war in allem eine Lady, aber eben ein bisschen gaga. Die Sängerin war nach ihr benannt. Darauf bestand Hetzer, denn seine Hündin trug den Namen zuerst.

Mittlerweile waren die Socken zwar warm, feucht waren sie aber immer noch. Mit einem Seufzer stand Hetzer auf, streifte sie sich von den Füßen und ging auf Zehenspitzen nach oben ins Schlafzimmer. Der Steinfußboden war trotz des Ofens kalt, da waren die Holzdielen im Schlafzimmer eindeutig angenehmer. In der Schublade ging der Sockenvorrat gegen null. Mist, ich muss waschen, dachte er und torkelte auf einem Bein, weil er mit dem Bund an der Hacke hängen geblieben war. Dabei wäre er fast auf Gagas Pfote gestiegen. Sie folgte ihm immer.

Hetzer wohnte erst seit ein paar Wochen in Todenmann. Hinter dem Berg hatte er alles zurückgelassen. Die alte Kate am Waldesrand war ein wenig baufällig gewesen, als er sie Anfang des Sommers zu einem Spottpreis kaufte. Jetzt war er weit weg von allem, von der Vergangenheit und über den Berg, wenn man so wollte. Nach und nach hatte er Altes restauriert und Kaputtes ersetzt. Das hatte ihn abgelenkt von sich selbst. Dreieinhalb Räume mit Küche und Bad waren jetzt sein neues Zuhause. Er teilte sie mit Gaga, Emil und den beiden Katern. Letztere waren ihm geblieben – von ihr. Zwei Kater als Halbwaisen. Emil, der Ganter, hielt draußen Wache, darin stand er Gaga in nichts nach.

Als es zu dämmern begann, streckte sich Hetzer gemütlich auf seinem Sofa aus und strich sich die krausen Haare aus dem Gesicht. Er hatte eben noch Holz nachgelegt und Emil in den Stall gebracht. Die Flammen tanzten hinter der Scheibe. Auf Gaga und ihm lag immer noch der Duft des Herbstes, feucht, leicht modrig und rau von der Nebelluft. Er dachte an den Wald, den er liebte und verdrängte das, was dahinter lag. Das Feuer machte ihn schläfrig und so döste er seinem ersten Arbeitstag im Rintelner Kommissariat entgegen.

Am selben Abend, 21:56 Uhr

Es klingelte. Josef war in seinem Ohrensessel über einem Buch und einem Glas Rotwein eingenickt. Jetzt streckte er sich, sah, dass die Standuhr beinahe zehn zeigte. Schwerfällig quälte er sich aus dem Sessel, alle Knochen taten ihm weh.

Wer rief denn jetzt noch an? Weil er noch nicht ganz wach war, wäre ihm der Hörer fast wieder aus der Hand gefallen. Aber er erwischte ihn noch und riss ihn ans Ohr.

„Guten Abend", sagte die sanfte Stimme in der Leitung, „spreche ich mit Pfarrer Josef Fraas?"

„Am Apparat!"

„Ich werde mich umbringen."

Jetzt war Josef mit einem Schlag wach. Er war im Ruhestand. Dachte, dass er diese menschlichen Katastrophen hinter sich gelassen hatte.

„Hören Sie, bitte, es gibt für alles eine Lösung, einen Ausweg. Wie heißen Sie?"

„Es gibt nicht immer einen Ausweg, und wie ich heiße, tut nichts zur Sache. Mein Name gehört ohnehin nicht zu mir."

„Wer ist Ihr Seelsorger? Soll ich ihn für Sie anrufen? Gehören Sie zur Hamelner Gemeinde?"

„In diesem Fall sind auf jeden Fall Sie mein ‚Seelsorger'. Sorgen Sie sich um meine Seele?"

„Dann kennen wir uns? Sind wir uns schon begegnet? Natürlich sorge ich mich um Ihre Seele, ich sorge mich um die Seele eines jeden Menschen. Vielleicht will Ihre heute gerettet werden."

„Wenn Sie wirklich etwas für meine Seele tun wollen, dann kommen Sie runter zur Weser. Ich bin direkt am Ende der Fontanestraße den Trampelpfad heruntergegangen und dann ein Stück flussabwärts. Hier ist es so schön einsam, wie geschaffen für einen Freitod. Aber lassen Sie sich nicht allzu viel Zeit. Ich stehe schon mit den Füßen im Wasser, ich will nur die letzte Ölung."

„Warten Sie, es ist viel zu kalt, wir haben Oktober. Herrgott, Maria und Josef. Tun sie nichts Unüberlegtes. Ich bin gleich da und dann reden wir. Ich habe es nicht weit. Ich muss nur schnell was anziehen. In fünf, maximal zehn Minuten bin ich da. Ich bringe Ihnen eine Decke mit."

„Das wird nicht mehr nötig sein", sagte die Stimme und legte auf.

Jetzt hatte es Fraas eilig. Der Fremde meinte es ernst, er hatte keine Zeit mehr. Den Notruf wollte und konnte er auch nicht mehr verständigen, außerdem kamen die immer mit so viel Trara. Wer weiß, ob der Mann verschreckt werden würde. Dann konnte es zu einer Kurzschlussreaktion kommen. Nein, er musste da allein hin, und zwar schnell. Im Keller stieg er in seine Schuhe und seinen Wintermantel, griff die große Taschenlampe, warf sich eine Decke über die Schulter und ging so schnell er konnte in Richtung Fluss. Früher hätte er rennen können, aber das ließen seine alten Knochen nicht mehr zu, er war schon über siebzig. Vielleicht war es gut, dass der Fremde ihn angerufen hatte, immerhin hatte er Erfahrung mit Menschen in den schwierigsten Lebenssituationen.

Der Weg hinunter zum Ufer war für ihn eine Herausforderung. Ohne Taschenlampe wäre er sicher gestürzt, hier war es stockfinster. Nur manchmal riss die Wolkendecke durch den starken Wind auf. Da brachte der Mond wenig Licht.

Es war fast Neumond.

„Hier bin ich", raunte die sanfte Stimme nahe dem Flussufer.

Der Mann stand tatsächlich im Wasser.

„Kommen Sie raus, lassen Sie uns in Ruhe reden."

„Wir können auch so reden. Was möchten Sie mir denn sagen?"

„Ich möchte Ihnen sagen, dass Sie – egal was Ihnen passiert ist – immer wieder Freude am Leben finden können. Es wird auch wieder schöne Tage geben."

Ein Lachen durchriss den Sturm. Es war mehr ein Schreien, das nur langsam über dem Flussbett verhallte.

„Das sind leere Worte, Sie können sich gar nicht vorstellen, wie leer diese Worte sind – vor allem für mich. Alles Phrasen, alles Geplapper. Haben Sie nicht mehr zu bieten?"

„Sie müssen mir erklären, was Ihnen geschehen ist. Ich möchte Ihnen so gerne helfen. Aber das kann ich nicht, wenn ich nicht weiß, was passiert ist."

„Oh, das sollten Sie aber genau wissen, denn Sie sind dafür verantwortlich. Sie gehören zu den Menschen, die mich zu dem gemacht haben, was ich bin. Es war Ihre Entscheidung, Ihr Rat. Sie sind ein Teil des Gerichts gewesen, das über mich geurteilt hat. In diesem Moment haben Sie meine Seele zerstört und darum ist sie jetzt auch nicht mehr zu retten."

Der Fremde machte einen Schritt rückwärts und stand jetzt bis zu den Knien im Wasser.

„So warten Sie doch! Bitte lassen Sie mich Ihnen helfen. Wie kann ich das Unrecht wiedergutmachen, das Ihnen geschehen ist. Was um Himmels willen habe ich denn getan ...?"

Fraas dachte nach. Sicher hatte er in seiner Amtszeit Fehler gemacht. Und ganz bestimmt war sein Rat nicht immer der richtige gewesen. Aber er hatte stets in guter Absicht, im Sinne Gottes gehandelt. Das musste ihm der Fremde doch glauben.

„... bitte sagen Sie mir, was damals passiert ist, ich möchte Ihnen wirklich helfen. Bitte!"

„Dann müssen Sie zu mir kommen. Ich kann es nicht laut sagen. Es muss im Verborgenen bleiben. Niemand darf es wissen."

„Hier kann Sie doch niemand hören. Meinen Sie, dass ich zu Ihnen ins Wasser kommen soll? Hier ist doch niemand. Ich bin alt, meine Füße werden nass. Es ist schon so bitterkalt. Bitte nehmen Sie Rücksicht und kommen Sie ans Ufer."

„Auf keinen Fall. Wenn Sie nicht kommen, haben Sie auch noch den Rest meiner armseligen Seele auf dem Gewissen. Ich gehe jetzt weiter rein. Meine Unterschenkel spüre ich schon nicht mehr."

„Halt!", rief Pfarrer Josef und setzte den ersten Fuß schaudernd in die Weser, „ich komme ja."

Das Gehen im Wasser fiel ihm schwer, sofort drang es in das warme Futter seiner Schuhe. Es war, als hätte er Blei an den Füßen. Als er den Mann erreichte, schaute er ihn direkt an.

Er hatte keine Erinnerung an dieses Gesicht, er kannte ihn nicht. Seine Beine und Füße froren erbärmlich.

„Drehen Sie sich zur Seite, damit ich Ihnen ins Ohr flüstern kann, was mich bedrückt", bat der Mann.

„Hier kann uns doch nun wirklich niemand hören", sagte Fraas und neigte sich zu ihm.

Als er nun hörte, was der Unbekannte in seine Ohrmuschel sprach, wusste er, dass es wirklich nur leise gesagt werden konnte. Blankes Entsetzen stand in seinen Augen. Das hatte er alles nicht gewusst. Das waren damals andere Zeiten gewesen. Dafür konnte man ihn doch nicht verantwortlich machen. Und noch während er über das Gesagte nachdachte, das dem Mann angetan und jetzt ihm zur Last gelegt werden sollte, hörte das Denken einfach auf, er atmete nur noch, dann gaben seine Beine nach.

Der Fremde fing den Pfarrer auf. Ja, niemand war schuld. Er war das Opfer, aber niemand trug die Schuld. Er schleifte den Bewusstlosen ans Ufer und legte ihn im Gras ab. Da er eine Anglerhose trug, war er vollkommen trocken geblieben.

Jetzt lag er da, der Geistliche, der Seelenretter, der Seelsorger. Gottes Sprachrohr auf Erden. Es konnte nicht Gottes Wille gewesen sein, zu dem er damals geraten hatte. Das wäre doch ein Widerspruch in sich gewesen. Diese verlogene Ratte. Er war überfordert gewesen. Für ihn hatte es nur schwarz und weiß gegeben. Keine Graustufen. Das Denken war beschränkt, sein Rat tendierte zum kleineren Übel. Es war einfacher, ein Loch zu graben, als einen Pfahl zu bauen.

Dafür würde er jetzt büßen, würde dieselbe Erfahrung machen. Aber nur kurz, denn dann würde er ihn ersäufen, wie eine Ratte. Wie die Ratte, die er gewesen war.

Der fast blutleere Körper versank in der Weser wie ein Stein. So ein Wintermantel konnte viele Kilo schwer werden. Da war Josef Fraas immer noch nicht tot. Aber er war viel zu schwach vor Kälte, vom

Schmerz und von der Schmach, dass er den Weg zum Allerhöchsten dankbar annahm und ertrank.

Der entseelte Pfarrer trieb langsam in Richtung Fluss-mitte, wo die Strömung am stärksten war. Sie nahm ihn gnädig auf und spielte mit ihm. Zog ihn unter Wasser in einen Strudel, spie ihn fünf Meter weiter wieder aus, drehte mit ihm eine Pirouette und ließ sein Haar wie im Wind flattern. Im Tod hatte er sich vor Schmerz zusammengekrümmt. Wie ein großer Em-bryo mit Mantel und Schuhen meisterte er die ersten beiden Weserkrümmungen vor Wehrbergen und glitt dann etwas gestreckter in nordwestlicher Richtung davon.

Im Bogen bei Hessisch Oldendorf blieb Josef zu-nächst an einer alten Tonne hängen, die auf dem We-sergrund gestrandet war. Doch der Mantel zog ihn wieder in die Strömung zurück. Inzwischen hatten sich zwei Knöpfe aus den Löchern gelöst.

Westwärts trieb das Wasser ihn jetzt, und die schmale Sichel des Mondes beleuchtete seinen Weg, vorbei an Fuhlen, Rumbeck und Großenwieden, wo die Weser erneut einen Haken schlug und mehrfach die Richtung änderte. Josef hatte seine Not mit den Windungen, denn dort blieb er leicht am Ufer in den Ästen hängen. Einmal sogar über eine Stunde, bis das Holz dem Gewicht nachgab und als Anhängsel mit-schwamm. Der Ast war wohl auch der Grund, warum der Leichnam einige Flusskilometer weiter unterhalb des Weserangerbades in Rinteln strandete. Er bohrte sich in eine der Buchten in den sandigen Untergrund. Ein nächtliches Schiff spülte ihn mit seinen Heckwel-len an Land.

Und da lag er nun in der Morgendämmerung. Ein schwarzes Stück Strandgut, steif wie ein Baumstamm. Für eine Wasserleiche sah er gut aus. Dafür hatte die Kälte der Weser gesorgt. Nicht einmal die Fingerkuppen waren aufgequollen.

Dass er trotzdem die Spaziergängerin erschreckte, hätte er selbst am wenigsten gewollt. Aber es war nicht zu ändern. Er war tot und genau das sah man ihm an. Martha Schulze stieß einen Schrei aus, zog ihren Dackel so schnell sie konnte in die entgegengesetzte Richtung. Durch den Schrei waren andere Passanten oben auf der Weserbrücke aufmerksam geworden. Als die Polizei gegen neun Uhr am Tatort eintraf, hatte sich dort bereits eine Menge Schaulustiger versammelt, die von der Brücke gafften. Polizeikommissar Wilfried Müller hatte auch von Ferne mit einem Blick erkannt, dass hier andere Kräfte angefordert werden mussten. Über Funk informierte er die Kripo in Nienburg und Rinteln. Er ließ das Gelände weiträumig, sowie die Brücke für Fußgänger, absperren. Dass auf der gegenüberliegenden Seite der Weser bereits ebenfalls Katastrophentouristen lauerten, konnte er nicht verhindern. Die Wasserschutzpolizei aus Hameln war bereits unterwegs. Schichtführer Müller wollte alles Notwendige veranlasst haben, bis die Kripo eintraf.

Schon vor dem ersten Weckerklingeln war Wolf Hetzer wach. Er war nicht direkt aufgeregt, aber es war schon ein besonderer Tag. Die Rintelner Beamten, die er sonst nur von städteübergreifenden Ermittlungen kannte, würden ab heute seine neuen Kollegen sein.

Gaga tat, als schliefe sie noch, doch er wusste es besser. Sie hatte ihren Kopf auf seinen Hausschuh gelegt. Vorsichtig stupste er sie mit der großen Zehe, worauf sie sich brummend auf die Seite rollte und den Schuh freigab.

Im Bad war es frisch. Mist, er hatte vergessen, das Fenster zuzumachen. Nachts war es jetzt schon empfindlich kalt. Bibbernd kam er aus der Dusche, stieg sofort in seinen Bademantel und floh in die Küche. Ein heißer Kaffee war jetzt genau das Richtige. Die Brötchen hingen schon an der Haustür. Diesen Luxus leistete er sich. Wo gab es das schon noch, außer in Todenmann, dass einem jemand die Brötchen ans Haus brachte. In den ersten Wochen hatte Gaga noch angeschlagen. Jetzt kannte sie den jungen Mann und blinzelte nur noch einmal müde in Richtung Tür, wenn der Bote kam, der außerdem die Zeitung mitbrachte.

Bevor der Kaffee durchgelaufen war, sprang Hetzer in Jeans und Hemd. Er musste Gaga und Emil rauslassen.

Der Tag schien schön zu werden, leichter Raureif lag auf der Wiese. Weiter oben hing noch der Nebel in den Bäumen und machte das Bunte blasser. Aber kalt war es. Verdammt kalt. Schnell zurück in die warme Küche. Der Duft von Kaffee und Brötchen war berauschend. Es ging doch nichts über ein gemütliches Frühstück. Dafür stand Wolf Hetzer sogar früher auf, denn er hasste Hektik am Morgen. Das Croissant aß er zuletzt. Er musste immer einen süßen Abschluss haben.

Gegen halb acht verließ er das Haus, stieg in seinen Ford und fuhr in Richtung Stadt. Die alten Bahnschienen humpelten noch wie vor zwanzig Jahren. Kurz hinter der Weserbrücke bog er rechts ab und fuhr durch die Drift zum Hasphurtweg. Jetzt hatte er hinter der Wache sogar seinen eigenen Parkplatz.

„Guten Morgen und herzlich willkommen!", begrüßte ihn Kriminalhauptkommissar Mensching. „Was für ein Einstand! Sie können gleich mitkommen. Wir haben eine Leiche am Weserufer."

„Klar", grinste Hetzer, „das haben Sie extra für mich organisiert."

Mensching stutzte, dann schmunzelte auch er. „Nein, im Ernst, das ist kein Witz. Es ist heute Morgen ein toter Mann westlich des Weserangerbades angespült worden. Und nun zack, zack. Sie fahren mit Kruse. Er ist Ihr neuer Partner."

Bei Peter Kruse hatte die Wirkung des Polizeisports über die Jahre stark nachgelassen. Er war jetzt Mitte dreißig und schwamm im Wasser auf jeden Fall oben. Dabei sah er nicht fett oder schwabbelig aus, eher in allem ein bisschen zu groß geraten. Mit seinen 195 cm Körperhöhe überragte er auch Hetzer um Haupteslänge. Kruse spielte gerne die zweite Geige. Verantwortung übernahm er durchaus, aber zu viel durfte es nicht sein. Er hatte ohnehin nicht damit gerechnet, dass er Hetzers Posten bekommen würde, und wenn er genau darüber nachdachte, war er auch jetzt heilfroh, dass dieser Kelch an ihm vorübergegangen war. Immerhin schien der Neue kein Spießer zu sein und auch kein arrogantes Arschloch. Er hatte die alte Schleuder gesehen, mit der Hetzer zum Dienst gekommen war.

Als Hetzer Kruses Hand schüttelte, in der sich seine eigene ganz verloren vorkam, zwinkerte er ihm zu und sagte:

„Wolf ist mein Name, aber ich beiße nicht."

„Na, dann sind wir jetzt Peter und der Wolf!", witzelte Kruse und musste selbst über seinen blöden Scherz am meisten lachen.

„Wer weiß, vielleicht werden wir so das gefürchtete Ermittlerduo ..."

„Ja, wer weiß ...", beruhigte sich Peter allmählich und warf Hetzer den BMW-Schlüssel zu. „Hier, jetzt kannst du mal ein ordentliches Auto fahren."

„Moment, meins fährt immerhin mit Gas und das ist ganz ordentlich – egal, wie es aussieht."

„Ist schon gut, ich wollte dich nicht ärgern. Komm, lass uns abdüsen. Willst du fahren oder soll ich?"

„Nee, fahr du mal, du kennst dich hier besser aus, außerdem bin ich eh nicht so scharf aufs Autofahren."

Gegen halb neun erreichten sie den Fundort über den Parkplatz am Weseranger. Hetzer musste feststellen, dass das Gras noch feucht war.

So ein Mist, gerade waren seine Lieblingsschuhe wieder trocken geworden. Na ja, sei's drum, das war nicht zu ändern. Sie konnten nachher schnell bei ihm zu Hause vorbeifahren. Er musste sowieso mal nach Gaga sehen.

Pfarrer Fraas lag auf dem Bauch. Noch verbarg der Mantel sein nacktes Gesäß. Am Hinterkopf sah es so aus, als habe er dort eine Verletzung. Als Hetzer und Kruse genauer hinsahen, entdeckten sie einen zehn Zentimeter langen Riss der Schädelhaut. Auch am

Hals klaffte ein Spalt im Fleisch. Das sah nicht nach einem natürlichen Tod aus.

Kruse rief in Stadthagen an und forderte die Rechtsmedizinerin an. Während sie warteten, sahen sie sich am Ufer der Weser um und überlegten, ob die Leiche flussaufwärts wohl ins Wasser gestoßen worden sein könnte. Sie glaubten nicht, dass er hier in Höhe des Weserangerbades getötet worden war. Der Blutverlust durch die Wunden musste groß gewesen sein, aber hier waren auf den ersten Blick im Gebiet rund um den Körper keine Blutspuren zu finden. Die KTU würde genauere Untersuchungen anstellen. Nachdenklich kehrten sie zum Toten zurück. Dr. Mechthild von der Weiden war eben angekommen.

„Moin", sagte sie und drückte Wolfs Hand so stark, dass er dadurch fast in die Knie ging. „Sie müssen der Neue sein. Ich bin Mechthild. Rechtsmedizin der MHH, Institut oder Außenstelle Stadthagen. Ganz, wie Sie wollen."

„Ich bin Wolf, Wolf Hetzer, um genau zu sein."

„Aber Sie beißen nicht? Kleiner Scherz. Den haben sich Ihre Eltern wohl auch erlaubt, damals – kurz nach Ihrer Geburt."

„Es konnte doch niemand wissen, dass ich zur Polizei gehen würde. Ich hätte auch Uhrmacher werden können."

„Auf keinen Fall! Mit dem Namen war das doch wohl Programm. Anderweitig hätten Sie sich eher blamiert. Ich habe mir meinen Namen auch nicht ausgesucht. Mechthild. Macht und Kampf. Aber er passt auch zu meinem Beruf. Vielleicht wird man, wie man geheißen wird? Doch nun genug des philosophischen Plauderns. Wir haben es hier mit einem Mann um die siebzig zu tun. Er ist wahrscheinlich noch keine zwölf

Stunden tot. Die kann er gut im Wasser verbracht haben. Er ist steif wie ein Brett. Bei diesen Temperaturen bleibt eine Wasserleiche schön frisch. Die typischen Erscheinungsmerkmale wie Waschhaut an den Fingerbeeren zeigen sich erst nach Tagen oder Wochen. Am hinteren Schädel – schauen Sie hier – sind ganz eindeutig Zeichen einer Verletzung zu erkennen, wahrscheinlich durch einen stumpfen Gegenstand. Ob dies die Todesursache gewesen ist, kann ich nicht sagen. Wenn Sie den Mantel anheben, werden Sie feststellen, dass der Tote keine Hose trägt. Das ist merkwürdig. Wir drehen ihn mal um."

Hetzer, Kruse und Dr. von der Weiden sogen fast gleichzeitig die kühle Morgenluft ein, als der Leichnam ein weiteres Geheimnis preisgab. Er war kastriert. Penis und Hoden waren mit sauberem Schnitt vom Körper abgetrennt worden.

Das erklärte es auch, dass der Unbekannte keine Totenflecken hatte.

Er war ausgeblutet.

An seiner Halsvorderseite war ebenfalls eine Verletzung zu sehen. Knapp vier Zentimeter lang, wie ein quer verlaufender Schnitt.

„Nichts für ungut, Wolf", sagte Mechthild zum Abschied. „Du hast mir das mit deinem Namen doch nicht übel genommen?"

„Keineswegs, ich kenne das doch. Oder glaubst du, du wärst die Erste gewesen, die mich deswegen geärgert hätte?"

„Nicht? Das ist aber schade!", schmunzelte die Pathologin. „Dann muss ich mir für das nächste Mal was besseres ausdenken. Du kannst mich übrigens ruhig Mica nennen."

„Wieso denn Mica? Fährst du wie eine Wildsau?"

„Vielleicht auch das. Und ich liebe Finnland. Aber nein, das hat nichts damit zu tun. Mica ist eine Koseform von Mechthild und etwas zeitgemäßer für eine Frau, die mitten im Leben steht. Ich rufe dich an, wenn ich noch etwas Interessantes herausfinde."

Es ließ sich nicht vermeiden, dass Mica zum Abschied Wolfs Hand drückte, aber diesmal war er darauf vorbereitet. Er hielt dagegen und fixierte sie mit seinen dunklen Augen. Sie grinste und stapfte durch das hohe Gras davon.

Hetzer und Kruse machten auf dem Rückweg zur Dienststelle einen kleinen Schlenker durch Todenmann. Wolf musste zugeben, dass der BMW die Steigungen zu seiner Kate unter der Frankenburg viel besser und satter meisterte als sein PS-schwacher Wagen mit Gasflasche. Ob der Heckantrieb natürlich hier im Winter auch so von Vorteil war, blieb mal dahingestellt. Doch noch war es Herbst. Und ein schöner Herbsttag obendrein. Dass er auch noch so spannend werden würde, hätte er nicht geglaubt.

Als die beiden auf den Hof fuhren, bellten Emil und Gaga im Duett. Gaga konnte durch den seitlichen Anbau, in dem heute der Hauswirtschaftsraum lag, das Haus verlassen, wann sie wollte. Das Grundstück war komplett eingezäunt, und er hatte eine Spezialklappe in die Tür bauen lassen. Sie funktionierte magnetisch, das Halsband war quasi die Eintrittskarte. Daher musste er sie normalerweise nicht zwischendurch in den Garten lassen.

Die nassen Schuhe hatten ebenfalls zu nassen Socken geführt. Wolf ließ beide im Hauswirtschaftsraum zum Trocknen und fühlte sich wie neugeboren, als er seine Kate mit einem neuen Fußensemble verließ. Warme Füße waren etwas Wertvolles. Peter hatte im

Auto gewartet. Er hatte heute keine Lust, Gaga kennenzulernen. Er konnte ja auch nicht wissen, dass er sich mehr vor Emil hätte fürchten sollen.

Während Wolf Hetzer und Peter Kruse zur Dienststelle zurückfuhren, hatte Stefan Berthold von der Wasserschutzpolizei in Hameln per Funk durchgegeben, dass der mögliche Tatort bei Flusskilometer 136 in Hameln, etwas weserabwärts der Fontanestraße, liegen könnte.

Dort habe man eine Hose mit Blutanhaftungen in einem Strauch am Wasser gefunden.

Hetzer und Kruse machten sofort kehrt, stiegen wieder in den silbernen BMW und rasten auf der 433 in Richtung Hameln davon.

„Hast du gesehen, Wolf, die Kollegen aus Nienburg sind auch schon da."

„Ja klar, der schwarze Volvo stand ein Stück weiter hinten."

„Na, dann ist es ja gut, dass wir schon weg sind. Die Verteilung der Aufgaben können wir uns auch noch nachher anhören. Das waren noch Zeiten, als die einzelnen Dienststellen auch bei Kapitalverbrechen autark waren. Jetzt müssen wir immer erst abwarten, was Papi dort oben meint."

Hetzer konnte sich das Grinsen nicht verkneifen.

„Nun sei doch nicht so hart, Peter, du wirst doch einsehen, dass hier einfach nicht genug passiert in unserem beschaulichen Weserbergland. In ganz Deutschland sind im letzten Jahr nur 365 Menschen ermordet worden. Die Gewalttaten halten sich auch in Grenzen. Da lohnt es sich einfach nicht, in jeder kleinen Stadt eine eigene Abteilung für Gewaltverbrechen zu beschäftigen. Und glaube mir, es wird bestimmt eine

Sonderkommission eingerichtet werden, die wir leiten sollen."

„Hm", brummte Peter, „dann ermitteln wir mal mit Aussicht auf die gnädige Erlaubnis von ‚Papi'."

Der wenig liebevoll „Papi" genannte Vorgesetzte war Kriminaloberrat Siegfried Eberlein, der – besonders bei Kapitalverbrechen – seine Finger im Spiel hatte.

Meist entsandte er einen seiner ihm untergebenen Hauptkommissare zur Sondierung der Lage, um anschließend durch dieses Sprachrohr Einfluss auf die Ermittlungen zu nehmen.

Sowohl Hetzer als auch Kruse kannten das Prozedere. Sie waren gespannt, wer ihnen diesmal zugeteilt werden würde.

Inzwischen hatten sie auf der Höhe von Hessisch Oldendorf die Weser überquert und fuhren nun auf der B 83 in Richtung Fischbeck.

Per Funk hielten sie mit den Kollegen auf dem Wasser Kontakt.

Sie hätten sie auch so nicht verfehlen können, denn das Boot war von der Straße aus gut sichtbar.

Direkt gegenüber der Einmündung zur Fontanestraße stellten sie den Wagen ab und schlenderten zum Ufer.

Hier war schon einiges los, die Spurensicherung war bereits vor Ort. Sie hatten den Bereich um den Strauch im Wasser und den Platz, wo das Opfer vermutlich ermordet worden war, abgesperrt. Hetzer und Kruse ließen sich zu der Stelle führen, wo das Gras wie im Kampf plattgewalzt und stellenweise wie mit rostroter Farbe bespritzt war.

„Wenn wir wüssten, wer der Tote ist, dann könnten wir besser verstehen, warum der Mann in der Nacht hierher gekommen ist, um seinen Mörder zu treffen."

„In dem Alter ist es auf jeden Fall nicht normal, so am Flussufer entlangzuspazieren, vor allem ohne Hund. Vielleicht ist er auch entführt worden."

„Auch mit Hund würdest du dich im Alter von siebzig Jahren nicht diesen Unebenheiten in der Dunkelheit aussetzen. Ich glaube ganz bestimmt, dass es einen wichtigen Grund gegeben haben muss, warum der Mann hier war. Komm, Peter, wir befragen mal die Bewohner in den Häusern an der Straße. Vielleicht hat jemand etwas gesehen oder gehört. Er muss doch geschrien haben, als er verletzt wurde."

In diesem Moment klingelte Hetzers Handy.

„Na, böser Wolf", stichelte Mica, „schon was erlegt? Oder hast du dein braun-graues Fell nur in den Wind gehalten?"

„Nein, meine liebe Mechthild." Hetzer sprach den Namen, den sie selbst so verabscheute, mit besonderer Inbrunst aus.

„Ist ja schon gut. Lassen wir den Mist. Ich wollte dir ein paar Informationen geben. Das Opfer muss gestern irgendwann zwischen 22:30 Uhr und Mitternacht gestorben sein. Dass der Mann kastriert war, hast du ja selbst gesehen, oder? Da lebte er leider noch. Es fehlt alles komplett und – man kann sagen, dass der Schnittverlauf fachlich nichts zu wünschen übrig lässt. Es könnte also sein, dass der Täter sich mit medizinischen Dingen auskennt oder Schlachter ist oder Bestatter."

„Oder Pathologe. Das vereint alles in einem. Mensch, Mica, du hast vielleicht eine Phantasie!"

„Ohne die könnte ich auch meinen Beruf nicht ausüben, glaub mir. Er ist übrigens nicht an dem Schlag auf den Kopf gestorben. Der war zwar ziemlich heftig und ich tippe auf eine Taschenlampe als Tatwaffe, aber zum Tod hat der Aufprall nicht geführt, wenigstens nicht in dem Moment. Es waren Glassplitter in der Wunde. Vielleicht liegt die Lampe noch irgendwo."

„Bisher ist keine Taschenlampe gefunden worden. Sie könnte natürlich auch in der Weser liegen."

„Könnte sie. Übrigens ist der Mann ertrunken. In seinen Lungen war reinstes Weserwasser. Ansonsten wäre er aber auch verblutet oder an den Spätfolgen des Schlags gestorben. Drei Möglichkeiten für einen Exitus. Der Mörder ist auf Nummer sicher gegangen, denke ich. Aber es ist noch etwas merkwürdig." Mica zögerte.

„Ach ja, was denn?"

„Der Schildknorpel des Kehlkopfes wurde entfernt. Vor seinem Tod. Das kann man – wie im Genitalbereich – auch hier an den Hautunterblutungen feststellen."

„Was hat das zu bedeuten?"

„Das weiß ich nicht. Auf jeden Fall konnte er so nicht mehr schreien. Vielleicht sollte er mundtot gemacht werden. Deshalb hat auch niemand etwas gehört. Leider ist sein Gesicht ein wenig lädiert. Er muss wohl beim Treiben im Wasser irgendwo entlang geschürft sein. Das war aber postmortem."

Hetzer bedankte sich und teilte der Pathologin noch mit, dass sie Blut vom möglichen Tatort zu ihr ins Institut schicken würden und die Hose des Opfer, falls sie ihm gehörte, aber davon ging er aus. Es passte einfach alles zu gut zusammen.

Wolf Hetzer und sein Kollege ließen die Spurensicherung ihre Arbeit machen.

Für sie beide war hier nichts weiter zu tun. Kruse hatte inzwischen über Funk nachgefragt, ob im Bereich

Hameln/Rinteln Männer um die siebzig vermisst wurden. Die Antwort war negativ.

In den Häusern rund um die Fundstelle kamen sie auch nicht weiter. Niemand hatte etwas gehört oder gesehen. Nur der alte Pfarrer Fraas sei nach zehn Uhr noch spazieren gegangen, erzählte Wolfgang Wehrmann aus der Fontanestraße.

Er habe ihn gesehen, als er mit Whiskey Gassi gewesen sei. Er schien es eilig gehabt zu haben – und ja, er sei in Richtung Weser unterwegs gewesen.

Hetzer und Kruse bedankten sich und klingelten an der Tür von Josef Fraas.

Niemand öffnete.

Der Nachbar, der im Hof Laub fegte, erzählte ihnen, dass die Haushälterin bis Dienstag bei ihrer Schwester sei, möglicherweise sei ja auch der Pfarrer verreist. Das wisse er nicht. Kruse notierte den Namen der Haushälterin und seufzte. Ihm knurrte der Magen.

„Sag mal, können wir irgendwo zwischendurch anhalten, wenn wir zurück zur Wache fahren. Ich könnte ein ganzes Schwein auf Toast essen."

Hetzer lachte und nickte.

So viel Menschenmasse musste natürlich versorgt werden.

Im Polizeikommissariat am Hasphurtweg war alles durch die übergeordnete Dienststelle geregelt worden. Der Beamte war sogar schon wieder weg.

„Na, siehst du, Peter, alles halb so wild!", sagte Wolf und klopfte dem Hünen auf die Schulter. Dabei musste er fast auf die Zehenspitzen steigen.

„Was ist halb so wild?", fragte Dienststellenleiter Mensching.

„Ich meinte, wir kommen ganz gut voran. Möglicherweise wissen wir bereits, wer das Opfer ist."

„Das ist gut. Sie werden nämlich die Sonderkommission ‚Orchidee' leiten. Kruse wird Ihnen zur Seite stehen."

„Das ist gut. Ich meine, dass ich die Kommission leite. Aber wieso ‚Orchidee'? Ich kann überhaupt keinen Zusammenhang erkennen. Gibt es dafür einen besonderen Grund?"

„Uns fiel kein besserer Name ein. Wir kennen bisher den Namen des Opfers nicht. Moko ‚Wasserleiche' war uns zu spektakulär. Einziges auffälliges Merkmal ist die Kastration. Die Staatsanwältin kam auf die Idee, als sie einem Telefongespräch mit der Rechtsmedizin zuhörte. Der Tote sei einer Orchiektomie zum Opfer gefallen, hieß es da. Frau Dr. Kukla hat das Wort nicht richtig verstanden. Es war also mehr oder weniger Zufall. Wir fanden das alle sehr lustig. Klingt ja auch schön unverfänglich. Sie hat übrigens großes Interesse daran, dass wir die Sache möglichst schnell aufklären. Wir möchten, dass Sie uns täglich Bericht erstatten. Ich werde zu Frau Dr. Kukla Kontakt halten."

„Moko Orchidee", grummelte Kruse, als sie wieder in ihrem Büro waren, wo Hetzer noch nicht einmal dazu gekommen war, seinen Platz einzurichten, „da ist man einmal außer Haus und schon fällt denen nur Mist ein. Eine Blümchen-Ermittlung."

„Das sind halt die Studierten. Da kannst du nichts machen. Sie haben immer Recht. Machen wir das Beste daraus."

Hetzer zog seinen Lieblingsstift aus der Tasche und stellte seine Tasse auf den Schreibtisch. „Ich habe überhaupt nur Lieblingssachen", dachte er. „Ich bin ein glücklicher Mensch."

„Wie gehen wir weiter vor, Wolf?"

„Versuch du mal, die Nummer von der Schwester der Haushälterin rauszukriegen. Dann können wir sie fragen, ob Pfarrer Fraas verreist ist. Ich frage mal eben nach, ob es weitere vermisste Personen im Umkreis gibt."

Nach einigen Telefonaten mit dem Hamelner Pfarramt hatte Kruse endlich die Nummer von Hilde Sawatzki notiert.

Das war ein großes Glück, denn er hatte keine Ahnung gehabt, wie die Schwester heißen könnte. Doch Datenbanken waren etwas Tolles. Und so dauerte es keine halbe Stunde, bis er Heide Brüderl am Apparat hatte.

„Brüderl."

„Guten Tag, Frau Brüderl. Bitte bekommen Sie keinen Schreck. Hier spricht die Kriminalpolizei Rinteln. Mein Name ist Wolf Hetzer. Wissen Sie, ob Pfarrer Fraas verreist ist?"

„Jesses, Maria und Josef. Na. Soweit i woaß, is der Herr Pfarrer scho dahoam. I hob mir a verlängert's Wochenend frei genumma, um mei Schwester in Hildesheim zu b'such'n. Herrgott na. I bet zum heiligen Antonius, dass ihr iam wiederfinden dat. Is iam woas zug'stoßen? I hob doch ois zurecht g'moacht g'hoabt. Es is a g'nug zum Essen do g'wen. Er hoat sei Wohnung überhaupts net verlassen müssen. Woas is denn g'schehn?"

„Das wissen wir nicht so genau. Wir wissen überhaupt nicht, ob es den Pfarrer Fraas betrifft. Haben Sie vielleicht ein Foto von ihm?"

„Es is oans im G'meindehaus von St. Elisabeth im Arndtweg. Doa sann Bilder von oall die ehemaligen Pfarrer. Oaber um Himmels wuill'n. Bitt' schön, so soagen 's mir doch, woas g'schehn is."

„Heute Morgen ist der Körper eines älteren Mannes in Rinteln am Weserufer angeschwemmt worden. Es gibt keine Vermisstenfälle in der Gegend. Bei unserer Befragung rund um den möglichen Tatort hat einer der Nachbarn angegeben, dass er Pfarrer Fraas spätabends gesehen hat, wie er in großer Eile Richtung Ufer gegangen ist."

„Na, des ko net sei. Des is net möglich, unser oider Pfarrer. So spat is der no nia aus'm Haus goanga." Ihre Stimme klang jetzt ein wenig ruhiger. „Des is a Irrtum. B'schtimmt is er verwechselt worn."

„Aber warum öffnet er dann jetzt nicht? Wir haben gegen Mittag bei ihm geklingelt. Niemand hat aufgemacht."

„Ah geh, wissen's, er ist scho ein bisserl taub auf die Ohrn, der guade Josef. Effentwell hoat er a a Musi g'hert. Mozart und Bach hoat er am liebsten mögn ..."

„Frau Brüderl, wir werden jetzt nach Hameln fahren und nach dem Foto fragen. Wenn sich etwas Neues ergibt, werden wir Ihnen Bescheid geben. Vielen Dank erst mal."

„Gern g'schehn, Herr Kommissar. Gott hoab Sie selig. I bet zum Herrgott, dass em Herrn Pfarrer nix Schlimm's g'scheng is."

Inzwischen war es halb vier geworden. Noch einmal Richtung Hameln, aber das war nicht zu ändern. Sie hätten auf diesen vagen Verdacht hin keinen Durchsuchungsbeschluss für das Haus von Josef Fraas bekommen.

Die katholische Pfarrgemeinde St. Elisabeth lag nicht allzu weit von der Fontanestraße entfernt.

Sie mussten die Löhner Eisenbahnlinie überqueren und ein Stück die Roseggerstraße Richtung Nordost fahren. Das Kirchenbüro war noch besetzt. Lisa Schäfer, die Pfarrsekretärin, führte die Beamten zu Pfarrer Josefs Foto, das in einer Reihe mit seinen Vorgängern hing.

Ohne Zweifel, das war der Mann aus dem Wasser. Sie hatten recht gehabt mit ihrer Vermutung. Das war eben der siebte Sinn, der Riecher, mit dem gute Kriminalbeamte ausgestattet waren.

„Unser guter Pfarrer Josef ist jetzt seit ein paar Jahren im Ruhestand. Er war Leiter der Verwaltungsstelle der katholischen Jugend, und darüber hinaus war er bei der Gemeinde sehr beliebt. Immer korrekt. Immer freundlich und hilfsbereit. Eben das, was man sich unter einem guten Hirten vorstellt. Was möchten Sie denn von Pfarrer Fraas? Sie erreichen ihn nur noch privat in der Fontanestraße, Richtung Weser. Soll ich ihn für Sie anrufen?"

„Das wird nicht möglich sein, Frau Schäfer. Pfarrer Fraas ist heute Morgen in Rinteln am Flussufer tot aufgefunden worden. Wären Sie bereit, ihn zu identifizieren?"

Lisa Schäfer wich zurück. Ihre Augen füllten sich mit Tränen.

„Der Pfarrer tot? In Rinteln? Was hat er denn da nur gewollt? Und wieso ist er tot? Identifizieren? Nein, nein, das kann ich nicht. Ich hole Ihnen Pfarrer Martin."

Sie rannte davon, als ob der Leibhaftige hinter ihr her war.

Wolf Hetzer blieb verdutzt zurück. Kruse zuckte mit den Achseln. „Ich kann sie verstehen."

Auch Pfarrer Martin war schon gesetzteren Alters und die Ruhe selbst.

„Frau Schäfer sagt, Sie haben unseren Pfarrer Josef tot aufgefunden? Am Flussufer in Rinteln hat er gelegen? Das ist ja unfassbar."

„Das müssen wir leider bestätigen. Dürfen wir uns vorstellen? Ich bin Kriminalhauptkommissar Wolf Hetzer und das ist mein Kollege Peter Kruse."

„Vielleicht können wir uns in mein Büro setzen, meine Herren? Das wäre angenehmer und der Situation angemessener, denke ich."

„Ja, vielen Dank. Kannten Sie Josef Fraas schon lange?"

„Oh ja, wir haben uns im Priesterseminar kennengelernt. Da war er fast fertig und ich noch ein Frischling."

„Was war er für ein Mensch?"

„Er war ruhig, besonnen, sehr ehrlich – auch wenn es unbequem war. Meist war er auch kompromissbereit. Nur zum Schluss hat ihm seine Starrköpfigkeit da manchmal einen Strich durch die Rechnung gemacht."

„Als Katholik würden Sie da sagen, dass er ein eher konservativer Geistlicher war, oder war er modernen Ideen gegenüber aufgeschlossen?"

„Oh, das lässt sich nicht so leicht sagen. In gewissen Ansichten war er im Mittelalter stehen geblieben. Dann wieder überraschte er uns mit Aussagen, die keiner von ihm erwartet hätte."

„Können Sie uns dafür ein Beispiel nennen?"

„Fraas hatte zum Beispiel Verständnis für geschlechtliche Liebe vor der Ehe, auch wenn sie nicht zur Zeugung von Nachkommen diente, aber er hätte nie einer Legalisierung der Partnerschaft gleichgeschlechtlicher Paare zugestimmt."

„Die liberalen Ideen, hat ihm die jemand übel genommen? Wissen Sie, ob es Menschen gab, die ihn verabscheuten?"

„Sie fragen so, als ob Pfarrer Josef keines natürlichen Todes gestorben sei."

„Das ist er auch nicht. Mehr können wir Ihnen aber zum momentanen Zeitpunkt nicht sagen."

„Soweit ich weiß, hatte er keine Neider und Feinde. Aber wer weiß, es gibt so viele schlechte Menschen."

„Wären Sie bereit, Herrn Fraas in der Rechtsmedizin in Stadthagen zu identifizieren? Wir würden das seiner Hausangestellten gerne ersparen."

„Selbstverständlich. Bitte rufen Sie mich einfach an."

„Uns wäre es am liebsten, wenn wir das gleich machen könnten. Wir nehmen Sie mit, wenn es Ihnen recht ist."

„Ja, gut, einverstanden. Wenn es so dringend ist. Einen Moment, ich muss nur kurz regeln, wer meine Jugendgruppe übernimmt. Dann stehe ich Ihnen zur Verfügung."

Pfarrer Martin Braun ging gemessenen Schrittes davon. Hetzer nahm sein Handy aus der Hosentasche und rief Mechthild an.

Hoffentlich war sie noch da.

„Ja?"

„Mica, bist du das? Hier ist Wolf."

„Grrr, ich kann jetzt schlecht. Ich stecke mitten in einer Leiche. Kannst du später anrufen?"

„Nein. Ich mache es kurz. Wie lange bist du noch da?"

„Ein paar Nieren und Eierstöcke lang."

„Ok, wir sind gleich da!", sagte Hetzer und legte auf, bevor sie Nein sagen konnte.

Gemeinsam mit Pfarrer Braun fuhren Hetzer und Kruse über die B 83 in Richtung Steinbergen. In Buchholz nahmen sie die 442, die Abkürzung durch den Bückeberg. Knapp eine halbe Stunde später erreichten sie das Kreiskrankenhaus Stadthagen.

Mica war noch da.

Sie wusch ihre Hände von all dem rein, was niemand zu genau wissen wollte.

„Na, Wolf, hast du eine Fährte aufgenommen? Du klangst so ruhelos."

„Darf ich vorstellen, das ist Dr. Mechthild von der Weiden. Ich weiß nicht, was spitzer ist, ihr Skalpell oder ihre Zunge."

Kruse verdrehte die Augen. Jetzt ging das schon wieder los.

„Wir wissen jetzt, wer der Mann ist, der heute Morgen in Rinteln angeschwemmt worden ist. Es handelt sich um den 72-jährigen ehemaligen Pfarrer der St. Elisabeth Gemeinde. Josef Fraas heißt, äh, hieß er. Pfarrer Braun ist sein Nachfolger. Er soll ihn identifizieren."

„Ah, na, dann kommt mal mit, ihr drei. Er liegt auf Nummer fünf, bestens restauriert – bis auf die kleine Schwachstelle natürlich."

Pfarrer Braun hob die Brauen.

„Was für eine Schwachstelle meinen Sie?"

„Das kann ich aus ermittlungstechnischen Gründen leider nicht sagen. Aber ich würde gerne mit Hauptkommissar Hetzer gleich noch ein paar Worte unter vier Augen wechseln, wenn Sie nichts dagegen haben."

Mica öffnete die Edelstahl-Tür, aus der es leicht dampfte. Dezent zog sie das weiße Laken gerade so weit vom Gesicht, dass dem Pfarrer der Anblick des Halsloches erspart blieb. Es klaffte leicht seitlich und sah unappetitlich aus. Braun hielt sich trotz allem bisher gut.

Er kämpfte wie alle mit der chemikalienlastigen Luft und den Gerüchen des Todes, die hier und dort unweigerlich in die Nase stiegen. Wer das nicht gewohnt war, brauchte starke Nerven oder einen starken Magen – am besten beides.

Pfarrer Braun nickte beim Anblick seines Vorgängers.

Es war eindeutig Fraas, kein Zweifel. Und es drängte ihn zu gehen. Kruse machte Wolf ein Zeichen, nahm den Geistlichen am Arm und verließ den Obduktionssaal.

„Du wolltest noch mit mir reden, Mica? Hast du noch etwas herausgefunden?"

„Ich habe über etwas nachgedacht. Wieso hat ihn der Mörder nicht einfach nur kastriert? Wieso hat er noch zusätzlich den Adamsapfel entfernt? Es hätte doch gereicht, ihm die Stimmbänder zu durchtrennen, damit er nicht schrie."

„Adamsapfel? Du hattest doch Schildknorpel gesagt?"

„Ach, wusstest du nicht, dass das dasselbe ist? Schildknorpel oder Cartilago thyroidea, im Volksmund auch Adamsapfel genannt."

„Und was wundert dich dann daran? Mich wundert nämlich jetzt nichts mehr. Er ist doch auch ein männliches Attribut, genau wie die Genitalien. Er sollte entmannt werden – in jeder Hinsicht. Nur warum?"

„Ja, warum? Dafür habe ich auch keine Erklärung. Vielleicht eine verschmähte Liebe. Aber du hast recht, das könnte eine sinnvolle Erklärung sein. Manchmal muss man Dinge erst aussprechen, bevor sie einem richtig ins Bewusstsein dringen."

„Morgen werden wir die Haushälterin befragen. Sie ist momentan bei ihrer Schwester. Mal sehen, ob sie mehr weiß oder eine Idee hat. Als Tatverdächtige fällt sie aus. Sie ist schon seit Samstag verreist."

„Selbst wenn sie in den Pfarrer verliebt war oder mit ihm eine Beziehung hatte, dann wird sie doch nicht so lange gewartet haben, um ihn jetzt noch umzubringen. Sie fällt sowieso aus, weil sie den schweren Körper unmöglich von der Kastrationsstelle ins Wasser gezogen haben kann. Und von selbst gegangen ist er bestimmt nicht. Du kannst davon ausgehen, dass er bewusstlos war. Der Schmerz, der Blutverlust – keine Chance."

„Sei's, wie es ist. Wir wissen noch zu wenig. Aber jetzt fahre ich erst mal nach Hause. Morgen früh geht es weiter."

„Dann gute Nacht, Herr Isegrim, Grünkäppchen muss noch aufräumen."

„Du bist plemplem, ehrwürdige Mechthildis, die Leichen haben dich wuschig gemacht. Beschäftige dich mal mehr mit den Lebenden."

Hetzer schmunzelte über die schrullige Pathologin und dachte, dass sie mindestens so gaga war wie seine Lady zu Hause.

Jetzt noch schnell nach Rinteln zur Dienststelle, dachte er, den Wagen tauschen und dann nach Hause in sein Paradies am Hang.

„Hör mal", sagte Peter zum Abschied, „ist dein Hund eigentlich sonst den ganzen Tag allein?"

„Nee, eine Nachbarin geht zweimal am Tag mit Gaga, außerdem sind die Katerbrüder da, die mit ihr kuscheln."

„Ich wollte nur sagen, ich hätte nichts dagegen, wenn wir sie gelegentlich mitnehmen."

„Du bist ein feiner Kerl, dass du an so was denkst. Ich bin froh, dass wir jetzt zusammenarbeiten. Also, dann bis morgen. Mal sehen, was der Tag bringt."

Hetzer schwang sich in seinen Ford. Er war doch noch gut in Schuss. Was sind schon acht Jahre. Hetzer gehörte nicht zu den Menschen, die spätestens alle zwei Jahre ein neues Auto brauchten. Für ihn war es einfach ein Transportmittel, mit dem man trocken von A nach B kam. Solange keine Macken auftraten, gab es keinen Grund für eine Veränderung. Veränderungen waren überhaupt nichts für ihn, dachte er und fragte sich, seit wann er das so massiv empfand.

Vielleicht seitdem es sie nicht mehr gab. Da musste wenigstens alles andere möglichst so bleiben wie es war, damit er Halt fand.

Nachdenklich fuhr er den Kirschenweg hinauf und parkte auf seinem Hof. Emil kam ihm schon flügelschlagend entgegen. Als Hetzer ihm den langen Hals kraulte, dachte er, dass es besser wäre, spätestens im Frühjahr einen Artgenossen anzuschaffen. Es war nicht gut, so allein zu sein. Für Emil. Im Sommer war es einfacher, da war Hetzer viel draußen. Und Emil in seiner Nähe. Gaga war inzwischen auch schon am Gartentor und wedelte. Sie hatten eigentlich nichts auszustehen, denn es gab Moni. Moni Kahlert war seine Nachbarin. Anfang 60, sehr sportlich und tiervernarrt. Ihr ultrakurzer Haarschnitt ließ die zierliche Frau zehn Jahre jünger aussehen. Moni war die Einzige, die ohne Furcht Stall, Hof und Haus betreten konnte. Die Tiere liebten sie. Manchmal hatte er den Eindruck, dass sie auch heimlich Staub wischte, doch er stellte ihr diese Frage nie. Im dämmernden Tageslicht kam es ihm heute so vor, als ob er besser durch die Fensterscheiben sehen konnte. Doch auch das würde ein offenes Geheimnis zwischen den beiden bleiben. Es war gut, dass es Menschen wie Moni gab. Hetzer wusste das zu schätzen und lud sie ab und zu zum Essen ein.

Als er vor dem Kaminofen kniete und die Asche entfernte, strichen die Katerbrüder um seine Beine. Das war das allabendliche Ritual. Sie wussten genau, dass es gleich warm werden würde und machten es sich auf dem Biedermeiersofa bequem.

Hetzer wartete, bis er sicher sein konnte, dass das Feuer nicht wieder ausgehen würde und ging in die Küche. Die Kartoffeln waren schnell geschält, halbiert, mit Öl und Rosmarin bestrichen und nach dem Salzen in den Ofen geschoben. Zwei Scheiben Rinderbraten in einer Rotweinsoße mit Gemüsebindung waren noch vom Sonntag übrig geblieben. Jetzt konnte er sich genüsslich ein Stündchen vor den Kamin legen, bis die Rosmarinkartoffeln fertig waren.

Emil war schon gefüttert und im Stall, Gaga lag ihm zu Füßen und die Kater schmiegten sich an seine Beine. Das waren fast Abende wie früher. Als sie noch da war. Aber daran wollte er nicht denken, oder doch? Er hatte dazugelernt. Am Anfang hatte er die Leere verdrängt, war viel unterwegs gewesen. Hatte Freunde getroffen oder eingeladen. Nur nicht allein sein mit sich. Mit sich und dem Schmerz. Der Schmerz, dieser unerträgliche, der nicht vorbeiging. Für den es keine Heilung gab.

In den Monaten, in denen er vom Dienst freigestellt gewesen war, musste er irgendwann begreifen, dass er sich ihm stellen musste, dass er ihn annehmen musste. Es machte keinen Sinn, die Orte zu meiden, an denen er mit ihr glücklich gewesen war. Was nützte es, das Schicksal zu verfluchen. Sie war fort und er musste weiterleben. Ohne sie und doch mit ihr. Mit den Erinnerungen an sie. Mit dem wohligen Gefühl, mit der Liebe, die er fühlte. Manchmal sprach er mit ihr und ahnte, was sie geantwortet hätte. Er war immer noch verbunden mit ihr. Mit niemandem würde er jemals wieder so eins sein. Bei diesen Gedanken und dem beruhigenden Schnurren der Katerbrüder schlief er ein, bis ihn der Backofen mit lautem Piepen weckte. Mühsam stand er auf, reckte sich und ließ das Fleisch auf dem Herd kurz in der Soße warm werden. In diesen Minuten deckte er rasch den Tisch, entkorkte eine Flasche Rotwein und nahm die Rosmarinkartoffeln aus dem Ofen. Hetzers Essbereich war eine wundersame Mischung aus alten Stühlen und einer Bank, die er in Nienstädt zusammengesucht hatte. Etwas aufgearbeitet, neu gepolstert und mit Lederbezügen versehen, sahen sie trotzdem nicht aus wie neu. Zusammen mit dem Tisch schmiegten sie sich in die Ecke des Wohnzimmers, wo die Treppe nach oben führte. Meist saß Hetzer auf der Bank. So hatte er den Raum im Blick und konnte auch von hier das Feuer sehen. Gaga verfolgte Wolf mit Nase und Augen, doch sie wusste, dass sie nichts bekam.

Man konnte Hetzer ruhigen Gewissens als Gourmet bezeichnen. Während er einen Schluck Rotwein im Mund zergehen, einen weiteren mit dem Rindfleisch melangieren ließ, dachte er an den toten Pfarrer. Es war für ihn so wenig verständlich, warum jemand Interesse daran haben könnte, einen alten Mann zu verstümmeln und dann in die Weser zu stoßen. Die kriminelle Energie des Tathergangs war enorm. Inwieweit das auf die Motive des Täters hindeuten würde, mussten sie herausfinden. Er würde morgen mit der Haushälterin sprechen, ob in der nahen Vergangenheit irgendetwas Außergewöhnliches passiert war oder ob der Pfarrer sich verändert hatte. Er musste auch Mechthild fragen, ob die DNA-Spuren der Kleidung schon ausgewertet waren und ob sich daraus irgendein Hinweis auf den Täter ergab.

Die Backofenkartoffeln waren vorzüglich. Hetzer bestreute sie ein bisschen mit Fleur de Sel. Dieses besondere Meersalz hatte ein anderes Aroma als herkömmliches Salz. Seine früheren Kollegen hatten immer abgewunken, wenn er so viel Aufheben um sein Essen machte oder gar seinen Tee genau nach Temperatur und Ziehzeit kochte. Sie machten gerne ihre Witze über ihn, aber sie waren Freunde gewesen, als es darauf ankam. Das war das Wichtigste. Über die Flachserei hatte er sich eher amüsiert und beim Fastfood angeekelt die Brauen hochgezogen. Wobei er gelegentlich einer Portion Pommes frites gegenüber nicht abgeneigt war, wenn sie gut gemacht war.

Nach dem Essen legte er sich noch ein Weilchen mit einem Buch auf sein Sofa und verpasste den Moment, als ihm die Augen zufielen. Das führte später dazu, dass die zunehmende Kälte ihn weckte und nach oben ins warme Bett trieb.

Montag, 4. Oktober 2010, 21:49 Uhr

Männer ließen sich leicht fangen. Sie waren so vertrauensselig. Vor allem bei Frauen. Denen konnten sie meist nicht widerstehen. Alkohol vernebelte ihnen zusätzlich die Sinne. Doch er hatte eine besondere Gabe. Er wirkte auf beide Geschlechter gleichermaßen anziehend.

Die Damen begehrten ihn fürs Bett und als Lebenspartner. Die Männer sahen in ihm einen echten Kumpel. Er war der Typ Mensch, mit dem man durch dick und dünn gehen konnte, das fühlten beide. Männer und Frauen.

Benno Kuhlmann saß nach der Ratssitzung noch mit einigen Parteibrüdern im „Stadtkater" und merkte nicht, dass er beobachtet wurde. Als sich das Lokal nach und nach leerte, fiel ihm der sympathische Mann auf, der da hinten so einsam am Tisch saß. Wähler waren immer wichtig. Vor allem neue. Kuhlmann schnappte sich sein Glas und ging – bereits leicht schwankend – auf den Fremden zu.

„Darf ich mich zu Ihnen setzen?", fragte er mit seinem gewohnten Politikerlächeln.
„Bitte, gerne."
„Sie sind sicher neu in der Stadt, wenn Sie hier so spät noch allein sitzen."

„Nicht so neu, dass mich noch nichts stört, aber ich bin auch noch nicht so lange hier, dass ich wegziehen müsste."

Und hier konnte Benno Kuhlmann einhaken. Er fragte nach. Wollte alles über den angenehmen Fremden wissen, vor allem, wo er ursprünglich herkam, wie es ihn hierher verschlagen hatte und wie es um seine politische Gesinnung stand. Auch, was er in Rinteln machte, wie es ihm dort gefiel, und so verstrickte sich Kuhlmann genau in dem Netz, das extra für ihn gesponnen worden war. Benno war sich sicher, einen neuen Wähler, ja vielleicht sogar einen Freund gefunden zu haben.

Lachend verließen sie später am Abend das Gasthaus, gingen über den Marktplatz und durch den Park, wo sie sich im Dunkel verloren.

Marga Kuhlmann merkte noch in der Nacht, dass etwas nicht stimmte. Benno mochte ihr nicht immer treu gewesen sein, aber gegen drei, halb vier kam er spätestens nach Hause. Jetzt war es halb fünf und somit fast schon Morgen, doch die Seite neben ihr im Bett war leer geblieben.

Sie stand auf und ging durch die hohen Räume. Vielleicht war er auf dem Sofa eingeschlafen. Doch auch dort war niemand. Sie geriet in Panik. Sah ihn im Geiste angespült am Weserufer oder mindestens aber im Wassergraben ertrunken. Sie wusste, dass er gerne dem Alkohol zusprach.

Gegen acht informierte sie die Polizei. Irgendwie hatte sie das Gefühl, dass er nie wiederkommen würde.

Etwas war zu Ende. Sie fragte sich, ob sie traurig wäre, wenn sie recht hätte und konnte sich diese Frage nicht beantworten. Ihre Ehe hielt nun schon über zwanzig Jahre – mehr oder weniger. Die Kinder waren aus dem Haus, sie hatte nie in ihrem Beruf gearbeitet. Sonst hatte sie für ihn alles gemacht. Immer adrett, alles aufgeräumt, der Garten ordentlich. Sie hatte vielversprechende Gäste bekocht, Kuchen gebacken für Hinz und Kunz und alten Leuten vorgelesen.

Er hatte repräsentiert, wichtig geguckt und sich nicht in die Karten sehen lassen. Sie wusste nichts von ihm. Ein Fremder war er für sie im Laufe der Zeit geworden. Ein Schwätzer, der sich selbst am liebsten reden hörte und manchmal dabei sogar in den Spiegel sah. Es verband sie nichts mehr mit ihm als die Vergangenheit und vielleicht die Gewohnheit des Alltags. Doch ohne ihn hatte sie gar nichts.

Es klingelte. Das wenigstens war ein Vorteil von Bennos Bekanntheitsgrad. Die Beamten kamen zu ihr und nahmen die Vermisstenanzeige auf.

24. Dezember 1971, gegen 17 Uhr

„Susi, du kannst reinkommen, der Weihnachtsmann war da. Beeil dich, dann kannst du ihn noch mit dem Schlitten durch die Nacht wegfahren sehen."

Die Mutter gab immer alles in der Weihnachtszeit. Schon Tage vorher wurde eingekauft, gekocht und gebacken. Eigentlich begann der Zauber zum ersten Advent, wenn sich die ganze alte Villa veränderte. Dort ein Mistelzweig über der Tür, Tannenzweige in Vasen, Kugeln im Fenster und Kerzen auf dem Adventskranz. Es duftete anders zu dieser Zeit, es fühlte sich auch anders an. Irgendwie weicher und ruhiger.

Susi hatte die ersten Tage der Weihnachtsferien damit verbracht, Winnetou II zu lesen.

Andere in ihrer Klasse waren noch nicht so weit, dass sie Bücher lesen konnten. Susi hatte sich das Lesen schon vorher selbst beigebracht. Das war im Grunde ganz einfach gewesen.

Sie wusste nicht, wieso die Erwachsenen so ein Geheimnis daraus machten.

In den Winnetou-Büchern war Susi völlig aufgegangen. Da war sie selbst zum Indianer geworden, hatte jedes Pferd im Griff und beherrschte die Kunst der Rauchzeichen. Im Sommer war sie nie anders anzutreffen als mit Köcher und Federschmuck. Pfeil und Bogen hatte sie sich selbst geschnitzt. Ein Stück Angelschnur hatte sie von Thomas bekommen. Die Prärie rund ums Haus und der angrenzende Wald gehörten ihr.

Sie war ganz gespannt auf die Bescherung. Schließlich hatte sie sich wichtige Dinge gewünscht. Reitstunden, eine Angel und natürlich Winnetou III. Den wollte sie bis zum Ende der Ferien durchgelesen haben. Darum zögerte sie auch nicht einen Moment, als Mutter nach ihr rief. Sie stürmte ins Wohnzimmer, in dem der Weihnachtsbaum stand. Eine Riesentanne von über drei Metern. Über und über mit Äpfeln, Nüssen, Kugeln und Kerzen geschmückt. Sie rannte auch zum Fenster, weil sie wusste, dass Mutter dachte, sie glaube noch an den Weihnachtsmann.

„Ach, schade Mama, er ist schon weg!"

„Da kann man nichts machen", sagte Mama mit einer Spur Bedauern in der Stimme. „Na, dann lass uns mal die Geschenke auspacken."

Susi rannte zu den Päckchen unter dem Baum. Wie herrlich, alles bunte Schachteln mit Schleifen – eine schöner als die andere.

„Dies hier ist für dich!", sagte Mama und strahlte.

Susi zog die Schleife auf, wickelte den Gegenstand aus dem Papier und erstarrte. „Hanni und Nanni sind immer dagegen" von Enid Blyton. Das war nicht ganz das, was sie sich gewünscht hatte.

„Freust du dich?", fragte Mutter, und sie brachte es nicht übers Herz, sie zu enttäuschen.

„Ganz toll, Mama, wirklich."

„Und hier kommt das Hauptgeschenk!", erklärte Vater mit Stolz in der Stimme.

Es war nur ganz klein, eigentlich mehr ein Briefumschlag. Ah, dachte sie, das muss der Gutschein für die Reitstunden sein, den sie sich so gewünscht hatte. Eilig riss sie das Geschenkpapier ab und öffnete die Karte: Ballettstunden, zweimal wöchentlich.

Welche Schmach. Was sollte das? Kannten die eigenen Eltern sie so wenig? Zu nichts anderem war sie weniger geeignet. Sie konnte auf Bäume klettern, Dämme bauen. Notfalls konnte sie einen Regenwurm essen – aber Ballett?

Kleine Tränen rannen ihr die Wangen herunter.

„Sieh nur, Otto!", rief Mutter, „Susi ist ganz überwältigt. Wir haben alles richtig gemacht. Jetzt wird aus unserem Mädchen eine feine Dame."

Mit Mühe packte Susi ihr Tütü aus und ihre ersten Ballettschuhe. Sie weinte immer noch.

„Na, na, so beruhige dich doch wieder", sagte Vater ganz gerührt.

Für Susi war eine Welt zusammengebrochen. Ein Teil ihrer unbeschwerten Kindheit endete in dem Moment, als sie – ihrem Stand gemäß – in die richtige Richtung geleitet werden sollte. Mit Liebe zwar, aber auch mit der Unwissenheit blinder Eltern, die ihre Kinder zu dem machen wollen, was sie selbst für sich nie gehabt hatten.

Kurz nachdem sich Peter und Wolf an ihren Schreibtischen niedergelassen und den ersten Kaffee getrunken hatten – für Wolf war es der zweite – klingelte das Telefon.

Der bekannte Politiker Benno Kuhlmann sei verschwunden, teilte ihnen Mensching mit. Sie sollten sich sofort auf den Weg machen.

„Den Kaffee wird man doch wohl noch austrinken dürfen!", grummelte Peter.

„Davon taucht er auch nicht sofort wieder auf, wenn wir uns die Zungen verbrennen oder ihn kalt werden lassen."

„Ich koche dir später neuen. Jetzt nimm noch einen Schluck und dann komm. Wir wollen Frau Kuhlmann nicht warten lassen. Sie ist bestimmt unruhig und ängstlich. Heute Morgen stand schon in der Schaumburger Zeitung, dass gestern ein Toter an der Weser gefunden worden ist."

„Ja und? Ihr Mann ist doch erst heute Nacht verschwunden, wenn ich den Chef richtig verstanden habe. Das kann er dann ja wohl nicht gewesen sein."

„Nein, aber sie könnte in der Angst leben, es könne ihrem Mann ähnlich ergehen."

„Nur, weil der beim Vögeln irgendwo verschlafen hat? Der ist doch als Schürzenjäger bekannt."

„Egal, da kann sie ja nichts dafür. Wir müssen Rücksicht nehmen."

Mit einem letzten Schluck Kaffee schnappte sich Peter seine Lederjacke und grinste.

„Ist ja schon gut. Ich komme."

Das Haus der Kuhlmanns war in jedem Fall sehenswert. So eine gut restaurierte Villa aus der Zeit des ausgehenden 19. Jahrhunderts sah man nicht so oft von innen. Für Hetzer war sie ein Traum. Er liebte nicht nur Antiquitäten, sondern auch alte Häuser. Dieses war zwar einige Nummern zu groß für ihn, aber wunderschön. Ein Teil der Möbel schien auch noch aus der Zeit zu stammen. Alles war bestens in Schuss und stilvoll mit Neuem kombiniert worden.

Marga Kuhlmann saß etwas verloren auf dem cremeweißen Sofa. Man sah ihrem Gesicht an, dass sie geweint hatte. Jetzt machte sie aber einen eher gefassten Eindruck.

„Frau Kuhlmann", begann Hetzer, nachdem er sich vorgestellt hatte, „wann haben Sie Ihren Mann zum letzten Mal gesehen?"

„Das ist gestern Abend so kurz vor halb acht gewesen, als er zum Stammtisch in den ‚Stadtkater' gegangen ist."

„Ist Ihnen irgendetwas aufgefallen? Hat er sich anders benommen? Hat er sich anders gekleidet? Hatte er eine Tasche dabei oder fehlen sonst irgendwelche Kleidungsstücke?"

„Meinen Sie, mein Mann hätte mich verlassen? Das glauben Sie doch selber nicht. Das würde er nie tun. Hier hat er doch alles. Ansonsten macht er sowieso, was er will."

„Wie meinen Sie das? In Bezug auf Frauen? Hatte Ihr Mann Affären?"

„Das kann ich mir nicht vorstellen. Wir führen eine gute Ehe."

„Ist es nicht so", warf Peter ein, „dass es im letzten Jahr einen kleinen Skandal gegeben hat? Dass ihr Mann eine Liaison mit einer sehr viel jüngeren Frau hatte? Das wird Ihnen doch nicht entgangen sein. Immerhin stand es sogar in der Zeitung."

Marga Kuhlmann begann wieder zu weinen.

„Er ist trotzdem nachts immer wieder zu mir nach Hause gekommen ... Er hat auch keine Tasche gepackt. Es fehlen nur die Sachen, die er gestern Abend anhatte."

„Es tut mir leid, wir müssen Sie das fragen. Wissen Sie, welche Geliebte Ihr Mann zurzeit hat? Oder gibt es mehrere? Es wäre sehr wichtig, wenn Sie uns die Namen sagen könnten."

Marga schüttelte den Kopf, aber Hetzer und Kruse hatten den Verdacht, dass sie es nicht wissen wollte und ihre Augen davor verschlossen hatte.

„Wir können jetzt nicht viel tun, wenn wir keinerlei Anhaltspunkte haben, Frau Kuhlmann. Wir werden uns aber bei seinem Stammtisch und im ‚Stadtkater' erkundigen, ob gestern Abend irgendetwas anders war als sonst. Oder ob jemand etwas gesehen hat. Wo waren Sie eigentlich gestern Abend?"

„Ich war beim Chor", sagte Marga geistesabwesend. Sie schien irgendwo ganz weit entfernt zu sein.

„Vielen Dank!", sagte Kruse, „bitte bleiben Sie sitzen. Wir finden schon allein hinaus."

Später im Wagen sagte er zu Hetzer: „Jetzt sag mir mal, wie man an so einem Mann hängen kann? Da ist doch irgendetwas schief. Ich bin ein anständiger Kerl und suche schon seit Jahren nach einer Frau. Und? Was passiert? Rein gar nichts. Es interessiert sich einfach keine für mich."

„Du musst dir auch eine Lady anschaffen", schmunzelte Hetzer, „das ist die Lösung. Sie hat alle Eigenschaften, die man bei einer Frau schätzt – bis auf ein paar Kleinigkeiten. Darum koche ich auch lieber selbst."

„Du bist echt eine Witzpille! Nee, aber mal im Ernst. Meinst du, die Kuhlmann liebt ihren Mann wirklich? Ich wäre doch froh, wenn das Schwein weg wäre. Er hat hier in Rinteln wirklich einen üblen Ruf. Hinter der hohlen Hand werden ihm krumme Machenschaften vorgeworfen. Es heißt, er biege sich Recht und Gesetz in manchen Dingen ganz schön zurecht. Außerdem hat er teilweise sehr radikale Ansichten. Zum Beispiel, was Lebensgemeinschaften gleichgeschlechtlicher Paare betrifft."

„Puh, wirklich ein sympathisches Kerlchen und politisch etwas weit rechts, denke ich. Aber dienstlich ist es nicht unsere Aufgabe, darüber zu urteilen oder zu denken, es sei weniger wichtig, ihn zu finden, bloß weil er ein korruptes, unehrliches und leicht braun angehauchtes Arschloch ist."

„Das habe ich auch nicht gesagt, Wolf, ich wollte dir nur möglichst viel über ihn erzählen, damit du dir ein Bild machen kannst. Man kriegt nicht so mit, welche Politiker in den Nachbarstädten ihr Unwesen treiben."

„Da hast du recht. Ich denke, wir fahren jetzt erst mal zum ,Stadtkater' und sprechen mit dem Personal. Vielleicht hat jemand doch etwas gesehen. Es könnte sein, dass er mit einer Frau weggegangen ist. Das ist der erste Punkt, an dem wir ansetzen werden."

Im „Stadtkater" entschlossen sich Hetzer und Kruse, auch eine Kleinigkeit zu essen. Es war inzwischen fast Mittag und so war das Angenehme mit dem Nützlichen sinnvoll zu verbinden. Wolf entschied sich für Zanderfilet, doch Peter brauchte etwas Deftiges und wählte den Elsässer Flammkuchen.

Während sie auf das Essen warteten, fing Hetzer den Kellner ab, als er die Getränke brachte.

„Entschuldigen Sie, waren Sie gestern Abend auch hier?"

„Ich bin fast immer hier!", entgegnete der junge Mann mit gelangweiltem Blick.

Hetzer zeigte seinen Ausweis.

„Wir sind von der Kriminalpolizei und haben ein paar Fragen. Haben Sie einen Moment Zeit für uns?"

Sofort war der Mann wach und sagte: „Selbstverständlich, die Herren Kommissare. Einen Moment bitte, ich muss nur kurz an der Theke Bescheid geben."

„Sagen Sie", fragte Kruse, als der Kellner wieder bei ihnen am Tisch stand, „haben Sie gestern Benno Kuhlmann hier gesehen? Und setzen Sie sich doch bitte."

Der junge Mann nahm zwischen Wolf und Peter Platz.

Endlich geschah hier mal etwas Aufregendes.

„Ja, der war wie jeden Montag mit seinem Stammtisch hier."

„Und ist Ihnen etwas Besonderes an diesem Abend aufgefallen? War einer seiner Freunde komisch oder verändert? Hat es Streit gegeben? Sind alle gleichzeitig gegangen?"

„Halt, halt, das sind ganz schön viele Fragen auf einmal!"

„Ok, fangen wir mit der ersten an. Ist Ihnen etwas Besonderes aufgefallen?"

„Eigentlich nicht. Bis auf diesen einen älteren Stammtischbruder waren auch gestern alle da. Sie haben wie immer viel gequatscht – meist über Politik oder Weiber – und viel getrunken."

„War bei den Gesprächen irgendetwas nicht so wie sonst?"

„Nein, ich glaube nicht. Es ist auch nicht heftig gestritten worden. Klar, bei diesen Diskussionen geht es immer ein bisschen heiß her, aber so einen richtigen Streit gab es nicht. Die ersten sind auch schon so gegen halb zehn nach Hause gegangen."

„Und Kuhlmann? Wann hat der das Lokal verlassen?"

„Das muss so gegen halb elf gewesen sein."

„Hm, knapp eine Stunde später ... Was hat er denn so lange gemacht?"

„Der letzte vom Stammtisch ist so kurz vor zehn gegangen und dann hat sich Herr Kuhlmann noch zu einem Herrn gesetzt, der dort hinten am Tisch saß." Er zeigte in die hintere Ecke des Gastraumes.

„Kannten Sie den Mann?"

„Nein, den habe ich hier noch nie gesehen."

„Haben Sie ihn woanders schon mal irgendwo gesehen?"

„Nein, noch nie!"

„Wissen Sie, ob Benno Kuhlmann das Lokal später gegen halb elf allein verlassen hat oder ist er in Begleitung des Fremden weggegangen?"

„Wenn ich es richtig gesehen habe, waren beide plötzlich weg. Kuhlmann hatte mir schon vorher gesagt, dass der Verzehr und die Getränke des Mannes mit auf seine Rechnung geschrieben werden sollten. Ich war dann aber zwischendurch in der Küche. Als ich wiederkam, waren beide weg. Es kann gut sein, dass sie zusammen gegangen sind. Sie haben sich die ganze Zeit sehr angeregt unterhalten. Herr Kuhlmann schien völlig fasziniert zu sein."

„Hat irgendjemand anders hier gesehen, ob beide zusammen gegangen sind?"

„Nein, ich war um diese Zeit allein im Schankraum. Die beiden waren die letzten Gäste. In der Woche ist um diese Uhrzeit meist nicht mehr so viel los, besonders montags."

„Können Sie beschreiben, wie der Mann aussah?"

„Er war nicht besonders auffällig. Mittelgroß, dunkelblondes Haar, gepflegte, aber keine besonders teure Kleidung, für sein Alter ein bisschen zu bieder vielleicht. Die Augenfarbe konnte ich bei dem Licht hier nicht genau erkennen. Ach, eine Besonderheit ist mir noch aufgefallen. Er hat nach einem fleischlosen Gericht gefragt. Das muss natürlich nicht unbedingt heißen, dass er Vegetarier ist."

„Das ist doch schon mal ein Anfang. Vielen Dank, dass Sie uns so detaillierte Auskünfte geben konnten. Das hilft uns bestimmt weiter."

„Gern geschehen, ah, da klingelt die Küche, Ihr Essen ist fertig."

Zander und Flammkuchen konnten sogar vor Wolf Hetzers kritischem Gourmetblick bestehen. Das Fischgericht sei ein Gedicht gewesen, erklärte er Peter, als er sich dezent mit der Serviette den Mund abtupfte.

„Der Flammkuchen war auch lecker, nur ein bisschen klein für einen wie mich", grinste er.

„Es ist übrigens schade, dass der fremde Gast nicht mit Karte bezahlt hat. Dann hätten wir ihn."

Peter lachte.

„Das wäre ja wohl zu einfach. Wie in einem schlechten Krimi. Wir werden schon unsere grauen Zellen noch ein bisschen fordern müssen."

Auf der Dienststelle erwartete Hauptkommissar Mensching umgehend Bericht, damit er mit der Staatsanwältin Frau Dr. Kukla Kontakt aufnehmen konnte, um sie über den Stand der Ermittlungen zu informieren.

„Das ist ja noch äußerst mager, meine Herren, was Sie mir hier präsentieren. Mehr haben Sie noch nicht? Ein paar Befragungen im Umfeld des Pfarrers ohne Erfolg, außer, dass Sie jetzt wissen, dass es Josef Fraas ist und ein bisschen Palaver im ‚Stadtkater'. Ich erwarte, dass Sie sich umgehend verstärkt um das Verschwinden von Benno Kuhlmann kümmern. Das hat höchste Priorität!"

„Verzeihen Sie, aber wir haben auch einen Mord aufzuklären! Benno Kuhlmann ist vielleicht bei einer seiner Geliebten ..."

„Habe ich mich undeutlich ausgedrückt? Ich wünsche, dass Sie den Fall Kuhlmann vordringlich behandeln. Das heißt nicht, dass Sie den Mordfall vergessen sollen. Und nun los, meine Herren. Sie haben genug zu tun."

Hetzer und Kruse verabschiedeten sich knapp und verdrehten vor der Tür die Augen. Das war ja mal wieder klar. Die Seilschaften funktionierten immer. Der kleine Mann schien dagegen machtlos – aber nicht grundsätzlich ...

„Also: Vordergründig werden wir Menschings Anweisung befolgen, aber der Mord an Fraas hat für uns weiterhin Vorrang in den Ermittlungen."

„Das sehe ich genauso", knurrte Peter und machte ein verdrießliches Gesicht. „Und ich lasse mir überhaupt ungern in meine Arbeitsmethoden reinreden. Ich bin schließlich nicht erst seit gestern im Dienst."

„Gut, dann sind wir uns ja einig. Also auf nach Hameln, zu Pfarrers Haushälterin. Und danach besuchen wir noch mal Bennos Frau. Mal sehen, ob sie eine Ahnung hat, wer der Fremde sein könnte."

„Ziemlich vage Beschreibung, trotz allem. Das könnte auf viele zutreffen. Ich meine, er hat gut beobachtet, aber die Gestalt ist so nichtssagend."

„Das ist vielleicht Absicht. Wenn es sich doch um ein Verbrechen handelt, will er nicht auffallen. Ich denke, es hat auch wenig Sinn, ein Phantombild zeichnen zu lassen. Wir sollten auf jeden Fall noch ein paar Tage damit warten. Es könnte doch sein, dass Kuhlmann plötzlich geläutert und verschämt wieder auftaucht und unter Muttis Rock kriecht."

„Meinst du, sie würde ihn wieder aufnehmen, wenn er so lange bei seiner Liebsten war?"

„Bestimmt, du glaubst gar nicht, welche Anziehungskraft Macht und Geld haben. Stell dir vor, sie ließe sich scheiden. Neben der Schmach und dem Schmerz hätte sie einen enormen Verlust an Ansehen und Stellung hier in der Stadt. Nein, ich denke, es würde alles fein unter den Teppich des Vergessens gekehrt und das Leben liefe normal weiter. Was man in diesen Kreisen eben als normal empfindet."

„Wahrscheinlich hast du recht, aber mir wird bei dem Gedanken schlecht."

Kurz vor drei kamen sie in der Fontanestraße an. Sie beschlossen zu warten, bis die Mittagszeit vorbei war. Gegen 15:10 Uhr schlenderten sie Richtung Haustür und klingelten bei Heide Brüderl. Sie bewohnte die Räume oberhalb der ehemaligen Pfarrwohnung.

„Ja Jesses, kommens doch rein, meine Herrn. Darf ich Ihnen etwas anbieten. An Kaffee vielleicht und a paar Platzerl."

„Ja, sehr gerne", nickte Peter, der schon wieder ein Loch im Magen verspürte.

„Einen Moment bittschön, ich bin gleich wieder bei Ihnen."

„Leicht bayrischer Einschlag, oder?", fragte Hetzer mit einem Schmunzeln in der Stimme. Die Namen Fraas und Brüderl kommen mir auch nicht so eindeutig norddeutsch vor."

„So, hier kommt der Kaffee und a paar Kipferl hätt i noch do dazua." Heide Brüderl verfiel zusehends in ihren Dialekt.

„Sagen Sie, kommen Sie ursprünglich aus Bayern?"

„Jo, hert ma des no? I bin damals mit'n Herrn Pfarrer von Minga kumma, Verzeihung, von München gekommen. Ober mir san jetzad scho fast vierzig Jor hier o'm bei die Preiß'n. Un jetzt is er oam von dene zum Opfer g'foin."

„Frau Brüderl, wir sind aber schon ein Volk, auch wenn Bayern ein Freistaat ist. Außerdem wissen Sie überhaupt nicht, ob der Mörder nicht auch ein Bayer gewesen sein kann. Ein Feind aus alten Zeiten."

Heide Brüderl schluchzte. Das Wort Mörder hatte sie aus der Fassung gebracht. Aber sie riss sich zusammen und versuchte, möglichst hochdeutsch zu sprechen.

„Der Herr Pfarrer hat überhaupt keine Feind net gehabt. Er ist ein guter Mensch gewesen. Mir ham hier ganz zurückgezogen gelebt. Nur immer mit dem Blick auf den Herrgott und die Jungfrau Maria."

„Frau Brüderl, sagen Sie, haben Sie ein Verhältnis mit Pfarrer Fraas gehabt? Gibt es möglicherweise andere Damen, die ein Auge auf den Pfarrer geworfen hatten?"

Jetzt musste Heide trotz allem lachen.

„Ah geh, nur weil ich dem Pfarrer seine Haushälterin so viele Jahre gewesen bin, muss ich nicht gleich auch in sein Bett eini g'hupft sein. Nein, mir ham a guade Freundschaft g'pflegt und mehr net. Die Zeit schweißt einen halt trotzdem zamm."

„Meinen Sie, dass es eventuell trotzdem jemanden geben könnte, der dem Pfarrer irgendwie etwas übel genommen hat? Hatte er woanders eine Freundin? War ein anderer Pfarrer auf ihn eifersüchtig oder neidisch?"

„Net, dass i wüst. Es hot vielleicht mal des oane oder andere G'schpusi ge'bn, aber des is fei a long her. Na, i könnt nix soagn, des oaner unsam guaden, oiden Herrn Pfarrer ebbes Boeis hot dun woill'n."

„Wenn Ihnen noch etwas einfällt, würden wir uns freuen, wenn Sie uns anrufen würden." Hetzer überreichte ihr seine Visitenkarte, die er am Morgen druckfrisch auf seinem Schreibtisch vorgefunden hatte.

„Wann könn' wir ihn denn begroab'n?"

„Das kann ich noch nicht sagen. Wenn die Untersuchungen abgeschlossen sind, melden wir uns sofort bei Ihnen. Vielen Dank für Ihre Hilfe."

„A guade Hilf bin i eahna net gwe'n. Entschuldigen's schon und an schena Dog no."

„Immerhin habe ich jetzt nicht mehr so großen Hunger!", sagte Peter Kruse erleichtert und streckte sich im Dienstwagen aus.

Er hatte fast die ganze Schüssel Kipferl verdrückt und hielt sich jetzt den Magen. Darum musste diesmal auch Hetzer fahren, der den Sitz erst einmal vier Raster nach vorn schieben musste.

„Mann, bist du ein Riese, Peter. Das ist ja unglaublich. Wie groß bist du eigentlich?"

„Ich bin nur 1,99 m groß. Das geht doch noch. Ist unter zwei Meter."

Während der Fahrt zurück nach Rinteln schlief Peter, der Große, ein wie ein Baby nach seinem Mittagsbrei. Wohlig zurückgelegt schnarchte er an der Schaumburg vorbei und ließ sich bis zu Bennos Haus kutschieren, das jetzt vielleicht schon das von Marga war, wenn Benno Pech gehabt hatte. Pfui, was für Gedanken, schalt sich Wolf. Inzwischen war es fast Feierabend, aber das wollten sie noch erledigen. Sie wollten Marga Kuhlmann fragen, ob sie den Fremden kannte, mit dem sich ihr Mann im ‚Stadtkater‘ getroffen hatte oder ob es eine Zufallsbekanntschaft war. Es konnte auch sein, dass Benno inzwischen wieder aufgetaucht war. Obwohl — dann hätten ihn die Kollegen informiert.

Vor Kuhlmanns Haus weckte er Peter, was eine schwere Aufgabe war, denn der Hüne steckte in tiefsten Träumen.

„Los, aufwachen, du Vielfraß. Wenn du nicht so reingehauen hättest, wärst du jetzt fitter. Zuviel Fett und Kohlehydrate! Das macht müde. Los jetzt!" Er knuffte seinen Kollegen unsanft in die Seite.

„Hä?", fragte Peter in diesem Moment wenig intelligent.

„Feuer auf dem Luhdener Klippenturm!", rief Hetzer, und Kruse war wach. Er fuhr hoch und stieß sich den Schädel an der Fahrzeugdecke.

„Immer schön ruhig bleiben. Fehlalarm!", lachte Hetzer.

„Du warst nicht zu wecken. Auf jetzt, wir sind bei Marga Kuhlmann und wollen sie nach dem Fremden fragen. Geht das rein in dein müdes Hirn?"

„Ich bin doch schon längst wach!", meckerte Peter und rieb sich den Kopf. „Du Leuteschinder!"

Es dauerte ein bisschen, bis Marga Kuhlmann an die Tür kam. Es war erst sechs Uhr, doch sie wirkte verschlafen. Vielleicht hatte der Arzt ihr ein Beruhigungsmittel gegeben.

„Frau Kuhlmann", sagte Hetzer an der Haustür, „wir wollen Sie nicht lange stören, wir haben nur noch ein paar Fragen. Ihr Mann ist mit einem Fremden gesehen worden, der mit ihm den ‚Stadtkater' verlassen haben soll. Hat Ihr Mann kürzlich eine neue Bekanntschaft gemacht? Kennen Sie den Mann?"

„Benno macht ständig neue Bekanntschaften. Er ist Politiker und immer auf Wählerfang. Wie sah der Kerl denn aus?"

„Mittelgroß, dunkelblondes Haar, eigentlich ziemlich durchschnittlich. Er könnte Vegetarier sein."

„Das sagt mir nichts. Das könnte auch auf viele zutreffen."

„Da haben Sie recht. Bis jetzt gibt es aber keine weitere Spur. Es hat sich auch niemand bei Ihnen gemeldet? Keine Drohbriefe? Keine Geldforderungen?"

Marga fiel in sich zusammen. Sie wirkte auf einmal ganz klein.

„Meinen Sie, dass mein Mann auch entführt worden sein könnte?"

„Das können wir nicht sagen, aber wir müssen alle Möglichkeiten in Betracht ziehen. Bitte halten Sie Augen und Ohren offen. Gehen Sie ans Telefon, auch wenn es Ihnen schwerfällt. Sollte Ihr Mann entführt worden sein, werden die Entführer sich melden und ihre Bedingungen mitteilen."

„Sollen wir Sie hineinbringen?", fragte Kruse, der sich Sorgen machte, dass Marga Kuhlmann gleich an der Haustür umkippen würde.

„Nein, nein, das geht schon, vielen Dank."

„Bitte informieren Sie uns umgehend, falls sich jemand melden sollte! Hier ist meine Karte. Sie können Tag und Nacht anrufen."

Marga Kuhlmann nickte und schloss die Tür. Sie tat den Beamten leid. Es war schon mit Benno schwer gewesen, doch ohne ihn wirkte sie wie ein Häufchen Elend. Nicht lebensfähig, so als ob sie beschützt werden müsste. Doch das war nicht ihre Aufgabe.

Wolf und Peter beschlossen, Feierabend zu machen. Für heute war es genug. Morgen war ein neuer Tag. Selbst Hetzer beschloss später, nur noch ein Brot zu essen, denn jetzt war er zu allem zu müde. Auch der Kamin würde heute ausbleiben. Ihn gelüstete es nach seinem warmen, kuscheligen Bett, in dem er sofort in einen tiefen Schlaf fiel.

Als Bennos Sinne zurückkehrten, spürte er, dass es kalt war. Widerlich kalt. Er lag auf blankem Stahl und konnte sich nicht rühren. Irgendwo tropfte es. Wieder und wieder. Er hatte keine Kraft herauszufinden, wo. Tropf, tropf, tropf, immer derselbe Rhythmus. Ganz dicht. Doch er konnte nichts erkennen. Schwärze. Nacht – in ihm und um ihn herum.

„Hallo, haaaallooo!", kam es leise und verzerrt aus seiner Kehle. Sie war rau, tat weh, und da war noch ein anderer Schmerz. Tiefer, dumpfer. Irgendwo weiter unten.

Tropf, tropf, tropf. Das Monotone dieses Geräuschs machte ihn langsam verrückt. Es war sonst nichts im Raum. Außer ihm und dem Tropfen. Sein Krächzen hallte von den Wänden zurück. Warum war er hier? Warum fror er so und warum kam er hier nicht weg? Er hatte auch keine Ahnung, wie lange er schon hier war. Es war so dumpf um ihn herum. Als ob Nebel alles Laute und Grelle verschluckte.

Erst langsam kehrten die Sinne zurück. Je wacher er wurde, desto größer wurde seine Panik. Vorsichtig fühlte er mit den Fingern auf dem Stahl und an sich selbst entlang, so weit er konnte. Er war nackt und er war festgeschnallt. Der Schmerz wurde immer stärker. Es tropfte jetzt lauter.

„He, zeig dich, du mieses Dreckschwein", brüllte er und verschluckte sich dabei an seiner eigenen Spucke.

Etwas war mit seinem Hals nicht in Ordnung. Der Schmerz in seinem Körper wurde unerträglich. Die Stille auch und das Tropfen in ihr. Vom Schleim musste er husten, doch das Husten durchbohrte ihn wie ein Dolch. Er schrie und auch das brachte nur noch mehr Schmerz.

„Ich wäre vorsichtig", warnte eine sanfte Stimme. „Du könntest ersticken. Oder verbluten, wenn du so weitermachst."

„Wieso denn verbluten?", wimmerte Benno, „bin ich denn verletzt?"

„So kann man es auch nennen", wisperte die Stimme. „Aber ich würde es eher als versehrt bezeichnen."

Auf einmal klang die Stimme ganz nah. Was sollte das heißen, versehrt? Er lauschte. Das Tropfen war jetzt schneller. Und noch während er darüber nachdachte, warum das so war, dämpfte gnädiger Schlaf all seine Ängste und Empfindungen.

Der Fremde war noch einmal zurückgekommen. Er breitete eine Decke über Benno aus. Das Projekt durfte nicht gefährdet werden, sein Werk war noch nicht vollendet. Dazu brauchte er Benno. Und er brauchte Benno lebend.

Eine Kugel schwebte über ihm. Sie war doppelt so groß wie er selbst. Er wusste nicht, woraus sie bestand. Sie glitzerte leicht. Das Licht brach sich in ihr, als ob sie aus Tausenden von Scherben zusammengesetzt war. Das hätte schön sein können, doch irgendwie wusste er, dass sie böse war.

Er wagte es nicht, sich zu bewegen, auch nicht, als die Ratte an seinem Hosenbein hochkletterte. Sie quiekte leise. Die Kugel surrte drohend. Sie schien auf Geräusche zu reagieren. Vielleicht auch auf Bewegungen. Die Ratte würde sie beide umbringen, dachte er, aber er konnte sie nicht abschütteln. Das hätte noch stärkere Schwingungen verursacht. Hetzer konnte nicht erkennen, wie die Kugel befestigt war. Sie schien einfach im Raum zu schweben. Schweiß stand ihm auf der Stirn. Er hatte gelernt, selbst in den schwierigsten Situationen Ruhe zu bewahren. Er konnte auch länger als andere Menschen auf einem Platz stehen, ohne sich zu bewegen. Aber er war nicht darauf vorbereitet worden, dass dabei auch noch eine Ratte an ihm hoch lief. Sie war jetzt schon bis zu seinem Hals gekrabbelt. Dort war er empfindlich.

„Es ist gar nicht so schlimm!", flüsterte die Ratte leise in sein Ohr. „Ich habe auch keine mehr." Dabei lachte sie so schrill, dass die Kugel in tiefer Resonanz anfing zu brummen und sich zu vergrößern.

„Halt die Klappe!", zischte Hetzer, immer ihr Glitzern im Blick. Sie vibrierte jetzt und drehte sich um sich selbst.

Die Ratte rückte näher.

„Du brauchst auch keine. Bleibst sowieso ein einsamer Wolf."

„Ich weiß nicht, wovon du sprichst."

„Von allem und nichts."

Die Kugel war in symmetrische Schwingung geraten. Ihre Ausdehnung wurde immer größer. Das Brummen war fast nicht mehr zu ertragen.

Da öffnete die Ratte das Maul und biss Hetzer mit aller Wucht ins Ohr. Sein Schrei entfesselte das Inferno über ihm. Die Kugel platzte.

„Ich bin nicht schuld, du hast geschrien", lachte die Ratte in jedem Spiegelbild der Skalpelle, die sich aus der Kugel gelöst hatten und wie Moskitos auf ihn zuschwirrten.

Hetzer wachte schweißgebadet auf. Er lebte noch. Genüsslich rollte sich der Kater auf ihm zusammen und schnurrte. Sofort fühlte er sein Ohr. Aber da war alles in Ordnung. Was für ein merkwürdiger Traum, die Anspannung fühlte er immer noch.

Hatte er etwas zu bedeuten?

Hetzer gehörte nicht zu den Männern, die solche Gedanken einfach wegwischten. Er selbst hielt viel von Intuition und Dingen, die unter der Oberfläche verborgen waren. Manches hörte man, ohne es zunächst für wichtig zu halten, aber es war da. Im richtigen Moment drängte es sich vielleicht ins Bewusstsein und war genau das Puzzleteil, das einem gefehlt hatte.

Warum war die Ratte dagewesen?

Warum die Skalpelle? Und was hatte das widerliche Vieh gesagt? Sie hätte keine und er bräuchte auch keine?

Weil er einsam sei und es auch bleiben würde?

Was brauchte man denn nicht in der Einsamkeit? Ohren? Weil niemand mit einem sprach? Nein, das konnte nicht sein, die Ratte hatte mit ihm gesprochen und ihn gehört.

Er nahm sich vor, das Bild im Kopf zu behalten. Eine Erklärung konnte er jetzt nicht finden.

Mühsam stand er auf und ging hinunter in die Küche. Er fühlte sich wie zerschlagen und trotzdem unruhig. Seine Oma hatte immer eine Milch getrunken, wenn sie nachts nicht schlafen konnte. Er hatte das von ihr übernommen. Die Milch hinterließ ein wohliges Gefühl. Stundenlanges Grübeln brachte nichts. In der Gemütlichkeit des warmen Bettes kehrte der Schlaf rasch zurück.

Als er am Morgen die Brötchen hereinholte, trat er auf etwas Weiches. Im Halbdunkel konnte er nicht genau erkennen, was es war. Bestimmt hatte Gaga irgendein Spielzeug herumgeschleppt. Er bückte sich, und als er genauer hinsah, wich er vor Ekel zurück. Da lag eine tote Ratte auf seiner Fußmatte.

An dem Weihnachtsabend im Jahr 1971 hatte Susi begriffen, dass ihre Eltern eine ganz andere Vorstellung von dem hatten, womit sie ihre Zeit verbringen sollte. Mit Überwindung ging sie in den Folgejahren zu den Ballettstunden. Tapfer trug sie das Tütü, in dem sie sich einfach lächerlich vorkam. Aber sie wollte ihren Eltern gefallen. „Hanni und Nanni" hatte sie an die Seite gelegt und auf „Winnetou III" gespart. Die albernen Internats-Geschichten interessierten sie nicht.

Glücklicherweise waren Vater und Mutter tagsüber beschäftigt. Die eigene Praxis im Haus kostete viel Zeit. Für Susi war das gut und schlecht. Wenn sie die Ballettschuhe aufgehängt hatte, schnappte sie sich Pfeil und Bogen und lief nach draußen. Immer draußen. Sie war so gerne draußen in der Natur. Sprach mit dem Wind, kletterte auf die alten Kirsch- und Apfelbäume und baute Dämme im Bachlauf. Zu jener Zeit gab es viele Kinder in den Gärten. Es war immer jemand zum Spielen da. Wenn sie sich heute zurückerinnerte, hatte sie den Eindruck, die Sommer waren immer schön gewesen. Keine Regentage. Nur ein Gewitter ab und zu.

Die Eltern sahen, dass Susis Noten hervorragend waren. Für den Tanz hatte sie wenig Talent. Und obwohl Vater und Mutter das bald erkannt hatten, waren sie doch der Meinung, dass diese Art körperlicher Ertüchtigung wichtig für sie sei, vor allem für die Haltung. Darüber hinaus ließen sie Susi in Ruhe, wenn sie mit Federschmuck durch die Gärten tobte.

72

Nur einmal – und das war ein unseliger Zufall – bekam Susi Hausarrest. Aus Bequemlichkeit wollte sie es den Jungen gleich tun, die es so einfach hatten, wenn sie draußen mal mussten. Einfach ran an den Busch, nicht erst umständlich nach Hause laufen und verpassen, wie Old Shatterhand mit Roter Büffel die Friedenspfeife aus Weide und Maiskolben rauchte. Es war so lästig, das Spiel zu unterbrechen. Susi dachte, dass sie als Indianer bestimmt ebenso gut an den Busch pinkeln, konnte und nach ein paar Mal hatte sie es auch raus, sich so geschickt in der Mitte nach vorn zu beugen, dass der Strahl einen Bogen machte. Immerhin ging sie grundsätzlich an einen Ort, wo sie allein war. In Gegenwart der Jungs schämte sie sich. Sie kam jetzt in das Alter, wo ein unbestimmtes Schamgefühl sie davon abhielt, sich in der Gemeinschaft zu entblößen. An einem Sommertag Ende August sahen die Eltern zufällig aus dem Fenster, als Susi direkt an der Hausecke ihr Höschen auszog, den Rock hob und gegen einen Busch pinkelte. Mit einem Vortrag über Verhaltensweisen, die von einer Heranwachsenden aus den besten Kreisen erwartet wurden, erstickten sie das Nachahmen noch im Keim. Drei lange Sonnentage musste Susi im Zimmer bleiben für ihr unziemliches Verhalten. So etwas tat eine junge Dame nicht, auch wenn sie erst zehn Jahre alt war.

Wolf Hetzer mochte keine Ratten, und diese hier vor seiner Tür erst recht nicht. Es war schon steif, das eklige Tier, und er dachte darüber nach, ob sie ihm absichtlich vor die Tür gelegt worden war. Vorsichtig griff er das Vieh mit dem Taschentuch und ließ es in einen Beutel gleiten, der eigentlich für Tatortspuren vorgesehen war.

Er würde sich wieder Micas Spott zuziehen, wenn er ihr die Ratte brachte. Aber es konnte sein, dass der Mörder sich durch die Ermittlungen gestört fühlte und ihm eine Botschaft gesandt hatte. Das musste er wissen und vielleicht hatten sie Glück und, wer auch immer, hatte dabei nicht aufgepasst und es waren Spuren an dem Kadaver, die ihnen Hinweise geben konnten.

Noch während des Frühstücks rief er Peter an. Es schmeckte ihm heute nicht besonders. Was für ein Morgen. Sein Kollege lachte ihn nicht aus.

„Wieso kommst du darauf, dass dir jemand die Ratte vor die Tür gelegt hat?"

„Vielleicht sind wir Pfarrer Fraas' Mörder schon gefährlich nahegekommen!"

„Du, mir fällt da noch was ein. Hast du schon mal darüber nachgedacht, dass es Parallelen zum Mord geben könnte?"

„Inwiefern?"

„Na ja, der Pfarrer wurde schließlich ersäuft wie eine Ratte – und das in Hameln, wie es aussieht. Das ist ja fast ein kulturhistorisch interessantes Verbrechen. Und jetzt legt er dir eine Ratte vor die Tür. Quasi als Warnung. War die eigentlich kastriert, die Ratte?"

„Was? Na, du kommst auf Ideen. Also, ehrlich gesagt, habe ich ihre Genitalien nicht untersucht. Das kann Mica machen. Ich fasse das Biest nicht ein zweites Mal an. Deine Idee ist aber interessant. Ich bin gespannt, ob da was dran ist."

„Dann lass uns abzischen. Ich bin gleich mit dem Dienstwagen bei dir. Du brauchst nur mit deiner Beute einzusteigen."

Mica zog die Brauen hoch, als Peter und Wolf in der Tür zum Seziersaal standen. Zwei der Edelstahltische hinter ihr waren mit Tüchern bedeckt. Darunter etwas Unförmiges, was sie lieber nicht sehen wollten. Der Geruch war atemraubend. Mica hatte sich stark riechende Creme unter die Nase geschmiert.

„Einen wunderschönen guten Morgen, ihr Helden. Habt ihr schon neue Erkenntnisse? Kommt ihr voran?"

„Vielleicht", sagte Hetzer und hielt der Pathologin den Beutel hin.

„Ist das ein Geschenk für mich?"

„Vielleicht eher für mich, ich weiß es nicht genau."

„Und von wem hast du das?" Mica schielte belustigt in die Tüte. „Ich bin ja froh, dass es nicht für mich ist."

„Na ja, in gewisser Weise ist es jetzt für dich. Ich möchte nämlich, dass du das Tier auf menschliche DNA untersuchst."

„Das ist doch nicht dein Ernst oder? Das ist eine Ratte."

„Ich weiß, dass das kein Schmetterling ist. Ich denke, dass sie mir von Josef Fraas' Mörder vor die Tür gelegt worden ist."

Mica lachte. „Ach so. Hmm. Wieso sollte er das tun?"

„Um mich einzuschüchtern? Um mir einen Hinweis zu geben? Um eine Parallele zu zeichnen? Keine Ahnung. Ich muss zwei Sachen wissen – neben dem DNA-Abgleich. Ist die Ratte ertränkt worden und ist sie kastriert?"

„Auch wenn ich denke, dass du ein klein wenig paranoid bist, das erste haben wir gleich", sagte Mica und zog das Tier aus dem Beutel. „Also, Eier hat sie augenscheinlich keine, aber ob sie mal welche hatte? Da muss ich erst genauer nachgucken. Es könnte auch sein, dass sie einen Hodenhochstand hat." Mica grinste über ihren eigenen Scherz. „Ob sie ertrunken ist, kann ich euch erst später sagen. Im Moment ist sie noch zu steif. Ich muss ein bisschen warten mit der Obduktion. Aber ich rufe euch nachher an."

Mit diesen Worten ließ sie die Ratte los, die knisternd in den Plastikbeutel fiel und legte sie auf den freien Seziertisch.

„Glaubt jetzt aber nicht, dass ihr mir jeden Kadaver, den ihr bei euch zu Hause findet, hier abladen könnt mit irgendwelchen wilden Geschichten."

„Nein, ehrwürdige Mechthild, Forscherin in den Körpern Verstorbener, nur wenn es die Ermittlung erfordert."

„Du hast echt 'nen Knall, Hetzer!", lachte sie. „Also ich würde mir das an deiner Stelle mit dem Polizeipsychologen überlegen. Ein leichter Ansatz von Verfolgungswahn ist durchaus erkennbar."

Mit diesen Worten entschwand sie in die heiligen Hallen ihrer Kühlkammer und ließ die Kommissare stehen.

„Tja", schüttelte Peter den Kopf, „jetzt habt ihr es euch ja wieder so richtig gegeben. Könnt ihr eigentlich nicht anders?"

„Ich weiß auch nicht. Wenn ich sie sehe, mit ihrer provozierenden Art, dann muss ich einfach Kontra geben. Das geht wirklich nicht anders. Ich habe immer das Gefühl, sie nimmt uns auch nicht ernst. Sie hat keinen Respekt vor uns."

„Muss sie den denn haben?"

Hetzer rieb sich das Kinn.

„Oh doch, ich bin schon der Meinung, dass jeder Mensch vor dem anderen Respekt haben sollte. Bei Mica bin ich mir da aber nicht sicher. Ich fühle mich immer auf den Arm genommen. Wahrscheinlich meint sie das gar nicht böse, sie ist eben so. Vielleicht sieht sie andere und sich selbst auch immer mit Ironie. Wer weiß. Auf jeden Fall ist sie mir entscheidend lieber als so ein stocksteifes Akademikerarschloch, das uns arrogant von oben herab behandelt."

„Aber genau das tut sie doch auf ihre Art. Nur zieht sie es ins Lächerliche. Ob das besser ist? Ich weiß nicht. Sie ist schon ein komischer Mensch."

„Vielleicht wären wir das auch, wenn wir ständig in Toten rumwühlen müssten. Vielleicht schafft das eine Ironie den Lebenden gegenüber."

Peter schüttelte den Kopf und grinste.

„Schon klar, du magst sie. Ich weiß. Und du findest immer Entschuldigungen für das Verhalten anderer. Hetzer, du bist zu gut für diese Welt. Ich weiß überhaupt nicht, wie du diesen Beruf ergreifen konntest, wo du immer mit dem Gegenteil konfrontiert wirst."

„Vielleicht grade deshalb!", sagte Hetzer und streckte sich auf dem Beifahrersitz aus.

Als Benno wieder erwachte, hörte er das Tropfen nicht mehr. Obwohl es ihm vorher Angst gemacht hatte, vermisste er es jetzt. Es war gespenstisch still in dem dunklen Raum. Die Panik ergriff ihn wieder. Aber er lag wenigstens nicht mehr auf diesem kalten Brett. Und er war nicht mehr angeschnallt. Ein bisschen benommen war er noch, kauerte in irgendeiner Ecke. Alle Knochen taten ihm weh in dieser komischen Haltung. Er rückte ein bisschen hin und her, tastete mit den Händen an der Wand lang. Komisch, die eine war glatt mit einem rauen Linienmuster. Das mussten Fliesen sein. Die andere war ein Geflecht aus Metall. Er konnte vier Finger bis zum ersten Glied hindurchstecken. Als er sich aufrichten wollte, stieß er gegen die Decke. Mist. Die war zu niedrig. Er schätzte die Höhe auf unter anderthalb Meter. Auf dem Boden lag eine Art Felldecke. Vorsichtig tastete er sich weiter. In einer Ecke fand er eine Flasche. Sie schien voll zu sein. Er öffnete sie und roch daran. Nichts. Er hatte Durst. Jetzt, wo er die Flasche gefunden hatte, war der Durst noch größer geworden. Nur ein kleiner Schluck. Es war den Versuch wert. Benno setzte die Flasche an die Lippen und war erleichtert. Wasser, es war Wasser. Gierig trank er und fühlte sich gleich besser. Nur sein Hals tat noch etwas weh.

Nach und nach wich die Benommenheit. Dafür fühlte er jetzt wieder das Ziehen im Unterleib. Er tastete an sich herum und spürte einen dünnen Draht zwischen seinen Fingern. Ein weicher Draht, den er zusammendrücken konnte. Er zog daran. Das unangenehme Gefühl wurde stärker, tat fast weh. Vorsichtig fuhr er an dem Draht entlang, der durch das Gitter nach draußen führte. Wohin, konnte er weder sehen noch durch das Geflecht fühlen. In der anderen Richtung führte der Draht direkt zu ihm. Zu seinem Schwanz. Ihm wurde schlecht. Das war kein Draht, das war ein Katheter. Er fühlte. Und er fühlte nichts. Öffnete den Knopf der Hose. Der Reißverschluss war bereits offen. Tastete am Schlauch entlang in seine Unterhose. Der endete im Nichts. Er würgte. Erbrach Wasser und Galle, denn sein Magen war noch leer. Schrie ohne Worte und weinte gleichzeitig. Konnte es nicht glauben, dass da nichts war. Tastete wieder und wieder, auch unten zwischen den Beinen, und fühlte nur Reste von Fäden. Er war ein Krüppel, ein Nichts, weniger als Nichts. Und er saß in einem Käfig. Gefangen wie ein Vieh. Allmählich ging seine Wut in Schluchzen über. So lag er lange auf dem feuchten Fell, bis der Stress und die Nachwirkungen der Narkose ihm Schlaf schenkten.

Es wurde Abend, bis Mica ihn auf seinem Handy zurückrief.

„So, du von Verfolgung geplagter Wolf, jetzt kann ich Licht in deine düsteren Gedanken bringen", sagte sie ernst. „Im Halsbereich der Ratte fanden sich mehrere kleine Einstiche."

„Heißt das, sie ist ermordet worden?", rutschte es ihm heraus.

„Hängen wir es nicht so hoch auf, Hetzer. Sie ist auf jeden Fall getötet worden und nicht eines natürlichen Todes gestorben. Wobei diese Formulierung auch nicht genau zutrifft."

„Ich verstehe nur Bahnhof. Kannst du dich nicht vielleicht ein bisschen deutlicher ausdrücken. Es ist echt wichtig für die Ermittlung."

„Ist ja schon gut. Also, in den Wundkanälen habe ich Speichel von Feliden gefunden. Du hast wohl eine Verehrerin oder einen Verehrer." Wolf konnte im Geiste Micas Grinsen sehen und grummelte innerlich. Sie hätte auch Katzenspucke sagen können. Aber das war typisch Mica, die jetzt beim Sprechen das Lachen kaum unterdrücken konnte: „Eier hatte sie übrigens keine, weil sie ein Weibchen war. Und ersoffen ist sie auch nicht. Vielleicht, weil sie übers Wasser wandeln konnte ..."

Hetzer schäumte, aber er wollte ihr den Triumph nicht gönnen.

Darum ließ er sich nichts anmerken und sagte gelangweilt: „Gut, dann ist sie von einer Katze erlegt worden. Vielen Dank."

Danach legte er einfach auf, ohne ihre Reaktion abzuwarten. Mica starrte den Hörer an. Hatte er einfach aufgelegt? Wenn das kein Verbindungsfehler war, war er sauer. Schade. Sie hatte einen Spaß machen wollen und der war mächtig nach hinten losgegangen.

Wolf Hetzer kam sich vor wie ein Riesenrindviech. Er konnte Mica den Schabernack nicht einmal verübeln. Es war wirklich dämlich gewesen zu glauben, dass ihm jemand eine ertränkte, kastrierte Ratte vor die Tür gelegt hatte, nur weil ein Pfarrer aus Hameln so gestorben war. Völlig blöd. Er hatte sich selbst zu wichtig genommen. Sie hatten noch nicht einmal den Ansatz einer Spur. Wer sollte ihn da also im Visier haben? Er hoffte, dass Mica diese Geschichte einfach auf sich beruhen ließe und nicht weiter in der Wunde bohrte.

Wütend über sich selbst beschloss er, den Tag wenigstens gut ausklingen zu lassen. Die Ermittlungen hatten sie nicht weitergebracht. Weder in Hameln noch in Rinteln. Sie hatten so wenig in der Hand. Kaum Spuren am Tatort von Pfarrer Fraas. Keine im Fall Benno Kuhlmann, der immer noch verschwunden war, und von dem sie nicht wussten, ob er überhaupt noch lebte. Bei diesen trüben Gedanken beschloss er, den Kaminofen anzuzünden und sich ein schönes Essen zu kochen.

Er holte gerade Holz aus dem Schuppen im Hof, als Moni mit Gaga um die Ecke bog. Bei ihr machte selbst Emil kein Geschrei.

„Hallo, ihr zwei!", sagte er und griff den schweren Korb. „Wollt ihr mit reinkommen?"

„Ich nicht, ich muss gleich zum Yoga!", sagte Moni und strich sich eine nasse Strähne aus der Stirn. Es hatte zu regnen begonnen. „Und danach will ich noch in die Sauna!"

„Oh, wie schön!", seufzte Hetzer und dachte daran, dass er unbedingt noch eine Sauna an sein Hexenhäuschen anbauen wollte. In diesem Jahr würde das nichts mehr werden.

Als Benno wieder erwachte, war es nicht mehr dunkel im Raum. Er sah, dass er sich in einem von mehreren Käfigen befand, die in einer Art Souterrain oder Keller standen. In der Mitte stand ein Edelstahluntersuchungs- oder, ihn schauderte, Seziertisch mit Schnallen aus Leder. Wo war er? Und warum war er hier? Da fiel ihm sein Zustand wieder ein. Und er begann erneut zu weinen. Er konnte jetzt auch sehen, wie die gelbe Flüssigkeit, die sein Urin sein musste, den Schlauch entlangfloss und irgendwohin geleitet wurde. Noch einmal fühlte er in seiner Hose nach, aber es war alles weg, was ihn zum Mann gemacht hatte. Er war ein Neutrum. Ein Nichts. Konnte er überhaupt noch geil werden? Und wenn ja, wie sollte er sich abreagieren. Da war nichts mehr, woraus er spritzen konnte. Da war auch nichts mehr, womit er spritzen konnte, fiel ihm ein. Er hatte keine Eier mehr. Wieder liefen ihm Tränen übers Gesicht. Wo war der Mensch, der ihm das angetan hatte? Und was hatte er noch mit ihm vor? Er wollte nach Hause. Aber was sollte er seiner Frau erzählen? Wie lange ließ sich dieser Zustand geheim halten?

Plötzlich waren Schritte auf der Treppe zu hören. Sie kamen näher. Die Tür wurde aufgeschlossen und eine dunkle Gestalt näherte sich ihm.

Benno hatte Angst. Er kauerte sich in seine Ecke zurück und zitterte.

„Hast du schon bemerkt, dass du kein Mann mehr bist?"

Benno antwortete nicht. Er brachte keinen Ton aus seiner Kehle, obwohl er es versuchte.

„Du musst nichts sagen. Ich weiß, du kannst nicht sprechen."

Benno erstarrte. Wieso konnte er nicht sprechen. Er versuchte es mit einem „Aaaa" und hörte sich nicht. Er versuchte es lauter und versuchte zu schreien. Um Hilfe oder Gnade. Um etwas, das ihn erlöste.

„Streng dich nicht so an!", sagte das Flüstern neben ihm beruhigend. „Du kannst nicht sprechen, weil ich dir deine Stimme genommen habe. Du hast eh nur Scheiße erzählt. Viel Blabla und lauter Lügen. Versprechungen, die du nie gehalten hast. Meinungen, die keiner hören wollte. Ansichten, die Menschen verletzen, so wie mich. Aber du wirst nie wieder etwas sagen."

Mit tränenüberströmtem Gesicht begriff Benno Kuhlmann, dass der Mann sich an ihm rächen wollte. Er hatte doch nie wirklich jemandem etwas getan. Vielleicht hatte er seine Vorteile als stadtbekannter Politiker ausgenutzt. Ein bisschen geschachert und betrogen, aber das machte doch jeder.

„Wie fühlst du dich eigentlich, so ohne Gemächt? Die Wunden sind gut verheilt. Du könntest damit alt werden. Die Lust würde allmählich nachlassen, falls du aufgrund deiner Situation überhaupt welche hättest."

Benno wurde kalt. Wieso der Konjunktiv? Wieso würde, hätte und könnte? Der Mann wollte ihn nicht am Leben lassen. Angst war auf einmal überall in ihm. Er spürte den Hass jetzt deutlich durch das Käfiggitter. Wie eine böse Aura, die den Raum überschwemmte.

„Glaub mir, ich weiß genau, wie du dich fühlst. Man gehört nicht mehr dazu. Weil Leute wie du glauben,

Dinge besser zu wissen, von denen sie nicht das Geringste verstehen. Und man will nie entdeckt werden. Davor brauchst du dich nicht zu fürchten, denn jeder wird es wissen. Sie werden es sehen, wenn sie dich finden."

Benno drängte sich noch tiefer in die Käfigecke.

„Keine Angst, Kuhlmann. Du wirst nicht lange leiden. Ich werde dich als das umbringen, was du zu Lebzeiten warst – ein Schwein." Die Stimme lachte und entfernte sich.

In Bennos Kopf ging alles wild durcheinander. Filme der Vergangenheit liefen in ihm ab. Er sah seine Villa, seine Frau, die Kinder an einem Sommertag. Er sah sich beim Rasieren mit Schaum im Gesicht. Seine Mutter nickte ihm zu. Der Biergarten wurde in seinen Gedanken greifbar. Er wollte trinken. Wo war die Flasche? Er robbte in die andere Ecke, aber er war fahrig. Die Flasche glitt ihm aus der Hand und zersprang auf dem Boden. Überall Scherben. Vor Wut riss er an den Gittern und an sich und an dem Schlauch. Mit einem Ruck und einem dumpfen Schmerz glitt der Katheter aus seiner Blase. Nicht einmal schreien konnte er. Aber er konnte sich umbringen mit einer Scherbe. Er wollte nicht darauf warten, dass der Fremde wiederkam. Mit Überwindung senkte er die Scherbe ins Fleisch. Diese war nicht scharf genug. Er kam nicht weiter. Die Haut blutete nur oberflächlich. Diese hier war spitzer. Er musste zustechen und den Schmerz aushalten.

Beim ersten Versuch blieb das Glasstück stecken. Er jaulte innerlich. Zog es wieder heraus und hörte Schritte. Der Fremde kam zurück.

„Na, na, na, Benno, was machst du denn da? Du willst mir doch nicht die Arbeit wegnehmen. Hast du dir den

Katheter gezogen? Das war aber dumm von dir. Jetzt läuft es einfach aus dir heraus und deine Hose wird nass. Kleiner Fehler von mir bei der Operation. Willst du was trinken? Deine Flasche ist kaputt."

Mit diesen Worten öffnete der Mann die Käfigtür. Benno war mit blutenden Handgelenken wieder in die Ecke geflüchtet. Der Durst war groß. Er hatte vorhin alles wieder ausgebrochen. Aber er traute sich nicht heraus. Nicht in die Nähe des Fremden.

Der Mann schien seine Gedanken zu erraten.

„Keine Angst. Ich gehe solange. Du kannst sowieso nicht flüchten. Also versuch es erst gar nicht. Es hört dich auch niemand. Hier ist Verbandszeug für deine Arme."

Benno folgte dem Mann mit den Augen, der die gefliese Treppe hochging, die Tür hinter sich zuzog und absperrte. Er wartete noch eine Weile. Dann kroch er aus dem Käfig. Er streckte sich. Endlich wieder aufrecht stehen. Aber das tat weh. Es war ungewohnt und zog in seiner Wunde. Durst, so großer Durst. Mühsam schleppte er sich zum Tisch und trank direkt aus der Flasche.

Als der Fremde zurückkam, war Benno bereits willenlos. Er grinste und starrte ihn mit wirren Augen an. Ohne Widerstand ließ er sich das Gespensterkostüm überstreifen, die Handgelenke verbinden und mit einer Kette umwickeln. Jetzt waren von Benno nur noch Hände, Füße und Augen zu erkennen.

Er selbst streifte sich die Totenkopfmaske über und zog die Kapuze tief ins Gesicht.

An der Kette zog er Benno mit sich zum Auto, das er direkt an der Kellertür geparkt hatte. Er würde den dummen Politiker an einen Ort der Weisheit und der

Kultur bringen. Schon vor Wochen hatte er sicherge-
stellt, dass er Zugang zur Eulenburg haben würde.
Nachts war dort wenig los. Gegen halb zwei näherten
sich die beiden dem alten Gebäude, ohne dass sie jemand gesehen hatte. Der Fremde hatte Benno eine
genau berechnete Anzahl an K.-o.-Tropfen verabreicht.
Daher ließ die Wirkung auch erst nach, als Benno
längst kopfüber und nackt am Balken hing. Ihm war
schlecht und er konnte sich nicht erinnern, wie er hierhergekommen war. Er fror.

„Na Benno, wie fühlst du dich jetzt? Hast es bald
geschafft!"

Nach und nach kehrten die Erinnerungen der letzten Tage wieder und mit ihnen das Grausen.

Das Letzte, was er hörte, war nur für seine Ohren
bestimmt. Der Fremde flüsterte ihm etwas Unglaubli-
ches zu und durchstach gleichzeitig in seinem Hals die
Hauptschlagader.

Hetzer war mit Gaga und dem Holz ins Haus gegangen. An einem diesigen Tag wie heute dauerte es immer, bis der Kamin richtig zog. Am besten machte er ein Höllenfeuer mit Zeitung und kleinem Geäst, ein paar Stückchen Baumrinde. Damit die kalte Luft dem Schornstein entwich. Dann immer größere Scheite und nach und nach tanzte ein freundliches Feuer hinter der Scheibe. Für Wolf Hetzer war ein Kaminofenfeuer der Inbegriff aller Gemütlichkeit. Am Feuer war oder wurde alles gut. Die Wärme war eine andere, das Licht der Flammen strahlte weicher. Im Herd schmurgelte schon eine gefüllte Paprika – lecker mit Käse überbacken. Ihr Duft kroch durchs Haus bis zum Biedermeiersofa in Wolfs Nase und weckte ihn aus einem Kurzschlaf, gerade, als er im Traum einen Schweinebraten anschneiden wollte.

Der Hunger war stärker gewesen als der Schlaf. Er setzte sich auf. Vorsichtig, um die Kater nicht zu wecken, die es sich an seiner Seite bequem gemacht hatten. Aus der Küche piepte der Ofen. Endlich! Sein Magen knurrte gewaltig.

Gaga folgte ihm. Sie wusste, dass sie nichts vom Tisch bekam, aber sie wollte auch nichts verpassen. Hetzer nahm die Auflaufform aus dem Ofen. Hmm. Diese Rosésoße, köstlich. Das letzte Glas aus der Flasche hatte er aufgehoben. Er stellte es neben seinen Teller auf den Esstisch im Wohnzimmer und lehnte sich zurück. Wenn sie noch da wäre, hätte er eine zweite Flasche aufgemacht. Er schob den Gedanken beiseite, nahm einen Schluck und schnitt die Paprika an. Sie zerging auf der Zunge. Er hatte sie mit Reis und Zucchini gefüllt. Kochen war eine seiner Leidenschaften. Dafür nahm er sich Zeit. Sie hatte immer so gerne bei ihm gegessen. Auch wenn sie bei manchen Gerichten befürchtet hatte, er wolle sie vergiften. Mit Fenchel zum Beispiel und Chicorée.

Immer wieder diese Gedanken. Er wurde sie nicht los. Kam in einen Strudel, der ihn immer weiter nach innen zog, wenn er es nicht schaffte, sich abzulenken. Er wollte sie auch nicht loswerden, dachte er und hatte ein schlechtes Gewissen, weil er überhaupt darüber nachgedacht hatte. Sie gehörte zu ihm. Immer noch. Auch wenn sie nicht mehr da war.

Als Gaga bellte, riss sie ihn aus der Gedankenspirale und holte ihn ins Jetzt zurück. Hetzer hätte das kurze Bellen nicht weiter wichtig genommen, wenn nicht auch Emil im Stall Theater gemacht hätte. Er fauchte noch, als Hetzer in Richtung Tür ging. Das war seltsam. Normalerweise meldete er nicht, wenn er nachts im Stroh schlief. Es sei denn, es wäre jemand direkt aufs Grundstück gekommen oder hätte sich am Stall zu schaffen gemacht.

Hetzer gab Gaga das Kommando, ihm direkt bei Fuß zu folgen, und verließ durch den Hauswirtschaftsraum den Anbau in Richtung Hof. Sofort schalteten die Bewegungsmelder alle Lampen rund um das Haus an. Gaga spitzte die Ohren. Emil meckerte nur noch ein bisschen unwirsch vor sich hin und freute sich, als Hetzer zu so ungewohnter Zeit in seinen Stall kam.

„Ist doch gut, Emil", beruhigte er den Ganter. „Hast du geträumt oder war hier jemand?"

Er streute dem Tier ein paar Getreidekörner hin und schloss den Stall wieder ab. Er sah, wie seine Hündin entlang des Zauns witterte, zwischendurch stehenblieb und mit gespitzten Ohren horchte.

Hier war jetzt niemand mehr, aber er hatte das Gefühl, dass dort jemand gewesen war. Vielleicht sogar näher, als er wollte.

Die Paprika war inzwischen kalt geworden. Er stellte sie noch einmal kurz in die Mikrowelle und legte Holz nach. Gerade, als er sich wieder zu Tisch gesetzt hatte, klingelte es.

„Das darf doch nicht wahr sein!", sagte er zu Gaga, die ihn nicht hörte, weil sie bellend zur Tür gelaufen war.

„N'Abend Wolf, störe ich?"

Peter stand fragend in der Tür und sah Gaga skeptisch an.

„Nee, komm rein, aber lass mich eben essen. Ich habe die Paprika schon zum zweiten Mal warm gemacht. Willst du einen Schluck Wein? Gaga, ab in deinen Korb."

Widerwillig gehorchte sie und ließ sich mit einem Brummen nieder, ohne Peter aus den Augen zu lassen.

„Beißt die auch nicht?"

„Kommt drauf an, ob du mich ärgerst", lachte Hetzer, „oder aus ihrem Napf frisst. Sie ist so futterneidisch wie du. Möchtest du was von meiner Paprika?"

„Nein danke, das ist mir hier zu gefährlich, außerdem hatte ich einen leckeren Döner in Minden. Da gibt es die besten."

„Und dafür fährst du extra nach Minden?" Hetzer schüttelte den Kopf. „Der Sprit ist echt noch nicht teuer genug für solche wie dich."

„Vielen Dank für die Moralpredigt, Herr Umweltapostel. Hast du schon gehört, wie diese vielen Kaminofenemissionen die Luft schädigen? Also, was soll's. Wir sind alle Störfaktoren fürs Ökosystem. Ach, und ich hatte noch vergessen zu erwähnen, dass ich meine Mutter im Grillepark besucht hatte. Es lag quasi auf dem Weg."

Hetzer kam sich doof vor. Manchmal sollte er sich lieber auf die Lippen beißen. Aber es gab genug Weggucker und Nichtssager. Dann lieber mal ein peinlicher Moment.

„Sorry, das konnte ich ja nicht wissen, dass deine Mutter in Minden wohnt."

„Wie solltest du auch?", grinste Peter. „Dafür hab ich es dir jetzt mal schön zurückgegeben, denn für dein verschwenderisches Heizen mit Holz hast du keine Ausrede – den Genuss mal ausgenommen. Was hast du denn für einen Wein?"

„Das hier ist ein Zinfandel Rosé. Ich habe noch eine Flasche im Kühlschrank. Setz dich schon mal, aber Finger weg von meiner Paprika. Gaga sieht alles!"

Peter nahm den größtmöglichen Abstand zum Hundekorb ein und setzte sich.

Dieses Miststück verfolgte ihn immer noch mit halboffenen Augen.

Jederzeit zum Sprung bereit.

Die Paprika duftete köstlich. Gut, dass er satt war, sonst hätte er jetzt glatt mal probieren wollen. Mit dem Sattsein war es bei ihm allerdings so eine Sache. Das hielt nie lange an. Und so ein Duft beschleunigte den Vorgang.

Hetzer kam mit Glas und Flasche zurück. Er schenkte Kruse ein und sich selbst nach. Er war froh, jetzt nicht allein sein zu müssen. Das lenkte von den Gedankenspiralen ab.

„Warst du eben schon mal hier?"

„Nö, wieso?"

„Kurz bevor du gekommen bist, haben Gaga und Emil ein Mordsspektakel gemacht. Da dachte ich, du hättest vielleicht schon mal geklingelt und ich hätte nichts gehört, weil ich in der Küche war oder so."

„Nee, das war ich nicht. Ich bin jetzt erst gekommen. Aber ich glaube, es steht bei dir was vor der Tür. Das wollte ich dir eben schon sagen. Ich hab es nur im Angesicht des vierbeinigen Feindes vergessen."

„Ach so, was denn?"

„Ein Topf oder eine Auflaufform oder so. Wenigstens sah es so aus."

„Ach, das wird Moni gewesen sein – meine Nachbarin. Sie stellt mir manchmal was zu essen vor die Tür, wenn sie Eintopf macht. Das könne man nicht in so kleinen Mengen kochen, meint sie. Für sie allein lohne es sich nicht. Dann brauche ich ja morgen nicht zu kochen. Ich hole den Topf nachher rein. Da steht er ja schön kühl. Prost Peter!" – „Prost Wolf!"

Hetzer setzte das Glas ab und begann seine inzwischen wieder lauwarme Paprika zu essen.

„Du", sagte Peter, „es hat noch einen weiteren Grund, dass ich hier bin, nicht nur, um dir deinen Rosé wegzutrinken. Du weißt doch, dass ich Hinz und Kunz kenne in Rinteln und auch einige von Benno Kuhlmanns Spezis aus der Politikerszene. Ich weiß jetzt noch ein sehr delikates Detail aus seinem Leben. Ich habe quasi eine inoffizielle Befragung in Kleinenbremen durchgeführt, bevor ich zu meiner Mutter gefahren bin."

Peter Kruse grinste geheimnisvoll und nahm noch einen Schluck Wein.

„Nun mach es doch nicht so spannend!"

„Ich weiß jetzt, wer Bennos Geliebte ist – oder sind."

„Hä?"

„Na ja, es ist ein Paar. Der Kerl ist bi."

„Gibt's doch nicht! Der predigt doch andauernd gegen Homosexualität und dergleichen. Also, wenn ich alles geglaubt hätte, aber so etwas bestimmt nicht. Da kann man doch mal sehen, dass man bei den Ermittlungen nichts außer Acht lassen kann, auch nicht das Unwahrscheinlichste."

„Ja, aber das Beste kommt noch. Hat mich ein paar Bier gekostet, bis sein Kumpel das ausgespuckt hat. Das geile Pärchen steht im Mittelpunkt des öffentlichen Lebens. Rate mal, um wen es sich handelt?"

„Mensch Kruse, raus mit der Sprache. Wie soll ich das raten? Das könnten viele sein."

„Marlies König, Samtgemeindebürgermeisterin von Exten!", sagte Peter genüsslich.

„Ist das nicht der Hammer!"

„Oh weh, das sollten wir allerdings erst mal unter der Hand weiter recherchieren. Denn falls sie und ihr Mann mit Bennos Verschwinden nichts zu tun haben, würde ich sie gerne aus den Ermittlungsberichten fernhalten. Du weißt doch, Dreck bleibt immer kleben, und wenn das rauskommt, dass die beiden in dieser Weise sexuell aktiv sind, dann sind ihre Tage als Frontfrau von Exten gezählt."

„Ja, das wäre schade, denn sie hat viel für die Gemeinde getan. Und ehrlich gesagt: Ich finde, die Gelüste anderer gehen niemanden etwas an. Solange alles immer freiwillig und schön ist für die Beteiligten."

„Politische Gegner und die Presse sähen das sicher anders. Aber ich bin deiner Meinung. Da morgen Samstag ist, sollten wir Marlies und ihrem Gatten einen kleinen Kaffeebesuch aufnötigen."

„Vielleicht war da doch Eifersucht im Spiel?", überlegte Peter.

„Wenn aus der Lust Gefühle geworden sind oder einer der drei nur gemeint hat, da wären welche."

„Meinst du denn, sie haben ihn umgebracht und versteckt? Oder einer von beiden?"

„Oder sie halten ihn gefangen, als Lustsklaven!" Peter lachte. „Keine Ahnung. Es ist nur eine weitere Spur. Wohin sie führt, wissen wir nicht. So, ich will dann mal auf die Piste. Weck mich morgen nicht, bevor ich dich anrufe!"

„Ist ja schon gut. Treib dich nicht zu lange rum!"

Es war halb zehn, als Wolf seinen Kollegen zur Tür brachte.

„Hier, vergiss deinen Topf nicht!", sagte Peter und drückte ihn Wolf in die Hand. „Riecht ein bisschen komisch."

Das fand Wolf auch und hob den Deckel.

Benno hatte zu Lebzeiten politisch ganz klar Stellung bezogen zur Sexualität und allem, was damit zu tun hatte. Man hätte seine Meinung als erzkonservativ bezeichnen können. Das brachte ihm bei manchen Wählern einen Bonus ein, andere, liberalere Anhänger seiner Partei konnten mit diesen Aussagen wenig anfangen. Benno erklärte eindeutig, dass er von Homosexualität nichts hielt. Die Schwulen und Lesben waren ihm zuwider, vor allem, wenn sie sich öffentlich dazu bekannten und er sehen musste, wie sie sich abschleckten. Dieses erzählte ihnen Marga Kuhlmann, bei der sie auf dem Weg nach Exten vorbeifuhren, um zunächst sie nach Bennos Vorlieben zu befragen.

„Verzeihen Sie, Frau Kuhlmann, dass wir Sie mit solchen Fragen belasten", erklärte Hetzer bedauernd, „aber es haben sich Spuren ergeben, die eine solche Nachfrage erforderlich machen."

„Ist mein Mann einem Verbrechen zum Opfer gefallen? Haben Sie einen Verdacht?"

„Das wissen wir nicht. Hat er sich irgendwie gemeldet oder ist er über Dritte mit Ihnen in Kontakt getreten? Haben Sie irgendetwas über seinen Verbleib gehört?"

„Nein, gar nichts", schluchzte Marga. Kruse und Hetzer warteten, bis sie sich wieder gefangen hatte.

„Bitte sagen sie uns, ob Ihr Mann irgendwelche sexuellen Vorlieben hatte. Sie sagten, dass er den eigenen Geschlechtsgenossen gegenüber abgeneigt war."

„Er hätte nie im Traum daran gedacht, sich mit einem Mann einzulassen", erwiderte Marga empört.

„Warum auch, bei uns im Bett war alles normal. So wie es sein soll, wenn Mann und Frau sich lieben. Mit der Zeit stehen eben auch andere Dinge im Vordergrund, verstehen Sie."

„Ach so, darum hatte er auch mindestens eine Geliebte, von der Sie angeblich nichts wissen." Kruse lehnte sich zurück.

„Es mag da mal die eine oder andere gegeben haben, aber ganz bestimmt nichts Festes oder Verpflichtendes, für das er sein jetziges Leben aufgegeben hätte. Belangloses. Gespielinnen eben, für eine Nacht. Was bedeutet das schon."

„Wir haben Kenntnis davon erhalten, dass Ihr Mann eine regelmäßige und intensive Beziehung zu einem Paar aus Exten unterhalten hat."

Marga stockte der Atem. Sie wurde bleich.

„Bitte verlassen Sie sofort mein Haus. Solche schmutzigen Beschuldigungen muss ich mir nicht anhören. Sie wissen nicht einmal, wo mein Mann ist oder ob er noch lebt, aber Sie haben die Unverfrorenheit, solche Behauptungen in den Raum zu stellen. Ich werde mich über Sie beschweren."

„Das können Sie gerne tun, Frau Kuhlmann, aber ich an Ihrer Stelle würde es mir noch einmal überlegen. Wir würden diese Tatsache nämlich gerne aus den Ermittlungen heraushalten, wenn sie sich als nicht tatrelevant erweist. Das müsste doch ganz in Ihrem Sinne sein. Darum sind wir auch heute unterwegs, obwohl Samstag ist. Wir wollten nur wissen, ob Ihnen diese Geschichte bekannt ist."

„Nein, das ist sie nicht, und ich würde meine Hand für meinen Mann ins Feuer legen, dass er niemals einen Kerl anfassen würde. Nicht einmal einen umoperierten. Von diesen weibischen Schwuchteln hielt er nämlich auch nichts. Alles wider die Schöpfung und die Natur. Und jetzt gehen Sie bitte!"

Hetzer und Kruse waren froh, wieder im Auto zu sitzen.

„Hättest du gedacht, dass sie überhaupt so ein Wort kennt, unsere feine Dame? Sie hat Schwuchtel gesagt. Das ziemt sich doch gar nicht in den besseren Kreisen."

„Das ist ihr bestimmt rausgerutscht, weil sie sich so aufgeregt hat. Viel schlimmer finde ich die radikalen Ansichten, die sie vertritt. Ich dachte, das hätten wir schon mehrere Jahrzehnte hinter uns gelassen."

„So etwas kommt immer mal wieder aus dem Gully gekrochen, glaub mir."

„Da hast du wahrscheinlich recht, aber es ist erschreckend. Mal sehen, was uns in Exten erwartet."

Als Wolf und Peter an der Haustür der Familie König klingelten, machte zunächst niemand auf. Es war halb drei. Sie klingelten erneut und hämmerten auch mit dem Löwenkopf gegen das Metallschild im Türbalken.

„Ja, ja, ich komm ja schon", rief es durch die Tür. „Kann man nicht mal am Wochenende ein Nickerchen machen?"

Die Beamten sahen auf die Uhr.

„Was wünschen Sie?", fragte eine leicht verschlafene Stimme durch den Türschlitz.

„Kripo Rinteln. Wir hätten da in einem Vermisstenfall ein paar Fragen an Sie."

„Können Sie sich ausweisen?"

Hetzer und Kruse hielten ihre Ausweise durch den Spalt.

„Na, dann mal hereinspaziert. Ich bin gespannt, wobei wir Ihnen helfen könnten." Der Mann schlurfte ins seinen Puschen voraus. Er war unrasiert und circa Mitte fünfzig.

„Entschuldigen Sie, wir waren gestern lange wach. Ich hole mal meine Frau."

Wolf und Peter nahmen Platz. Sie sahen sich um. Nichts Besonderes. Ein eher biederes Wohnzimmer mit Dreisitzer, Zweisitzer und Sessel, in der Ecke eine Stehlampe. Der Fernseher war allerdings neuester Bauart.

„Verzeihen Sie, mein Mann hat mir gesagt, dass wir Besuch haben. Ich bin noch leicht derangiert. Wir waren bis spät in die Nacht auf einem Ball in Hameln. Eigentlich war es schon Morgen." Sie zog ihren Morgenrock fester um sich und nahm im Sessel Platz. „Was kann ich für Sie tun, meine Herrn?"

„Frau König, Sie sind Samtgemeindebürgermeisterin von Exten. Ist das richtig?"

„Das ist korrekt."

„Stimmt es, dass Sie Benno Kuhlmann aus Rinteln kennen? Ich glaube, er gehört derselben Partei an wie Sie."

Marlies wurde ein bisschen blass um die Nase, aber sie hatte ihre Fassung wieder, bevor sie sprach:

„Benno ist ein früherer Schulfreund von mir. Ein ganz alter Kumpel. Das hat mit Politik weniger zu tun. Wir haben nie den Kontakt zueinander verloren über die Jahre. Wenn wir uns auch nur sporadisch mal gesehen haben. Was ist denn mit Benno? Ich habe mich schon gewundert, dass er gestern nicht beim Ball war. Da haben wir uns jedes Jahr getroffen."

„Benno ist seit mehr als zehn Tagen verschwunden. Wir wissen nicht, wo er ist. Wir dachten, dass Sie vielleicht einen Anhaltspunkt für uns hätten – eine Idee, wo er sein könnte."

Inzwischen war auch Jochen König zurückgekehrt. Er hatte sich rasiert und angezogen.

„Keine Ahnung. So eng war der Kontakt nun auch wieder nicht!", sagte Marlies bedauernd.

„Ach", entgegnete Hetzer, „dann würden Sie eine sexuelle Beziehung also für nicht allzu eng halten?"

Marlies wurde so weiß wie ihr Morgenrock.

„Ich bitte Sie, meine Herren, wie kommen Sie denn auf so etwas?"

„Ein Vöglein hat das vom Dach geträllert. Wir haben nur genau zugehört."

„Dann muss ich Sie enttäuschen. Ich betrüge meinen Mann nicht. Wir führen eine glückliche, christliche Ehe."

„Von Betrügen habe ich auch gar nicht gesprochen. Sie beide hatten ein Verhältnis mit Benno. Eine ‚Ménage à trois', wie der Franzose so schön sagt. Aber keine Angst, das bleibt so lange unter uns wie möglich. Wenn Sie mit uns zusammenarbeiten und alles dafür tun, dass wir Benno finden, bleibt ihr kleines Geheimnis bei uns sicher. Aber wir müssen alles über Benno wissen, damit wir uns ein Bild machen können, was mit ihm passiert ist."

„Komm Marlies, jetzt gib es schon zu. Wenn du es weiter abstreitest, werden die beiden einen Weg finden, die Wahrheit auf andere Weise herauszubekommen. Ja, wir hatten ein Verhältnis mit Benno. Beide. Aber mit seinem Verschwinden haben wir nichts zu tun. Wir haben uns schon gewundert, warum er beim JoyClub nicht mehr aktiv ist. Wir dachten, Marga hätte wieder mal Stress gemacht."

„Weiß Marga von Ihrem Dreierverhältnis?"

„Ich glaube nicht. Vielleicht ahnt sie, dass irgendwo irgendetwas mit irgendwem läuft. Mehr sicher nicht. Sie kann auch nicht mit dem Computer umgehen, so halten wir Kontakt mit ihm. Telefon wäre zu auffällig."

Marlies schüttelte den Kopf.

„Jetzt hast du uns eine schöne Scheiße eingebrockt! Da kann ich ja mein Amt am besten gleich niederlegen! Ich sehe die Schlagzeile schon vor mir: ‚Die Bürgermeisterin vögelt mit zwei Kerlen.' Ein gefundenes Fressen für die Zeitungen."

„Frau König, das sehen Sie falsch. Wir möchten auch nicht, dass etwas an die Öffentlichkeit dringt. Wir müssen nur sicherstellen, dass Bennos Verschwinden nichts mit seinen sexuellen Neigungen zu tun hat. Und genau das möchten wir herausfinden. Es gibt sonst nicht den Ansatz einer Spur – außer, dass er mit einem Fremden aus dem ‚Stadtkater' in Richtung Park gegangen ist. Wir brauchen Ihre Hilfe."

„Ok, ist ja jetzt eh schon egal. Also, ich kenne Benno wirklich aus der Schule, aber wir haben uns viele Jahre nicht gesehen, bis ich sein Profil bei JoyClub gelesen habe. Auch da wusste ich noch nicht, dass es sich um ihn handelt. Die Personen dort sind anonym. Jochen und ich sind als Paar registriert. Wir suchen andere Personen oder Paare mit bisexuellen Neigungen, mit denen wir uns treffen können, um unsere Wünsche auszuleben. Da wir an dauerhaften Partnerschaften interessiert sind, haben wir von Exten aus einen Umkreis von 25 Kilometern angegeben. Wirklich rein zufällig haben wir Benno so wiedergetroffen. Als er uns sein Foto schickte, musste ich erst schlucken und dann lachen. Wir haben überlegt, ob es etwas ausmachen könnte, dass wir uns aus der Vergangenheit kannten.

Sympathisch war er mir immer. Wir dachten dann, dass es eigentlich gut sei, ihn für die Treffen auszuwählen, da ihm genauso viel daran lag, unentdeckt zu bleiben wie uns. Stellen Sie sich vor, das würde bekannt. Ein gefundenes Fressen für alle, die uns zerreißen wollten."

„Gut, das klingt logisch. Können wir davon ausgehen, dass Benno beim Sex durchaus auch an Ihrem Mann Gefallen gefunden hat?"

„Herr Kommissar, so eine Begegnung lebt von der Vielzahl der Möglichkeiten. Man will entdecken. Da schreckt man doch nicht vor dem anderen zurück. Man fasst sich an, ergründet die Körper, streichelt, liebkost und bietet sich an. Sex mit einer Person kann schon schön und vielfältig sein. Sex mit mehreren eröffnet ganz neue Räume. Sie sollten es einmal probieren."

„Dann hat also Benno, der vehement gegen Homosexualität gewettert hat, auch mit Ihrem Mann geschlafen?"

„So eindeutig kann man das nicht benennen, das wäre zu einfach, aber ja, er hat meinen Mann berührt, ihm Lust bereitet und ist auch sonst mit uns satt geworden."

„Vielen Dank für Ihre Offenheit. Können Sie uns sagen, wo Sie vor zwölf Tagen waren, so in den Abendstunden nach 22 Uhr?"

„Das kann ich Ihnen ganz genau sagen. Wir sind nämlich erst vor einer Woche aus dem Urlaub zurückgekommen. Wir waren zwei Wochen auf Teneriffa. Herrlich. Ein traumhaftes Klima."

„Ich gehe davon aus, dass Sie das belegen können. Gut, dann haben wir erst einmal keine weiteren Fragen." Hetzer stand auf und schüttelte Marlies König die Hand. Ihr Mann hatte unterdessen eine Schrank-schublade geöffnet und wedelte mit den Flugscheinen. Peter warf einen Blick darauf.

„Vergessen Sie Ihr Versprechen nicht, Herr Hetzer."

„Kein Wort wird über meine Lippen kommen." Hetzer verriegelte seine Lippen mit einem unsichtbaren Schlüssel und folgte Peter in Richtung Tür. Draußen holte er erst einmal tief Luft.

„Puh, was für eine Miefbude. Die hatten heute bestimmt noch nicht gelüftet."

„Vom Waschen ganz zu schweigen. Da war auch noch niemand aufgestanden, bevor wir geklingelt haben."

„Kann sein. Ist mir im Prinzip auch egal, wenn ich nicht in dem Mief sitzen muss."

„Jetzt sind wir so schlau wie vorher. Es nützt uns rein gar nichts, dass wir wissen, dass er es gerne sehr phantasievoll trieb."

„Ich habe mir auch mehr davon versprochen, wenn ich ehrlich sein soll. Und dann haben die auch noch ein todsicheres Alibi."

„Was heißt Alibi. Wir wissen noch nicht mal, ob es ein Verbrechen gegeben hat. Der Pfarrer ist wenigstens tot. Aber da tappen wir auch im Dunkeln."

„Ja, völlig. Ob Kuhlmann sich noch mit anderen hier aus dem Umkreis getroffen hat? Vielleicht mit Fraas?"

„Jetzt bist du völlig übergeschnappt, Hetzer. Ein politischer Mittfünfziger mit einem alten katholischen Geistlichen? Das ist doch wohl mehr als unwahrscheinlich."

„Da hast du wohl recht. Auf die Verbindung kam ich eben auch nur, weil wir in beiden Fällen rein gar nichts wissen. Vielleicht taucht Benno auch schon bald wieder auf."

„Hoffentlich hast du das nicht wörtlich gemeint", grummelte Peter. „Ich habe keine Lust auf eine weitere Wasserleiche. Es ist schon so kalt draußen. Sag mal, was hast du eigentlich mit dem Inhalt des Topfes gemacht?"

„Mit dem Inhalt? Ich habe den ganzen widerwärtigen Topf in die Mülltonne geschmissen."

„Habe ich mich geirrt oder bewegte sich dessen Inneres?"

„Können wir vielleicht von etwas anderem reden? Ich möchte gleich noch kochen!"

„Klar, wir können darüber nachdenken, wer dir den Topf vor die Tür gestellt hat. Deine Nachbarin doch sicher nicht."

„Moni habe ich heute Vormittag schon gefragt. Sie hat gleich ein schlechtes Gewissen bekommen, weil sie den versprochenen Eintopf noch nicht gekocht hat. Aber sie hatte mir nichts hingestellt."

„Das ist doch aber merkwürdig. Kann es einer deiner anderen Nachbarn gewesen sein? Freunde, Bekannte mit einem schlecht funktionierenden Kühlschrank? Jemand, der unter deinen Kochkünsten gelitten hat? Jemand, der dir einen Schreck einjagen wollte?"

Hetzer wurde innerlich kalt. Ihm fiel wieder ein, dass seine beiden Wachposten an dem Abend, bevor Peter vorbeigekommen war, so ein Spektakel gemacht hatten.

„Peter, erinnerst du dich, dass ich dich gefragt hatte, ob du vorher schon einmal da gewesen warst? Gestern Abend meine ich."

„Stimmt, das hattest du gesagt. Also muss vor mir jemand an deiner Tür gewesen sein, der etwas abgestellt hat. Aber wer?"

„Keine Ahnung. Man kann allerdings nicht behaupten, dass es ein Akt der Nächstenliebe oder Zuneigung war. Eher im Gegenteil."

„Wer also könnte etwas gegen dich haben? Sind wir vielleicht doch im Fall Fraas oder Kuhlmann auf irgendeiner Spur, von der wir nichts wissen?"

„Nee, nee, da habe ich mich schon einmal zum Horst gemacht, als ich Mica die Ratte gebracht hatte. Den Triumph gönne ich ihr nicht ein zweites Mal. Darum habe ich den Topf sofort weggeschmissen."

„Hmm, eine tote Ratte vor der Haustür ist etwas anderes als ein Topf mit verdorbenem Fleisch. Die Ratte kann von einer Katze erlegt worden sein. Der Schweinebraten kann sich nicht selbst in den Topf und mit ihm auf deine Matte gelegt haben. Das ist ein Unterschied."

„Trotzdem, Peter, lass es gut sein. Weg ist weg."

„Wie du meinst", erwiderte Kruse, der vor Hetzers Tor hielt, „aber sei wachsam."

„Dafür habe ich Emil und Gaga", lachte Wolf, mehr, um der Sache das Gewicht zu nehmen. Etwas war faul – nicht nur das Fleisch. Und er hatte heute etwas gehört, das von Bedeutung war, aber er konnte es nicht fassen. Es war in sein Bewusstsein eingedrungen und lag dort verborgen unter der Oberfläche.

Hetzer rührte und rührte. Er stand auf einem riesen-
großen Gerüst. Sein Löffel war knapp drei Meter lang.
Das Rühren fiel ihm unendlich schwer. Die Hitze der
Flammen stieg am Topf empor und durch das Gerüst
auch zu ihm hinauf. Es war längst zu heiß geworden.
Sogar seine Füße brannten. Lange würde er es hier
nicht mehr aushalten. Springen konnte er nicht,
ringsum nur Flammen oder der Tod, wenn er falsch
aufkam. Er musste rühren. Das Gulasch war noch
nicht fertig. Wenn der Riese kam und merkte, dass das
Fleisch noch nicht zart war, würde er wieder kopfüber
aufgehängt werden. Eine gemeine Strafe.

Wenn der Riese ganz gemein war, hängte er ihn so
über die Flammen, dass er den Geruch seiner ver-
brannten Haare in der Nase hatte. Im Topf brodelte es
jetzt. Die weißlichen Fleischstücke kamen wieder und
wieder an die Oberfläche und grinsten ihn an. Sie wollten nicht gar werden. Sie lebten noch.

Zuerst hatte er gedacht, sie bewegten sich durch das
Brodeln, aber nein. Sie tanzten und lachten. Die Hitze
schien ihnen nichts auszumachen. Immer höher stieg
das Gulasch im Topf. Er hatte nichts, um die Flamme
kleiner zu stellen. In seiner Not pinkelte er ins Feuer,
aber das half auch nur für einen kurzen Moment. Er
hörte jetzt, dass die länglichen Fleischstücke auch singen konnten.

Sie zischten. Einmal schwamm eines länger an der
Oberfläche hin und her und kicherte:

„Ist dir heiß? Das macht nichts. Was du nicht hast,
kann nicht verbrennen!"

Wolf rührte den Fleischwurm weg. Ekelig, was der Riese so aß. Und was sollte das überhaupt bedeuten. Was hatte er nicht, das nicht verbrennen konnte?

Wieder und wieder kamen die ekeligen Dinger nach oben und stiegen gleichzeitig im Topf in die Höhe.

Er musste sich entscheiden. Flamme oder siedender Sud. Da kam ihm die Idee. Der Löffel, mit dem er jetzt schon seit Stunden rührte, war aus Holz. Kurz bevor das Gulasch überkochte und dabei die Flamme löschte, schwang er sich an den Löffel und balancierte wie ein Matrose im Ausguck auf dem Mast. Nur, dass der fest hielt.

Gerade, als er sich nicht mehr halten konnte, ging die Tür auf ...

Wieder einmal wachte Wolf schweißgebadet auf. Was waren das nur für Träume?

Gaga begleitete ihn hinunter in die Küche. Ihm war noch jetzt ganz schummerig. Der Traum hatte ihn an den Topf erinnert. Ekelig. Ob Peter doch recht gehabt hatte? Egal, er fischte das Ding jetzt nicht mehr aus dem Müll. Im Geiste hörte er Peter, der sagte „Das kann auch die Spusi machen!". Auch wenn er recht hatte, Wolf wollte seine Ruhe haben. Und morgen würde er ausspannen. Da war Sonntag. Schon in der Frühe ein gemütliches Feuer im Ofen und alles würde gut. Mit diesem tröstenden Gedanken schlief er nach einem Glas Milch den Rest der Nacht traumlos und genoss den freien Tag, bis sein Telefon klingelte.

Das Blut, das aus der Wunde geflossen war, glich nur im ersten Moment versengter Wüstenerde. Doch es lag ein Glanz auf der Oberfläche der Kruste, die sich an manchen Stellen wölbte oder in rotbraunen Zacken vom Boden abstand.

Ein beinahe faszinierendes Stillleben, wäre da nicht ein zu gut abgehangener Körper gewesen, der an einem Seil von der Decke hing – gerade so tief, dass die Hände nicht auf den Boden reichten und das Blutbild zerstörten.

Der Gestank war widerlich, genau wie das Wimmeln weißer Maden, die aus der klaffenden Halswunde und den Körperöffnungen ein- und auskrochen.

In der Luft lag ein leichter Brandgeruch. Er konkurrierte mit dem der Verwesung und schien zu unterliegen. Wo vorher Bein-, Scham- und Brusthaare gewesen waren, zeigte der Körper Verbrennungen. Der Kopf war gänzlich schwarz. Jemand musste die Haare von der Haut geflammt haben. Wie bei einem geschlachteten Schwein, dachte Nadja und hielt beim Näherkommen den Atem an.

Sie erinnerte sich an die alten Geschichten, daran, dass ihre Großmutter als Kind oft zugesehen hatte, wenn ein Tier geschlachtet worden war.

In Nadja kämpfte die Faszination mit der Übelkeit. Sie wickelte sich ihr Tuch um Nase und Mund und fotografierte den Leichnam aus verschiedenen Blickwinkeln. Der Gestank kroch durch die Maschen.

Irgendetwas stimmte hier nicht. Das Bild war gestört. Doch sie wusste nicht wodurch.

Die Redaktion hatte sie zur Recherche historischer Dokumente hierher geschickt.

Auf den Dachboden der alten Eulenburg. Wo sonst niemand hinkam. Und jetzt bestimmt niemand hinwollte. Man hatte ihr unten im Museum den großen Schlüssel gegeben. Doch am Ende der Treppe hatte der Tag eine ganz andere Überraschung für sie bereitgehalten. Den Tod. Aus der geöffneten Tür hatte sie dessen greifbare Existenz wie ein Faustschlag getroffen. Im diffusen Licht war er nur mit der Nase wahrnehmbar gewesen. Die alten Lampen, die Schatten aus verschiedenen Richtungen auf das menschliche Pendel warfen, konnten das Grauen nicht vertreiben. Es schauderte sie. Doch das hier war greifbarer als vergilbtes Papier. Besonders für die ehemalige Medizinstudentin, die immer noch nebenbei für die Schaumburger Zeitung schrieb.

Seitdem sie begonnen hatte, ihren Facharzt im Bereich der Rechtsmedizin zu machen, kam sie nur noch selten dazu, ihre Redaktionskollegen zu unterstützen. Das hier war ein echter Höhepunkt in ihrer medizinischen Ausbildung. Sie hatte schon einiges auf dem Seziertisch gesehen, aber ein Leichnam in diesem Verwesungszustand war etwas Besonderes. Und er war noch unversehrt. Keiner hatte ihn vor ihr gesehen. Er gehörte nur ihr. Wie er so von der Decke baumelte, wie es auf ihm krabbelte und wuselte, wie er roch. Das alles war einzigartig. Sie blieb noch einen Moment – mit flauem Magen zwar – aber sie wollte diese Eindrücke ganz in Ruhe für sich sammeln. Erst dann klappte sie ihr Handy auf und rief den Notruf an.

Während sie auf die Beamten wartete, wunderte sie sich über sich selbst. Sie wunderte sich über das, was dieser Tote in ihr auslöste. Und sie wusste, dass sie beruflich auf dem richtigen Weg war.

Kruse und Hetzer hatten sich ihren Sonntagnachmittag ruhiger vorgestellt. Aber das war in ihrem Beruf nicht zu ändern. Der Kaminofen brannte in Hetzers Kate vor sich hin. Jetzt allerdings ohne ihn, er würde bald ausgehen. Heute war an Entspannung nicht mehr zu denken. Bei dem Bild, das sich den Kommissaren auf dem Boden der Eulenburg bot, kam Hetzer der Traum wieder in den Sinn. Es gab eine Parallele: Maden im Topf, Fleischstückmaden im Traum, Maden auf Benno.

Der Gestank war nicht auszuhalten. Hinter ihm auf der Treppe hörte er das Stapfen von Füßen.

„Puh, diese persönliche Note ist nicht von schlechten Eltern!", ächzte Mica. „Aber ihr könnt euch glücklich schätzen. Im Sommer wär's noch schlimmer."

„Toll, danke Mica, du bist so aufbauend wie immer!", sagte Peter mit erstickter Stimme.

„Darum liebt ihr mich ja", erwiderte sie schmunzelnd und warf Hetzer einen zwinkernden Blick zu.

„Wir können einfach nicht ohne dich."

„Das weiß ich ja und darum gebt ihr euch auch solche Mühe, mich sonntags mit derartigen Besonderheiten zu überraschen."

Mica umrundete den Leichnam und machte sich Notizen.

„Kannst du uns schon was sagen?"

„Also, er ist tot!"

„Was du nicht sagst. Ich dachte schon, er hält sich einen Zoo auf der Haut."

„Seid froh, dass die Tierchen da sind, denn sie verraten uns eine ganze Menge über sein Ableben."

„Vielleicht verrätst du uns ja erst mal ein bisschen?"

Mica schaute auf das Thermometer.

„Ihr könnt davon ausgehen, dass er ungefähr eine Woche hier abhängt."

„Wie kommst du darauf?"

„Hier oben haben wir jetzt 18 °C. Der Boden ist wegen der Dokumente leicht temperiert. Wenn wir von einer Nachtabsenkung ausgehen, sprechen wir von einer durchschnittlichen Temperatur in Höhe von 15/16 °C. Die Maden sind ungefähr einen Zentimeter lang und ihr Darm ist im ersten Drittel gefüllt. Ich muss sie später noch genau vermessen. Das bedeutet, dass der Eintritt des Todes vor sieben bis acht Tagen geschehen sein muss."

„Wahnsinn. Das erkennst du an den Viechern?"

„Das kann ich euch später noch genauer sagen. Gestorben ist er wahrscheinlich an dem Stich in den Hals. Dort ist auch das Blut ausgetreten. Viel Blut. Seht ihr die große Pfützenkruste? Das ist ziemlich eindeutig. Man kann auch gut erkennen, dass irgendwer mit einer Flamme den Körper versengt hat. Falls man den Braten nicht schon vorher gerochen hat."

„Mica, du bist echt widerlich."

„Danke für das Kompliment. Soll ich nun weitererzählen oder ist euch das Märchen zu gruselig?"

Wenn sie so freundlich grinste, konnte man ihr nichts übelnehmen.

„Ich meine doch nur. Du bist so pietätlos."

„Nicht ich bin so, sondern der Tod selbst mit all dem Ekel, der um ihn herum ist. Denkt ihr, ich bin gerne hier? Mit meinem Sarkasmus kann ich die Tatsache nur besser ertragen."

„Ok, mach weiter!"

„Was ihr nicht so genau seht – wenigstens nicht auf den ersten Blick – ist, dass er nicht vollständig ist. Das liegt an seiner Haltung und an dem Stich in seinem Hals."

„Was fehlt ihm denn? Außer der Kleidung meine ich?"

„Siehst du, Wolf, jetzt fängst du auch schon so an. Es fehlen seine Genitalien, und wenn ich es recht erkenne, hat man sich auch an seinem Hals zu schaffen gemacht, bevor er erstochen wurde."

„Heißt das, er wurde vor seinem Tod verstümmelt wie der Pfarrer aus Hameln?"

„Ungefähr."

„Wieso ungefähr? Ja oder nein?"

„Ja und nein!"

„Und im Detail bitte?!"

„Pfarrer Fraas ist vor Ort kastriert und von seinem Adamsapfel befreit worden. Bei Benno hat sich jemand die Mühe gemacht, ihn zu operieren und erst noch ein bisschen leben zu lassen. Hier, seht ihr die frischen Narben? Wenn ich es trotz der Verbrennungen richtig erkenne, verstand da jemand sein Handwerk. Das ist eine richtige Plastik."

„Dann können wir also davon ausgehen, dass der Mörder Arzt ist?"

„Das könnte sein. Möglich wären auch Studenten der Medizin, Bestatter oder Schneider mit medizinischer Vorbildung, OP-Schwestern, die gut aufgepasst haben. So, mir stinkt's jetzt. Ich haue ab. Ihr könnt ihn abnehmen lassen, wenn ihr wollt. Morgen Abend könnt ihr nachfragen, nicht eher."

Wolf und Peter hatten auch genug.

Sie folgten Mica nach unten, wo die Zeugin Nadja Serafin auf die beiden wartete.

„Hey, wir kennen uns doch", rief Mica. „Sie haben doch eine Weiterbildung bei mir gemacht, oder?"

„Frau Dr. von der Weiden. Das ist ja irre. Haben Sie den Toten gesehen? Klar haben Sie. Deswegen sind Sie ja hier. Verzeihung, ich bin ein bisschen durcheinander. Ich habe noch nie eine so interessante Leiche gehabt."

„Oh je", stöhnte Hetzer, „jetzt haben wir schon zwei von der Sorte. Komm, wir gehen etwas Luft schnappen, Peter, bis die beiden sich ausgetauscht haben. Mir ist nicht gut. Ich habe das Gefühl, ich rieche Benno immer noch."

„Kein Wunder. Ich glaube, du musst dir gleich erst mal den weißen Schutzoverall vom Leib schaffen. Du riechst nämlich wirklich wie Kuhlmann und das wird bei mir nicht anders sein. Das stinkt nachher noch aus der Mülltonne, glaub mir!"

„Ist mir wurscht, ich schmeiße alles zu meinem Madentopf. Ekel zu Ekel."

„Apropos ... Madentopf ... Wolltest du nicht ...?"

„Nein, wollte ich nicht. Aber jetzt vielleicht. Die Dinge haben sich eben geändert."

Die Magennerven von Kruse und Hetzer hatten sich langsam wieder beruhigt, als Mica mit der Zeugin die Eulenburg verließ. Sie winkte noch einmal, riss sich den weißen Schutzanzug ab und stopfte ihn samt Koffer ins Auto. Mica stand mit dem Heck ihres Volvos direkt vor dem historischen Gebäude. Sie verlor keine Zeit, sprang in den Wagen und fuhr zügig davon. Dabei wollte Hetzer sie noch auf den Topfinhalt angesprochen haben, seinen Vorsätzen zum Trotz. Er würde sie später anrufen.

Die junge Frau, mit der sie sich unterhalten hatte und die gleichzeitig ihre Tatortzeugin war, stand etwas verloren auf der Treppe und sah Mica nach.

Als Wolf behutsam „Sie sind Frau Serafin? Sie haben die Leiche entdeckt?" fragte, schien er sie aus ihren Träumen zu reißen.

„Äh ja, das war einfach umwerfend!"

Hetzer und Kruse sahen sich an. Beide fanden die Ausdrucksweise ein bisschen merkwürdig.

„In der Tat umwerfend, wenn man zart besaitet ist. Geht es Ihnen nicht gut?"

Wer hatte dafür mehr Verständnis als Hetzer und Kruse?

„Mir geht es phantastisch. Ich habe noch nie ein so morbides Biotop gesehen und das auch noch vollkommen unberührt. Dass ich einmal ein Mordopfer finden würde – völlig krass!"

Peter und Wolf waren perplex. Das hatten sie noch nie erlebt. Eine so unverhohlene Begeisterung bei einer derart widerlichen Situation.

„Sie müssen mich für zweifelhaft halten", lachte Nadja. „Es ist nur so, dass ich mich eben endgültig dafür entschieden habe, Rechtsmedizinerin zu werden. Zell- und Gewebeproben reichen mir nicht. Fälle wie diesen hier aufzuklären, das ist meine Zukunft."

„Verstehe", sagte Hetzer und verstand nix.

„Sehen Sie, ich bin Ärztin und habe schon Weiterbildungen in dieser Richtung absolviert. Ich scheute mich aber, ganze 60 Monate dafür zu opfern. Jetzt weiß ich, dass ich dazu beitragen möchte, solchen Schweinen das Handwerk zu legen, die Menschen brutal umbringen. Apropos Schwein. War das Opfer auch eins?"

„Wie kommen Sie darauf? Äh, ich verstehe Ihre Frage nicht."

„Na, weil er geschlachtet worden ist wie ein Schwein. Aufgehängt und angestochen, danach alle Haare abgeflammt – überall. Fehlt nur der Bottich, in dem jemand sein Blut gerührt hätte."

Kruse schluckte.

„Frau Serafin", sagte Hetzer. „Nun wollen wir mal ganz von vorn anfangen. Ihre Begeisterung und Ihr Engagement für die Belange der Rechtsmedizin in Ehren. Aber wir müssen erst einmal wissen, wie sich das Auffinden der Leiche zugetragen hat."

„Gelegentlich schreibe ich immer noch für die Schaumburger Zeitung. Das habe ich bereits während meines Studiums getan. Jetzt mache ich eher Reportagen, am liebsten historische. Die aktuelle soll von der Zeit der Hexen in Rinteln handeln. In der Woche arbeite ich momentan an der MHH in Hannover. Da ist es schwierig für mich mit den Recherchen. Ich war mit der Museumsleitung so verblieben, dass ich am Wochenende, wenn geöffnet ist, nach alten Dokumenten suchen darf. Die Ergebnisse stelle ich hinterher dem

Museum zur Verfügung. Geschichte ist mein zweites Steckenpferd, wissen Sie!"

„Sie sind also die Treppe zum Boden hinaufgestiegen. Wann war das genau?"

„Das muss so gegen 14:15 Uhr gewesen sein. Ich war hier, kurz nachdem die Eulenburg aufgemacht hat, und habe dann gewartet, bis man mir den Schlüssel aushändigt."

„Ist Ihnen bereits auf der Treppe etwas aufgefallen?"

„Der Geruch war schon kurz vor der Tür in der Luft. Ich dachte aber eher an ein totes Tier, einen Marder oder so etwas. Diese alten Dächer sind nie ganz dicht und oft ein Zuhause für unerwartete Gäste. Als ich die Tür dann aber aufgemacht habe, traf mich der Gestank wie ein Hammer."

„Das spricht für die Qualität der Tür!", warf Peter ein.

„Diese massiven Holztüren sind mindestens 20 cm dick. Sehen Sie sich mal das Schloss an. Ein Meisterwerk historischer Schmiede- und Schlosserkunst!"

„Als Sie die Tür geöffnet hatten, haben Sie da sofort gesehen, was passiert war?"

„Nur diffus. Es gibt dort oben ein paar Fenster, aber sie beleuchten nicht alles."

„Dann haben Sie also Licht gemacht? Hatten Sie keine Angst?"

„Angst, wieso? Wenn eine Leiche schon stinkt, kann man doch wohl davon ausgehen, dass sich niemand anders in ihrer Nähe aufhält, oder würden Sie das tun? Ja, ich habe Licht angemacht. Ich wollte doch sehen, was da genau hing. Wären Sie nicht neugierig gewesen?"

Hetzer überging die Frage.

„Haben Sie noch etwas anderes berührt? Ich meine, außer dem Lichtschalter? Überlegen Sie genau. Das ist wichtig für die Ermittlungen."

„Sie müssen mich für dämlich halten. Natürlich habe ich nichts angefasst. Das sieht man doch in jedem Tatort. Den Lichtschalter habe ich übrigens mit dem Schal betätigt. Ich ahnte ja schon, dass da kein Tier hängt. Es hätte natürlich auch Selbstmord sein können, aber sicher ist sicher."

Kruse war genervt durch die selbstgefällige Art der jungen Frau. Er fragte:

„Wieso hat es dann noch eine halbe Stunde gedauert, bis Sie uns angerufen haben?"

Nadja Serafin antwortete nicht gleich. Die Frage war ihr unangenehm.

„Sie werden das nicht verstehen. Ich habe beobachtet. Den Körper, die Versengungen, die Narben, den Stich, die Maden."

Bei diesen Worten musste Hetzer wieder an seinen Topf denken und war sich jetzt ganz sicher, dass er etwas mit dem Fall zu tun hatte. Fleisch mit Maden wie hier. Er hätte schwören können, dass die Ratte auch vielleicht von einer Katze erlegt worden war, aber dass sie bestimmt jemand anders auf seiner Fußmatte drapiert hatte.

„Wenn Sie keine Ärztin wären, würde ich Sie für gestört halten. In Ihrem Fall kann ich das Interesse sogar ansatzweise verstehen. Dumm ist nur, dass Sie eventuelle Fußspuren durch Ihre ‚Beobachtungen' zerstört haben."

„Das wird sich in Grenzen halten. Ich habe den Mann durch das Zoomobjektiv meiner Kamera betrachtet. Ich bin also gar nicht so dicht rangegangen."

Mist, dachte Nadja, ich hab mich verplappert. Jetzt kassieren sie die Kamera samt Bildern ein.

„Wo ist denn das gute Stück jetzt? Haben Sie auch Bilder gemacht?"

„In meiner Hosentasche und ja, ich habe ein paar Mal abgedrückt."

„Dann darf ich Sie bitten, uns die Kamera zu überlassen. Sie bekommen sie dann später wieder – ohne die Tatortfotos."

Nadja fluchte innerlich, zog aber die Digicam aus der Tasche und händigte sie Hetzer aus.

„Haben Sie noch irgendwelche Beobachtungen gemacht? Etwas, das Ihnen komisch vorkam?"

„Ich hatte nur so einen Gedanken. Wenn ich es richtig gesehen habe, dann fehlte dem Herrn ein entscheidendes Detail."

„Dazu können wir Ihnen aus ermittlungstechnischen Gründen keine Auskunft geben."

„Ok, aber mal angenommen, es wäre so. Bei Schweinen – um mal bei dem Bild zu bleiben - entfernt man den jungen Ebern nur die Hoden. Allgemein wird doch bei Kastrationen im Tierreich das männliche Glied belassen, wo es ist. Hier war aber keins. Warum?"

„Sagen Sie mir, warum."

„Er sollte kein Mann mehr sein – nicht nur hormonell, sondern auch optisch."

„Ah, meinen Sie", Hetzer streckte sich. „Vielen Dank, Frau Serafin. Wir müssen hier noch weitere Befragungen vornehmen. Ich gebe Ihnen hier meine Karte. Wenn Ihnen noch etwas einfällt, möchte ich Sie bitten, mich anzurufen."

Als Kruse und Hetzer ihre Befragungen in der Eulenburg beendet hatten, war die Spurensicherung immer noch nicht fertig.

Wolf kam eine Idee. Er kannte den rothaarigen Seppi schon aus früheren Ermittlungen.

„Hör mal, Seppi?", fragte er an der Tür zum Dachboden.

Der Gestank war immer noch ekelerregend.

„Ich hab da ein Problem. Parallel zu den Morden in Hameln und auch hier sind mir Dinge vor die Tür gelegt worden, die eventuell in Zusammenhang mit den Delikten stehen könnten. Das habe ich aber jetzt erst erkannt, weil die Leiche von Benno Kuhlmann gewisse Ähnlichkeiten mit der von Pfarrer Fraas aufweist. Könntest du einen Topf Gulasch aus meiner Mülltonne mit untersuchen? Ist aber nicht lecker."

Seppi, der immer gut gelaunt war, hielt sich den Bauch vor Lachen. Wolf war in dieser Umgebung überhaupt nicht zum Lachen zumute.

„Hast du etwas zu lange gekocht? Oder etwas Gekochtes zu lange stehen gelassen? Probieren will ich es aber nicht."

„Mensch Seppi, du sollst es nur untersuchen. Was da für Maden drin sind, was es für Fleisch ist und so. Ob DNA-Spuren des Kochs zu finden sind, am Topf vielleicht. Du würdest mir echt einen Gefallen tun."

„Na gut, Wolf, klingt verlockend. Ist schon ein echt spezieller Gefallen, aber ich fahre nachher bei dir vorbei. Wo steht denn die Tonne? Ich meine, falls du nicht zu Hause bist."

„Meine Kate wird schwer bewacht. Klingel bitte bei meiner Nachbarin, Moni Kahlert. Sie zieht dir die Tonne an die Straße."

„Wird gemacht. Ich rufe dich dann später an. Heute werde ich es aber wahrscheinlich nicht mehr schaffen."

„Dank dir", sagte Hetzer und stieg die Stufen wieder hinab.

Kruse stand in der Herbstsonne und hielt sein Gesicht mit geschlossenen Augen in die Wärme.

„Herrlich, Hetzer. Wenn der da oben nicht wäre, könnten wir glatt im ‚Stadtkater' oder in der Eisdiele am Marktplatz einen Kaffee trinken."

„Vergiss es. Wir haben eine andere Aufgabe. Und die bringt eher Wolken. Marga Kuhlmann muss wissen, dass ihr Mann nicht mehr lebt."

„Theoretisch kommt es da aber auf eine halbe Stunde nicht an."

„Nix da, lass es uns hinter uns bringen. Wenn du willst, können wir nachher zusammen kochen. Ich nehme an, du hast heute keine Lust, noch nach Hameln zu fahren und die Haushälterin zu befragen?"

„Bist du irre? Irgendwann muss ich mich auch mal erholen. Das kann doch nun wirklich bis morgen warten."

Die Sonne stand schon merklich tiefer, als sie vor Marga Kuhlmanns Haustür standen. Für Hetzer war es auch nach Jahren immer noch unverständlich, wie Personen Gesichter lesen konnten. Besonders, wenn sie schlechte Nachrichten übermittelt bekamen. Oftmals waren Worte überflüssig. Marga wurde einfach bleich, als Kruse und Hetzer diesmal vor ihrer Tür standen. Sie fing an zu weinen und ging voraus. Mit einem Mal war dieses Haus verändert. Die Gardinen, das Licht, das hineinfiel, die Möbel, der Duft. Es gehörte jetzt einer einsamen Witwe, die nicht gelernt hatte, dass es nicht ausreichte, nur der kleine Teil eines Ganzen zu sein.

Wer in den Tagen der frühen 80er-Jahre im Weserbergland oder dem Schaumburger Land etwas auf sich
hielt, fuhr in die größeren Städte zum Einkaufen.

Susis Eltern hatten sich einen Wintermantel mit
Hirschhornknöpfen für Susi vorgestellt – einen echten
englischen Dufflecoat. Den fand Susis Mutter einfach
ganz entzückend für ihre Tochter. In rot oder dunkel-
blau. Ein Marathon durch Hertie, Mäntelhaus Kaiser,
C&A und etliche weitere Geschäfte in Hannover begann. Susi hasste Hirschhornknöpfe. Die Geweihe gefielen ihr auf den lebenden Tieren viel besser und sie
hasste diese Art von Wollmantel überhaupt. Kratzig
und steif wie die Dinger waren, konnte sie sich schon
bei der Anprobe nicht in ihnen bewegen. Und bewegen wollte sich Susi immer. Vor allem draußen, auch
im Winter. Es war schon schlimm genug, dass Mutter
ihr immer diese Fellmützen aufsetzte, die unten mit
Bommeln zugeknotet wurden. Wie ein Schneeball sah
ihr Kopf dann aus. Aber da konnte sie sich immerhin
vorstellen, sie sei ein Eskimo auf einem Hundeschlitten.

Als Susi nach dem neunten Dufflecoat immer noch
etwas auszusetzen hatte, wurde Mutter langsam ärgerlich. Sie waren zu groß, zu weit, zu klein, zu rau,
zu irgendwas. Da entdeckte Susi IHN auf einem Bügel.
Dunkelbeige aus Steppstoff mit gesticktem Muster,
innen dunkelbraunes Fell, das um Ärmelenden und
Kapuze herumgezogen war. In der Mitte einen Reißverschluss. Bevor irgendjemand etwas sagen konnte,

hatte Susi den Mantel angezogen und sagte: „Bitte, ich möchte diesen Mantel."

„Ach", rief Mutter, „der ist doch schon fast zu klein."

„Wir haben ihn auch noch eine Nummer größer!", antwortete die Verkäuferin.

„Eigentlich möchten wir aber einen Dufflecoat."

„Nein, Mama, bitte nicht. Den oder keinen. Ich möchte auch nichts zu Weihnachten."

„Ach Susi, lass uns erst einmal noch weitergucken."

Nach Dufflecoat Nummer siebzehn fing Susi an zu weinen. Es konnte keinen anderen Mantel für sie geben als den, in den sie sich verliebt hatte. Ein echter Eskimomantel. Warm, weich, zum Rumspringen und Elche jagen. Oder Rentiere. Zum Eisfischen und Hundeschlittenrennen war er wie gemacht.

Und dieses eine Mal gaben Vater und Mutter nach. Schweren Herzens kauften sie ihrer Tochter einen Mantel, der sich von dem ihrer Vorstellungen so sehr unterschied wie der Sommer vom Winter.

Susi war an jenem Tag der glücklichste Mensch auf der Welt.

Hetzer und Kruse begleiteten Marga Kuhlmann ins Wohnzimmer. Wortlos deutete sie ihnen an, Platz zu nehmen.

„Wo ist er? Wo haben Sie ihn gefunden? Wie ist er gestorben?", fragte sie mit leiser Stimme.

„Das können wir Ihnen noch nicht genau sagen, Frau Kuhlmann. Es ist auf jeden Fall durch Fremdeinwirkung geschehen. Einen Selbstmord oder einen Unfall können wir ausschließen. Wir möchten Sie bitten, eine Liste seiner Freunde und Bekannten zu erstellen. Vielleicht ergibt sich darüber die Möglichkeit, noch etwas über den Fremden aus dem ‚Stadtkater' zu erfahren. Er war der letzte Kontakt Ihres Mannes, soweit wir wissen. Der Kellner hat die beiden im Lokal gesehen. Danach verliert sich jede Spur. Wir wissen auch nichts über den zwischenzeitlichen Aufenthaltsort Ihres Mannes. Ich meine, wo er in den Tagen zwischen seinem Verschwinden bis zu seinem Tod gewesen ist. Wir können momentan noch nicht einmal sagen, wie viele das gewesen sind, in denen er versteckt oder gefangen gehalten wurde. Er ist heute Nachmittag in der Eulenburg gefunden worden."

„In der Eulenburg? Wieso wissen Sie nicht, wie lange er vermisst wurde? Das verstehe ich nicht. Ich habe Ihnen doch genau gesagt, wann er nicht nach Hause kam."

„Das haben wir auch protokolliert, Frau Kuhlmann. Ihr Mann ist aber nicht heute und auch nicht in der letzten Nacht gestorben."

Marga Kuhlmann holte tief Luft und schien auf dem großen Sofa noch zu schrumpfen.

„Wollen Sie mir sagen, dass Benno schon längere Zeit in der Eulenburg lag? Und niemand hat ihn gesehen?"

„So ungefähr."

„Was heißt so ungefähr, meine Herren? Würden Sie mir jetzt bitte genau sagen, was passiert ist? Ich muss es doch wissen und ich werde es sowieso erfahren."

„Bitte entschuldigen Sie, Frau Kuhlmann. Wir möchten Ihnen nur einfach ein paar unangenehme Details ersparen. Die Nachricht vom Tod Ihres Mannes ist schon schlimm genug."

Marga Kuhlmann setzte sich ganz aufrecht hin und legte das Taschentuch zur Seite.

„Damit ich irgendwann verstehen kann, warum Benno starb und warum er so starb, muss ich wissen, wie er starb. Bitte nehmen Sie keine Rücksicht. Ich muss ihn ja ohnehin noch identifizieren."

„Das müssen Sie nicht, Frau Kuhlmann. Mein Kollege Kruse kannte Ihren Mann. Dieser Gang bleibt Ihnen erspart. Sie sollten Ihren Mann so in Erinnerung behalten, wie Sie ihn kannten, als er noch lebte."

„Dann war er also schlimm zugerichtet!"

„Wenn Sie darauf bestehen, werde ich Ihnen in groben Zügen erklären, was wir bis jetzt wissen."

„Bitte, Herr Hetzer, meine Gedanken werden sich sonst die schlimmsten Dinge ausmalen und die Ungewissheit ist grausamer, glauben Sie mir. Als ich ein junges Mädchen war, ist meine Katze verschwunden. In den Nächten der folgenden Jahre ist sie auf jede nur erdenkliche Art in meinen Träumen gestorben, misshandelt und umgebracht worden."

„Hier haben wir es aber mit einem Menschen zu tun und mit der Realität. Ich weiß nicht, ob ich Ihnen einen Gefallen tue."

„Wenn Sie es mir nicht sagen wollen, dann habe ich andere Möglichkeiten, es herauszufinden. Mein Mann hatte bedeutende Persönlichkeiten in seinem Bekanntenkreis – auch bei der Polizei."

„Gut, Frau Kuhlmann, dann werde ich Ihnen sagen, was wir wissen. Ihr Mann muss einige Tage gefangen gehalten worden sein. In dieser Zeit ist er operiert worden. Man hat ihm seine Geschlechtsorgane entfernt." – Marga schlug sich die Hand vor den Mund. – „Soweit wir das in seinem Zustand erkennen konnten, hatte er neben der Halsstichwunde auch noch eine weitere Narbe im vorderen Halsbereich. Ihr Mann hing kopfüber an einem Balken auf dem Dachboden der Eulenburg. Durch die Halswunde ist er vermutlich verblutet. Die Obduktion steht aber noch aus. Zusätzlich weist seine Haut Brandspuren auf. Die Körperhaare fehlen komplett."

Marga Kuhlmann holte tief Luft.

„Dann ist mein Mann einem Sexualverbrechen zum Opfer gefallen?"

„So würde ich das nicht nennen. Ich glaube nicht, dass der Täter sexuelle Handlungen an Ihrem Mann vorgenommen hat. Wenn es sich um ein und dieselbe Person handelt, die ihn gefangen genommen und getötet hat, dann würde ich eher davon ausgehen, dass derjenige Benno Kuhlmann der Männlichkeit berauben wollte. Dafür könnte es dann mehrere Gründe geben. Möchten Sie uns jetzt vielleicht den Namen seiner Geliebten nennen?"

„Mich hat es nie interessiert, mit wem er sich traf. Ich hätte das aufgrund seiner politischen Aktivitäten sowieso nicht kontrollieren können. Neulich hat mir eine Freundin gesagt, dass sie seinen Wagen oft vor einem Haus am Dingelstedtwall gesehen hat. Aber das hat mich nicht interessiert. Vielleicht wohnt da auch ein Parteibruder."

„Wir prüfen das. Schreiben Sie uns doch bitte die Adresse auf. Vielen Dank."

„Wenn Sie erlauben, würde ich jetzt gerne allein sein."

„Das verstehen wir, Frau Kuhlmann." Peter drückte ihr die Hand. „Es tut uns sehr leid."

Als Hetzer und Kruse wieder an der frischen Luft waren, mussten sie erst mal tief durchatmen. Wie Blei lastete dieser Sonntagnachmittag auf ihnen. Auch hier draußen hatte sich der Himmel bezogen.

„Kommst du nun noch mit zu mir zum Essen?", fragte Hetzer.

„Och nö, du. Das ist echt nett von dir, aber ich sehe dich morgen früh schon wieder. Manchmal bin ich auch gern allein. Ich hole mir auf dem Weg eine Currywurst und vielleicht ein paar Pommes."

„Wie du meinst, bei mir gibt es Nudeln in Gorgonzolasoße mit Feigen. Aber wenn du Fastfood vorziehst ..."

Kruse lachte und tippte sich an die Stirn.

„Na dann, guten Appetit! Hauptsache, es ist kein altes Gulasch."

„Du Idiot!", sagte Hetzer und verzog angewidert das Gesicht. Er dachte, dass er für einige Zeit ganz bestimmt kein Gulasch essen würde, auch wenn sein Bœuf bourguignon eine ganz besondere Delikatesse war.

Als Hetzer nach Hause kam, sah er erleichtert, dass die Mülltonne schon an der Straße stand. Ein Glück, das scheußliche Zeug war aus seiner Tonne verschwunden. Dafür warf er jetzt die Overalls hinein und zog die Tonne wieder auf den Hof. Irgendwie fühlte er sich durch diese ungewollte Gabe bedroht. Jemand war auf sein Grundstück gekommen und hatte ihm schaden wollen. Und dieser Jemand war in seine Privatsphäre eingedrungen. Gaga stand längst am Tor, als er den Wagen in der Garage geparkt hatte. Emil machte hinter seinem Zaun einen langen Hals und schlug mit den Flügeln. Er hatte sich einen ganz besonderen Begrüßungston angewöhnt. Man hätte das sanfte Gackern fast „Gurren" nennen können.

Weil es mittlerweile dämmerte, war es wohl am besten, wenn er den Ganter gleich in den Stall brachte. Dann musste er später nicht noch einmal raus. Sobald die Sonne unterging, wurde es jetzt schon empfindlich kalt. Nachdem sich vorhin erste Wolken gezeigt hatten, sah es jetzt so aus, als ob es bald regnen würde.

„Komm, Emil, mein Guter. Willst du ein paar Körner? Put, put, put", lockte er das Tier in den Stall, füllte Wasser nach und machte die Wärmelampe an. Dann kraulte er Emil zwischen den Flügeln und an der Brust. Er streckte sich vor Vergnügen.

Aus dem großen Sack füllte er mit einer Schütte das Körnergemisch in Emils Napf. Sofort ließ dessen Interesse an ihm nach. Hetzer lachte und sagte: „Da seid ihr alle gleich. Wenn es ums Fressen geht, bin ich abgeschrieben."

Gaga wartete vor dem Stall. „Ja, du auch! Von wegen treue Seele. Alle korrupt."

Mit diesen Worten ging er zufrieden schmunzelnd durch den Hauswirtschaftsraum ins Haus. Es waren eben Tiere und das sollten sie auch bleiben dürfen. Sein Magen sagte ihm, dass er auch essen wollte. Da fiel ihm der Topf wieder ein. Er vermutete, dass dessen Inhalt einmal Benno gehört hatte. Ein unteres, delikates Stück Benno. Gut, dass es heute kein Fleisch bei ihm gab. Wahrscheinlich würde er in den nächsten Tagen eher Fisch oder vegetarisch essen. Wenigstens bis er wusste, ob seine Vermutung richtig war. Nach einem Abend ohne besondere Vorkommnisse schlief Wolf friedlich ein. Dazu hatten auch das Nudelgericht und der Weißwein ihren Beitrag geleistet.

Mitten in der Nacht schreckte er plötzlich hoch. Er musste wieder geträumt haben. Aber das Einzige, woran er sich noch erinnerte, war ein riesengroßer, haarloser Säugling mit den Gesichtszügen eines alten Mannes. Etwas stimmte an dem Bild nicht. Doch er wusste nicht was, weil es längst verblasst war.

Es war Seppi, der ihn schon früh am Morgen zu Hause anrief.

„Du, Hetzer, hör mal, dein Topf hat mir keine Ruhe gelassen. Ich konnte sowieso nicht schlafen. Da hab ich ihn mir mal vorgenommen."

„Ja und?"

„Nix!"

„Wie, nix?"

„Ganz normales, vergammeltes Schweinegulasch mit ein paar Maden drin. In unterschiedlichen Lebensstadien. Es ist also schon länger her, dass das gekocht wurde. Der Topf ist nichts Besonderes. Billige Supermarktware. Da kommen wir nicht weiter. Aber eine Sache hab ich noch."

„Jetzt lass dir doch nicht jedes Wort aus der Nase ziehen, Seppi. Das ist anstrengend. Das hast du schon immer so gemacht."

„Macht ja auch Spaß. Also: Ich habe noch ein klein wenig DNA gefunden. Menschliche DNA."

„Könnte die auch von mir sein?"

„Könnte schon, weil es männliche ist. Aber ist es nicht. Ich meine, deine ist es nicht. Die war natürlich auch vorhanden, aber ich habe unter dem Griff noch eine weitere gefunden und die könnte von diesem miserablen Koch stammen."

„Sehr interessant. Aber jetzt sag mir mal, woher du weißt, dass das meine DNA ist, die da auch an dem Topf war."

„Deine Nachbarin war so freundlich, mir deine Bürste zu bringen, zwecks Abgleich. Da waren übrigens auch weibliche Haare drin. Aber das geht mich ja nix an, wer deine Bürste so benutzt. Von einem anderen Mann habe ich jedenfalls keine Haare gefunden. Das spricht für die Dame oder dafür, dass du nicht homosexuell veranlagt bist."

„Deine Schlussfolgerungen bezüglich meines Privatlebens sind sehr aufschlussreich. Mich interessiert aber mehr diese unbekannte, männliche DNA. Kannst du mir mehr sagen?"

„Ich kann dir noch sagen, dass es eher kein Schwarzer ist und dass es eher auch kein kaukasisch- oder asiatischstämmiger Mann ist. Das war es dann aber auch schon. Zu Haar- und Augenfarbe kann ich dir nichts sagen. Es gibt bestimmte ethnische Marker, die bei unterschiedlichen Bevölkerungsgruppen vermehrt auftreten. Die habe ich hier aber nicht gefunden. Behinderungen aufgrund von Chromosomenveränderungen liegen auch nicht vor."

„Dann suchen wir also eher einen gesunden Europäer? Na, davon gibt es ja nicht so viele." Hetzer war enttäuscht. Er hatte sich mehr erhofft. „Und der Abgleich mit der Kartei hat auch nichts ergeben?"

„Nein, unser Unbekannter ist ein unbescholtenes Blatt."

„Danke dir, Seppi, dass du dir die Zeit genommen hast. Darf ich dich bitten, dass du die DNA noch aufhebst? Ich habe noch etwas damit vor. Ich möchte sehen, ob Mica an der Leiche welche findet und sie dann vergleichen."

„Kein Problem, ist eh gespeichert. Bis dann, Hetzer, mach's gut und viel Glück bei der Suche."

Die Staatsanwältin Frau Dr. Kukla und Kriminal-hauptkommissar Mensching erwarteten sie schon, als das Team Hetzer/Kruse eintraf.

„Wir erwarten umgehend Ihren Bericht, meine Herren. Jetzt sofort mündlich und heute noch schriftlich. Gegen 12 Uhr haben wir eine Pressekonferenz anberaumt. Halten Sie sich bitte zur Verfügung."

„Wir müssen ermitteln!", entfuhr es Kruse. Der Blick von Frau Dr. Kukla traf ihn wie ein Messer.

„Wenn Sie schon vorher intensiver und gewissenhafter ermittelt hätten, wären wir heute vielleicht nicht an diesem Punkt, an dem wir jetzt stehen. Nämlich wie wir der Presse erklären sollen, dass wir es nicht verhindert haben, dass Benno Kuhlmann umgebracht worden ist. Obwohl er so viele Tage verschwunden war."

„Hatte ich Ihnen nicht ausdrücklich aufgetragen, dass dieser Fall oberste Priorität hat?", bemerkte Mensching spitz.

„Und was haben Sie getan? Einen Pfarrer und eine Haushälterin in Hameln befragt ...".

„Moment", sagte Hetzer bestimmt, „wir wollen doch bei der Realität bleiben. Es ist schon richtig, dass wir auch im Mordfall von Pfarrer Fraas ermittelt haben, aber wir sind durchaus zweigleisig gefahren und haben alles darangesetzt, Bennos Aufenthaltsort ausfindig zu machen. Es gab aber überhaupt keine Spuren – bis auf einen mysteriösen Unbekannten, der sich in der Nacht einfach aufgelöst hat."

„Bleiben wir doch bitte bei den Realitäten!"

„So war es aber. Wir hatten einfach keine Anhaltspunkte. Suchen Sie mal in einer Kneipe nach DNA. Sie können sich aber beruhigen, Chef. Es ist nämlich egal, ob wir erst da oder da oder gleichzeitig ermittelt haben."

„Wieso?"

„Da bin ich aber mal gespannt!" Frau Dr. Kukla setzte sich auf die Tischkante und schlug die Beine übereinander.

„Das ist ganz einfach. Ich habe eine Vermutung."

„Dann schießen Sie mal los."

„Ich denke, dass die beiden Fälle zusammengehören könnten."

„Wieso das?"

„Weil die beiden Toten etwas gemeinsam haben. Sie sind beide kastriert. Komplett. Bei Pfarrer Fraas und bei Benno Kuhlmann fehlen das männliche Glied und die Hoden. Es gibt einen Unterschied. Bei Fraas sind die Genitalien kurz vor seinem Tod einfach abgeschnitten worden. Bei Kuhlmann hat sich der Mörder die Mühe gemacht, ihn zu operieren und kurzzeitig leben zu lassen. Dennoch könnte es derselbe Täter sein. Nach der Obduktion wissen wir mehr."

„Ich habe schon mit Frau Dr. von der Weiden gesprochen, Hetzer. Sie beeilt sich und gibt uns sofort Bescheid. Das wäre natürlich ein Ding. Dann hätten wir es vielleicht mit demselben Mörder zu tun. Das hieße dann auch, dass es möglich wäre, dass wir mit weiteren Verbrechen rechnen müssen. Bitte untersuchen Sie, ob es weitere Vermisstenfälle in Hameln oder Rinteln und Umgebung gibt."

„Jenseits des Berges auch?"

„Sie meinen Kleinenbremen, Bückeburg und so weiter? Das wird wohl nicht nötig sein. Aber von mir aus.

Sie tun doch sowieso, was Sie nicht lassen können, oder?"

Hetzer ließ die Aussage von Frau Dr. Kukla unkommentiert und nahm sich vor, seinen Kollegen Schütte vom LKA anzurufen. Er konnte im ViCLAS-System prüfen, ob irgendwo Taten mit einer ähnlichen Vorgehensweise verübt worden waren. Das Analysesystem zum Verknüpfen von Gewalttaten wurde bereits seit zehn Jahren in Deutschland eingesetzt.

„Wären Sie denn so freundlich, uns eben noch die Situation in der Eulenburg zu beschreiben, damit wir uns nachher nicht blamieren, Kruse." Mensching sprach mit lauerndem Unterton.

„Benno Kuhlmann ist auf dem Dachboden der Eulenburg von einer jungen Ärztin gefunden worden. Er hing kopfüber an einem Deckenbalken. Nackt. Um die Füße eine Metallkette. Der Tod erfolgte wahrscheinlich am Fundort nach einem gezielten Stich in den Hals. Es fand sich eine große Blutlache unter dem Toten und zahlreiche Spritzer ringsum. Frische Narben im Bereich des vorderen Halses und im Genitalbereich. Dort war das gesamte Gemächt entfernt worden. Die Körperoberfläche war leicht rußig überzogen. Es fehlten die Haare. Wir vermuten, dass sie abgeflammt worden sind. Die Verwesung hatte schon eingesetzt. Er war von Maden bevölkert."

„Vielen Dank für die detaillierte Schilderung. Dann können wir doch davon ausgehen, dass der Täter in jedem Fall ein Mann gewesen sein muss. Es gehört schon einige Kraft dazu, einen so großen Körper wie den von Kuhlmann kopfüber an einen Dachbalken zu hängen."

Hetzer überlegte.

„Ja, das ist wohl wahrscheinlich, obwohl es auch starke Frauen gibt. Wenn es sich wirklich um einen Serientäter handelt, spräche das auch für einen Mann. Es gibt nur sehr wenig Frauen, die Mordserien verübt haben."

„Diese Kastrationen – falls die Fälle zusammenhängen – sprechen doch für ein Beziehungsdelikt oder einen Racheakt nach Missbrauch. Vielleicht sollten Sie da, besonders bei dem Geistlichen, genauer nachhaken. In der nahen Vergangenheit sind so viele Fälle aufgedeckt worden. Möglicherweise wehrt sich hier ein Opfer auf eine andere Art."

„Es könnte sich auch um sexuellen Sadismus handeln. Wir müssen in jede Richtung weiterermitteln. Wichtig ist jetzt erst einmal das Ergebnis der Obduktion. Daraus werden sich Hinweise für unser weiteres Vorgehen ergeben. Bitte entschuldigen Sie uns jetzt. Wir müssen noch einen schriftlichen Bericht anfertigen."

Kruse und Hetzer zogen sich in ihr Büro zurück.

„Diese olle Mistzicke!"

„Meinst du etwa die Frau Staatsanwältin, Peter?"

„Nie im Leben, wie kommst du denn darauf?"

Hetzer grinste und begann seinen Bericht zu tippen.

Das Schreiben ging ihnen schwer von der Hand. Sie waren viel zu sehr mit ihren Gedanken beschäftigt. Auf einmal waren die Fälle vielleicht nur noch einer und viel komplexer, als sie vermutet hatten. Das wirkte sich bereits auf ihren Bericht aus. Noch bevor sie konkret wussten, dass Fraas und Kuhlmann demselben Mörder in die Augen geschaut hatten, konnten sie beides nur noch schwer gedanklich trennen. In ihr Schweigen hinein klingelte das Telefon.

„Hallo Wolf, ich bin es, Mica. Alles klar bei euch? Ich dachte, ich rufe euch zuerst an, bevor ich die Chefetage informiere."

„Das ist aber nett von dir, Mica. Du zeigst ja direkt menschliche Züge."

„Jetzt hast du aber angefangen, Hetzer!", schmunzelte Mica empört durchs Telefon. „Aber Schwamm drüber. Apropos Schwamm. Er schwamm in Maden. Benno, meine ich."

„Das haben wir schon vor Ort gesehen. Da erzählst du uns nun nichts Neues."

„Nun wartet doch mal. Ich will euch doch etwas über die Maden erzählen."

Hetzer stöhnte: „Muss das sein?"

„Wenn ihr wissen wollt, wie lange er tot ist, schon."

„Na gut, dann raus mit der Horrorstory."

„Ist gar nicht so schlimm. Ich will euch etwas über das Nahrungsverhalten der Maden erzählen. In diesem Fall über die Spezies Calliphora vomitoria, auch Schmeißfliege genannt. Diese Tierchen bevölkerten nämlich überwiegend unseren lieben Benno. Als ich ihn mir angeschaut habe, hatten die Maden eine Größe von circa 13 mm. Das vordere Drittel ihres Darms war mit Nahrung gefüllt. Bei einer mittleren Temperatur von durchschnittlich 15 °C und nicht zu dunklen Lichtverhältnissen bedeutet das, dass Benno ca. acht Tage tot war, als Nadja ihn fand. Er starb also ungefähr vor einer Woche. Genauer möchte ich mich nicht festlegen."

„So, und das kannst du anhand dieser Viecher erkennen?"

„Exakt!"

„Erzähl uns mehr. Was hast du sonst noch gefunden?"

„Wie schon gesagt, ist Benno ziemlich fachgerecht kastriert worden. Man kann zwar sagen, dass derjenige diese Operation wohl noch nie oder nicht oft durchgeführt hat, aber er wusste, was er tat oder tun musste. Das Resultat ist eine wirklich zufriedenstellende Genitalplastik. Mit einem kleinen Fehler im Bereich des Blasenausgangs. Aber wenn er noch ein bisschen üben würde, tja, dann könnte man ihn einstellen."

„Du bist pervers, Mica, echt!"

„Nun stell dich mal nicht so an, Wölfchen. Ach, noch etwas, und da wird die Sache interessant. Wenn man sich bei den Kastrationen von Fraas und Kuhlmann noch unsicher war, ob sie aufgrund der Vorgehensweise von ein und demselben Täter gemacht worden sind, dann hilft einem ein weiteres, klitzekleines Detail weiter. Benno Kuhlmann war wie Fraas seines Schildknorpels, also seines Adamsapfels, beraubt worden. Was sagt ihr nun? Ich hatte das wegen der Narbe schon vermutet, aber nun ist es sicher. Also: Zwei Entmannungen und zwei Entäpfelungen, wenn auch unterschiedlich ausgeführt."

„Gibt es weitere Gemeinsamkeiten?"

„Also eine Sache ist komisch. Obwohl ja nun Kuhlmann längere Zeit in der Gewalt des Täters gewesen sein muss, habe ich keine DNA von ihm gefunden. Das bedeutet, dass er absolut sorgfältig gearbeitet haben muss. In Schutzkleidung gewissermaßen. Das Abflammen des Körpers am Tatort hat natürlich auch noch alles Mögliche zerstört, falls etwas da gewesen ist. Nadja hatte mich da übrigens auf eine gute Idee gebracht. Sie sagte, er sei abgeflammt worden wie ein Schwein. Das ist wohl früher bei Hausschlachtungen auch so gemacht worden. Damit gäbe es eventuell eine weitere Übereinstimmung in gewisser Weise. Ratet mal!"

„Och Mica, komm, das führt doch zu nix. Sag uns, was du weißt."

„Also, das ist nur so eine Überlegung von mir. Muss absolut nichts zu sagen haben, aber im Prinzip hat mich deine Ratte – du weißt schon, die nicht ersäufte – darauf gebracht."

„Ah ja, wieso?"

„Guck mal. Der Pfarrer ist – und das ausgerechnet in der Rattenfängerstadt Hameln – wie eine Ratte ersäuft worden. Habt ihr mal etwas über seinen Charakter recherchiert? Und Bennochen ist wie ein Schwein abgestochen worden. Man hat ihn wie eins ausbluten lassen und seine ‚Borsten' abgefackelt. Na, klingelt da was? Der eine war eine miese Ratte und der andere ein fieses Schwein. Das soll bei Klerus und Politik schon mal vorkommen."

„Mensch Mica, ich glaube, da hast du wirklich eine gute Idee! Er bringt sie um wie die Tiere, die sie waren.

Das ist noch ein Schritt weiter. Er zeichnet ihre Charaktere in seinem Mordbild. Aber warum kastriert er sie? Und warum so unterschiedlich?"

„Also, den ganzen Fall kann ich jetzt auch nicht für euch lösen. Ein bisschen müsst ihr schon selber machen. Bennos Blasenschließmuskel war übrigens ein bisschen zu Schaden gekommen. Ich glaube, er konnte das Wasser nicht mehr halten. Er hätte einen Katheter gebraucht in Zukunft oder Windeln. Aber das ist ihm ja erspart geblieben." Mica lachte.

„Du hast wirklich einen komischen Humor. Aber in deinem Fachgebiet bist du ein Ass! Hut ab, Mica!"

„Gibt es sonst noch etwas zu berichten?"

„Außer ein paar Hämorrhoiden und Marisken nichts Besonderes. Wobei letztere darauf hindeuten könnten, dass er gerne heftigen Analverkehr hatte."

„Was bitte sind Marisken?"

„Das sind kleinere Vernarbungen am Schließmuskel. In diesem Fall infolge von Rissen. Die können auf unterschiedliche Art entstehen."

„Bitte erspar uns jetzt die Einzelheiten", rief Kruse, der das Gespräch mitgehört hatte. „Mir ist auch so schon schlecht."

„Hast du bei dem Pfarrer auch so etwas gefunden?"

„Schon, aber das kann auch von Analthrombosen kommen. Wie gesagt: Es gibt unterschiedliche Ursachen. Das beweist nichts. Ich denke, im Laufe seines Lebens hat fast jeder solche Vernarbungen an dieser Stelle."

„Danke Mica, dass du uns vorab informiert hast. Und danke, dass du so mitdenkst. Du hast uns wirklich sehr geholfen. Ich denke, da ist was dran an deiner Theorie mit dem Charakter der Opfer. Charakterliche Mängel auf Tiere projiziert. Da hat er das Schwein und die Ratte einfach umgebracht. Das erklärt auch, warum ich Schweinefleisch im Topf hatte."

„Wie bitte? Was haben die Morde jetzt mit deinen Kochkünsten oder Essensgewohnheiten zu tun?"

Hetzer hatte sich verplappert. Eigentlich hatte er nicht gewollt, dass Mica seine Aktion mit dem Topf mitbekam.

„Weißt du noch – die Ratte, Mica?"

„Klar, wie sollte ich das vergessen? Das war ein Spaß ..."

„Was du noch nicht weißt, ist, dass ich nach dem Mord an Benno einen Topf mit lebendem Schweinegulasch vor der Tür hatte. Es wimmelte vor Maden in ihm. Nach der Geschichte mit der Ratte wollte ich mich nicht ein zweites Mal vor dir lächerlich machen. Da habe ich Seppi gebeten, den Topf samt Inhalt zu untersuchen und siehe da: Er hat die DNA eines Unbekannten unter dem Topfgriff gefunden, also da, wo der Griff am Topf befestigt ist."

Mica prustete los. Sie konnte sich nur schwer wieder beruhigen.

„Mensch Hetzer, was bist du für ein Feigling! Glaubst du, ich hätte dir den Kopf abgerissen oder dich gezwungen, das Gulasch zu essen oder was? Du hättest doch ruhig zu mir kommen können. Nur weil ich manchmal etwas sarkastisch bin, heißt das noch lange nicht, dass ich dich nicht ernst nehme. Ok, ich fand deine Rattenreaktion ein bisschen überzogen, aber angesichts der Lage könnte da trotzdem etwas dran sein. Das war aber damals noch nicht zu erwarten. Hinsichtlich deiner DNA muss ich dich allerdings enttäuschen. Sie könnte von jedem in der Produktionskette oder aus dem Verkauf stammen. Es ist nicht gesagt, dass sie vom Täter ist. Habt ihr sie isoliert und gespeichert?"

„Ja, haben wir. Nur nützt das ja leider nichts, weil du an Benno keine DNA zum Vergleichen gefunden hast. So ein Mist."

„Stimmt, das ist schade. Aber das wäre auch zu einfach. Wenn ich der Mörder wäre, und ich sage mal, ich wäre vielleicht auch ein intelligenter Mörder, dann würde ich natürlich zusehen, dass ich keine Spuren hinterlasse. Wenn ich also überlege, dass der Täter bisher außerordentlich vorsichtig agiert hat und dass er – falls es derselbe ist – beim Kastrieren sehr schnell dazugelernt hat, muss man davon ausgehen, dass er uns mental nicht unterlegen ist. Darüber hinaus muss er Benno entweder in Narkose gelegt oder hypnotisiert haben. Alkohol oder Tabletten wären noch eine Möglichkeit oder ein K.-o.-Schlag, um eine Operation überhaupt durchführen zu können. Da hätte ich aber bei der Obduktion Spuren der Medikamente oder der Verletzungen gefunden. Auf jeden Fall es ist ganz klar ersichtlich, dass Benno die OP überlebt hat und dass die Wunden verheilt sind. Wenigstens bis er starb ..."

„Ich denke, da hast du recht, Mica. Wir haben es hier mit einem äußerst intelligenten Täter zu tun. Und das wird uns noch zu schaffen machen."

„Na gut, Jungs, dann werde ich mal die Chefetage anrufen und Frau Dr. Klugscheißer informieren." Mica kicherte. „Mensching natürlich auch. Bis später dann."

Wolf Hetzer hatte nach der Pressekonferenz ein komisches Gefühl. Sie hatten nur wenige Fakten weitergegeben. Gerade so viel, wie gesagt werden musste. Die Ermittlungen durften nicht gefährdet werden.

Während er Mensching zugehört hatte, war dieses Gefühl immer stärker geworden. Er fühlte sich, als ob ihm der Täter über die Schulter schaute und sich amüsierte. Es war, als spüre er dessen Existenz. Etwas war in seinem Bewusstsein, doch er konnte es nicht greifen. Ein Wissen, das sich nicht abrufen ließ wie bei einem Trauma oder einer Amnesie. Vielleicht auch etwas, das er selbst ausblendete?

Er wusste es nicht.

Und da war noch etwas. Man konnte es nicht direkt Angst nennen, aber er fühlte sich auf eine subtile Art bedroht. Ein Unbekannter war in sein Leben eingedrungen. Der Feind blieb im Schatten. War schlecht einzuschätzen, aber nicht zu unterschätzen. Die Ermittlungen hatten gezeigt, dass er es sehr wohl verstand, sich unangreifbar zu machen.

Eine Stimme riss ihn aus seinen Gedanken.

„Herr Hetzer, hätten Sie wohl die Güte, mich zu informieren, wie Sie und Ihr Kollege Kruse nun weiter vorgehen wollen? Sie haben nichts, aber auch gar nichts in der Hand."

Hetzer sparte sich die passende Erwiderung.

„Kruse und ich werden jetzt nach Hameln fahren und die Haushälterin des Pfarrers wegen seiner sexuellen Vorlieben befragen. Anschließend bitten wir Pfarrer Martin noch um ein paar Informationen. Vielleicht hat es Gerüchte über Missbrauchsfälle gegeben oder ähnliches."

„Wie Sie an diesem ersten Mord kleben, Hetzer. Ich verstehe das nicht. Aber meinetwegen, jetzt, wo die Vermutung naheliegt, dass es eine Verbindung zwischen Kuhlmann und Fraas geben könnte, fragen Sie von mir aus zunächst dort nach."

„Geben könnte ist gut", murmelte Kruse.

„Wie sagten Sie? Ich habe Sie nicht verstanden."

„Ich sagte, dass es mehr als eine Vermutung ist, wenn beiden – zwar auf unterschiedliche Art, aber das ist doch sekundär – die kompletten Genitalien und der Adamsapfel entfernt worden sind."

„Meinen Sie! Es könnte immerhin auch Zufall sein oder ein Nachahmungstäter, falls etwas durchgesickert ist. Es gibt auch eindeutige Unterschiede zwischen beiden Opfern."

Hetzer hatte keine Lust auf diese Diskussionen. Sie brachten nichts.

„Na komm, Peter, lass uns losfahren. Wenn wir noch alles erledigen wollen, was wir uns vorgenommen haben, kostet das Zeit. Entschuldigen Sie uns bitte, Herr Mensching."

Als die beiden draußen waren, atmeten sie auf.

„Puh, immer dasselbe Theater: Kuhlmann, Kuhlmann, Kuhlmann ..."

„Glaub mir, Peter, der kriegt Druck von oben. Der kann gar nicht anders. Ich bin froh, dass wenigstens die Kukla schon weg war. Die nervt mich viel mehr."

„Da hast du natürlich recht!", lachte Peter.

„Diese olle Zimtzicke."

Es war schon kurz vor drei, als sie das Ortsschild von Hameln passierten. Es regnete in Strömen. Selbst auf stärkster Stufe konnten die Scheibenwischer das Wasser kaum in Schach halten.

„Widerlich, einfach widerlich und wir haben natürlich keinen Schirm dabei."

„Wie sähe das auch aus? Stehen wir beide unter dem Schirm an der Tür wie die Zeugen Jehovas."

„Du kommst vielleicht auf Gedanken. Ist eher unwahrscheinlich an der Haustür eines katholischen Geistlichen."

„Siehst du, und darum nehmen wir auch keinen Schirm."

„Ähh, tolle Logik." Peter schüttelte sich und suchte unter dem Vordach Schutz. Sie konnten hören, wie es innen klingelte. Doch nichts geschah. Gerade, als sie nach einem weiteren Klingelversuch aufgeben wollten, hörten sie Schritte auf der Treppe. Etwas verschlafen öffnete Pfarrer Fraas' Haushälterin.

„Ah, die Herrn Inspektoren, entschuldigens schon, aber ich hatt mich a bisserl hi'glegt. Bin ja net mehr die Jüngste. Kommens nur rein. Des is ja a grauslig's Wetter. Da dät ma ja kein Hund vor die Tür nausjag'n wolln."

„Vielen Dank."

„Dätn's a paar Platzerl mög'n? Und an Kaffee?"

„Ja, sehr gerne, Frau Brüderl."

„Dann geh i geschwind. A Momenterl Geduld, bittschön!"

Peter Kruse hatte es sich im Sessel bequem gemacht. Er streckte die Füße aus und fühlte sich wohl. Die Kekse kannte er schon. Er befand sich also in freudiger Erwartung. Hetzer saß eher nachdenklich da. Er überlegte, wie er der alten Dame diese delikaten Fragen am besten servieren konnte.

„So meine Herrn, greifen's ruhig zua!" Mit diesen Worten stellte Fraas' Haushälterin eine Kanne Kaffee und Plätzchen auf den Wohnzimmertisch. „Die sann selbst g'macht. Ist vielleicht noch a bisserl früh, aber die Weihnachtszeit is immer so kurz. Der Herr Pfarrer hot a immer so gern welche mög'n, wenn's draußen koalt woar. Gott hab ihn selig."

„Sie haben ihn sehr gern gemocht, Frau Brüderl?"

„Jo freili, er is so a guader Mensch g'wen." Sie verfiel wieder zunehmend mehr in ihren Dialekt, wenn sie von Fraas sprach. „I hob'n jo so long scho kennt. Des woarn leicht fuff'zg Joahr."

„In dieser Zeit wächst man ganz schön zusammen. Fast wie ein altes Ehepaar. Ist es aus diesem Grund zu Komplikationen gekommen?"

„Na, wieso? Woas für Komplikationen meinen's denn? Ob mir uns oft g'stritten ham oder ob ich's ihm immer recht g'macht hab?"

„Ich dachte eher daran, ob Sie eventuell aneinander Gefallen gefunden hätten. Vielleicht über das erlaubte Maß hinaus. Ob da Gefühle im Spiel waren und ob Sie im Geheimen ein Paar waren."

Heide Brüderl guckte verdutzt. Dann lachte sie.

„Ah, so ham Sie des g'moint. Es hot amol a Zeit geb'n, da hätt i gern dem Pfarrer sei Frau sein mög'n. Do woar i jung und a weng hitzköpfig, verstehen's scho. Jesses, i hob's direkt drau o'glegt, dass er mi sicht, so im Sommer, mit nur an leichten Kleid oder i hob mi am Fenster umzog'n. Rundum verwöhnt hob i 'n. Es hot ihm bestimmt an goar nix g'fehlt. Nur g'sehn hot er mi nia. So oft i des versucht hob, um ihn rum zum scharwenzeln. Immer freindlich is er g'wen un immer nett. Nur wia a Bruader, net wie a Mo. Irgendwann hob i mir denkt, das er ehm so sehr an sei'm

Glaub'n hängt und nur die Jungfrau Maria liabt. Und woas soll i da moachen? Des is a Konkurrenz, geg'n die koa Macht der Welt woas nützen dat. Und um Himmels wuill'n, des hätt i a nia und nimmer probiert. Es is mir nix übrig blie'm. I hob mi in mei Schicksal eini g'fügt, bin bescheiden blieb'n und hob ihm oalles zurecht g'macht. Später hob i mir dann denkt, dass des goar net so schlecht woar, woas der Herrgott da füa mi entschied'n hoat. A ehrbares, saub'res Leh'm als Magd, um ihm zu dienen. Und i hot mei Rua, wenn i des wollt. Der Ohmd und d'Nacht hoam nur mia g'hert."

„Wenn ich es richtig verstanden habe, dann ist Pfarrer Fraas auf Ihr Werben nicht eingegangen. Hatten Sie das Gefühl, er hätte mal an anderen Frauen Interesse gehabt?"

„Na, goanz g'wiss net. Nur an der Heilig'n Jungfrau. Des wär mir aufg'foin. Des können's mir glau'm."

„Wäre es auch möglich", Hetzer zögerte bei dieser Frage etwas, „dass Pfarrer Fraas mehr dem eigenen Geschlecht zugeneigt war?"

Heide Brüderl zuckte zusammen. „Wia moanen's na des?"

„Wie ich es gesagt habe. Ich wollte wissen, ob der Herr Pfarrer homosexuelle Neigungen hatte."

Sie schüttelte sich, als hätte sie in Hetzers Madentopf geschaut. „Net, des i wüst. So an Schweinkram. Naa, des hätt der Pfarrer seelig nia dua. Pfui Spinne."

„Es hat auch niemals ein Gerücht oder etwas dergleichen gegeben? Vielleicht aus der Gemeinde? Ungereimtheiten oder Gespräche, die Sie sich nicht erklären konnten?"

Heide Brüderl zitterte leicht. „I woas von nix und über an Tod'n sollt ma a net schlecht red'n, selbst wenn doa woas g'wen wär."

Wolf Hetzer hatte das Gefühl, dass sie nicht die Wahrheit sagte, wollte es aber jetzt auf sich beruhen lassen. Die Seniorin hätte nichts Schlechtes über ihren Pfarrer gesagt, mit dem sie – wie auch immer – so viele Jahre unter einem Dach gelebt hatte. Hetzer würde bei seinem Nachfolger in der Gemeinde weiterbohren. Vielleicht wusste der etwas oder es stand irgendetwas Verwertbares in den kirchlichen Aufzeichnungen.

„Das erwarten wir auch gar nicht von Ihnen", sagte er zu Fraas' Haushälterin. „Sagen Sie, wie war denn der Pfarrer so als Mensch? War er streng oder eher weich? Hatte er Verständnis für die Sünden seiner Schäfchen?"

„Des is schwer zum soag'n. Er woar fei a sehr guader Mensch, oaber er hoat die schwarzen Schafer'l scho a ins G'wissen g'red. Grad recht is er g'wen. Net zu hart und net zu weich. In die letzten Joahr is er a weng milder woarn. Un ruhiger a. Es woar a schene Zeit und jetzad muss i mir a neue Bleibe suachen, auf meine oiden Doag."

„Ach, das tut uns aber leid. Wir dachten nicht, dass sich etwas für Sie verändern würde. Sagen Sie, hatte Pfarrer Fraas einen Computer?"

„An richtig großen net, nur so a kloan's Ding zum Auf- und Zuaklapp'n."

„Ah, ein Laptop also. Dürften wir das mal sehen?"

„Jo mei, warum net. Bitte kommen's mit nunter in sei Wohnung. Er hoat des Ding imma am Schreibtisch liagn."

Frau Brüderl hielt sich gut am Handlauf der Treppe fest. Vielleicht war es doch gar nicht so schlecht, wenn sie woanders hinzog, dachte Wolf bei sich. Das Treppensteigen machte ihr sichtlich Mühe. Peter, der sich nur ungern aus dem Sessel gequält hatte, weil er die

Kekse verlassen musste, hatte sich während der Befragung Stichpunkte notiert. Er ging jetzt hinter der alten Dame die Treppe hinab, während Hetzer fragte, ob der Pfarrer denn auch Kinder und Jugendliche betreut hätte. Er sah eben noch, wie sie ins Wanken geriet, konnte aber nicht eingreifen. Im letzten Moment bemerkte Wolf, vor allem durch Peters Aufschrei, dass etwas nicht in Ordnung war, und drehte sich um. Nur mit großer Mühe konnte er Heides Sturz abfangen. Mit dem einen Arm packte er sie. Leider etwas unsanft, sodass sie stöhnte. Mit der anderen Hand hielt er sich am Geländer fest, sonst wären sie beide zu Fall gekommen. Heide Brüderl war noch nicht wieder ganz bei sich. Inzwischen hatte ihr Peter jedoch von hinten unter die Arme gegriffen. Gemeinsam trugen sie die alte Dame nach unten, nahmen Fraas' Schlüssel aus der Tasche ihres Kittels und legten sie auf dessen Sofa. Wolf Hetzer rief Notarzt und Krankenwagen, während Peter ihr die Beine erhöht bettete und sie langsam wieder zu sich kam.

„Jo mei, wo bin denn i? Beim Herrn Pfarrer selig? Ach, meine Herrn, mir is a bisserl schwindelig worn. Jetzad hoab i Eahna a noch Scherereien g'moacht."

„Das ist nicht so schlimm, Frau Brüderl, der Arzt wird gleich hier sein. Ich glaube, wir haben Sie zu sehr beansprucht."

„Seit dem Herrn Pfarrer sein Tod bin i net mehr die Oide. Des hoat mit Eahna nix zum dua."

„Frau Brüderl, Sie sind doch sicher einverstanden, wenn wir den Laptop von Pfarrer Fraas mitnehmen. Vielleicht finden sich dort Hinweise auf das Verbrechen, das an ihm verübt worden ist. Wir würden uns auch gerne noch ein wenig in der Wohnung umschauen."

„Machens nur, woas sie moana. Und nehmens des Ding nur, meine Herrn Inspektoren. Er koa eh nix mehr damit oafoanga."

Es dauerte nicht lange, bis Notarzt und Rettungswagen in der Fontanestraße hielten und sich um Heide Brüderl kümmerten. Sie rief ihnen noch ein „Vergelt's Gott!" nach, bevor sich die Türen des Krankenwagens schlossen. Immerhin regnete es jetzt nicht mehr. Hetzer dachte, dass er etwas gesagt haben musste, das sie umgehauen hatte.

„Du, Peter, vielleicht ist da was dran, an der Homosexualität. Wenn so gar keine Frauengeschichten bekannt sind."

„Ich glaube ja eher, dass wir uns auch auf seine Kontakte zu minderjährigen Schutzbefohlenen konzentrieren sollten. Immerhin leitete er in der Gemeinde St. Elisabeth in der Arndtstraße die Verwaltungsstelle für die katholische Jugend."

„Denkst du an Missbrauch, Peter? Das müsste dann ja wahrscheinlich etliche Jahre zurückliegen. Ich kann mir kaum vorstellen, dass es in der nahen Vergangenheit für ihn möglich war, sich Kindern oder Jugendlichen so einfach zu nähern."

„Das vermutlich nicht. Er müsste ungefähr zehn bis fünfzehn Jahre außer Dienst sein. Mögliche Opfer wären dann jetzt zwischen zwanzig und – je nach Zeitraum – vierzig oder mehr Jahre alt."

„Wie willst du das jetzt noch herausfinden? Du glaubst doch nicht, dass die Kirche brisante Dokumente oder Protokolle aufbewahrt hat?"

„Wer weiß, es ist in letzter Zeit so vieles ans Licht gekommen. Lass uns aber erst mal seinen Rechner und die Wohnung kontrollieren. Pädophile können von ihren Vorlieben meist nicht lassen. Es wäre möglich, dass wir irgendetwas, irgendeinen Hinweis finden. Fotos, Dokumente, Briefe."

Kruse und Hetzer überlegten, wie sie am besten vorgehen sollten.

„Nimm du das Wohnzimmer, ich fange im Arbeitszimmer an", schlug Peter vor.

„Du, da habe ich eine andere Idee. Wir haben offiziell die Erlaubnis von Heide Brüderl, dass wir uns hier umschauen und den Laptop mitnehmen dürfen. Lass uns die Kollegen von der KTU anrufen. Wenn es irgendwelche Dinge gibt, die in diese Richtung weisen, werden es die Kollegen finden. Wir fahren zu Pfarrer Martin und klopfen einfach mal so auf den Busch. Ich habe da so ein Gefühl."

„Du immer mit deiner weiblichen Intuition!", lachte Peter. „An dir ist eine wunderbare Frau verloren gegangen. Du kochst gerne, bist häuslich, hast dein Leben im Griff. Also, ich würde dich glatt heiraten." Peter musste lachen, weil Hetzer so vollkommen doof aus der Wäsche guckte, dass er den anderen damit ansteckte. Sie hielten sich am Sofa fest vor Lachen. Die Kekse in Peter hüpften förmlich.

Sabine Schreiber, Leiterin der Bückeburger Außenstelle in der Schwenstraße, wollte soeben die Tür des Schaumburger Jugendamtes abschließen. Es war bereits weit nach 18 Uhr und schon dunkel. Als sie die Treppen hinabging, kam wie aus dem Nichts ein Mann auf sie zugelaufen. Er trug einen Trenchcoat und einen Hut und war sichtlich aufgeregt.

„Bitte kommen Sie schnell, Sie müssen mir helfen. Das Mädchen wird sonst totgeschlagen."

Sabine geriet in Panik.

„Was sagen Sie da? Wo ist das? Wie alt ist das Kind?"

„Schnell, wir müssen nach Obernkirchen fahren, in den Weheweg. Es handelt sich um meine Nachbarn. Sie schlagen ihr Kind. Ich kann diese schrecklichen Schreie nicht mehr ertragen."

Sabine Schreiber eilte mit dem Mann zu seinem Auto. Er hatte den Wagen vor dem Nachbarhaus geparkt.

„Ich rufe jetzt parallel die Polizei an. Wo ist das genau im Weheweg? Ich kenne mich nicht so genau in Obernkirchen aus."

„Weheweg 47 bei Schröder. Mein Name ist Hildebrandt. Ich wohne in 49. Das Mädchen ist höchstens acht Jahre alt. Ich hatte neulich schon den Eindruck, dass da etwas nicht stimmt. Aber jetzt diese Schreie aus dem Keller."

Sabine Schreiber zögerte keine Sekunde. Sie rief 110 an und schilderte den Fall. Gab die Adresse durch. Dass sie vor Ort warten sollten, war ihr sowieso klar gewesen. Sie hätte nicht im Traum daran gedacht, ohne Polizei in das Haus zu gehen.

Sie bat Herrn Hildebrandt, nach Obernkirchen in den Weheweg zu fahren und dort in einigem Abstand mit ihr zusammen auf die Beamten zu warten.

Hildebrandt fuhr sofort los.

Es tropfte. Susi stand im Heizungskeller. Gleich würde er kommen.

Die Heizung sprang an und ging wieder aus. Es tropfte. Und es stank entsetzlich nach Öl. Die Tanks hinter der Mauer waren schon Jahre alt.

Susi wartete. Auf ihn. Sie kannte das. Er schickte sie immer hier herunter, wenn sie Mist gemacht hatte. Angst. Die Angst lähmte sie. Nicht einmal im Traum wäre sie auf die Idee gekommen, davonzulaufen. Die Tür war nicht verschlossen. Oder aus dem Fenster nach Hilfe zu rufen. Sie hätte es einfach öffnen können. Aber sie war hier, weil er es gesagt hatte. Dagegen gab es keinen Widerspruch. Das hätte alles noch schlimmer gemacht.

Es tropfte, wieder sprang die Heizung an. Susi zählte die Sekunden, bis sie wieder ausging. 22 und dann wieder 148, bis sie erneut in Betrieb ging. An und aus und an und aus. Sie malte mit der Schuhspitze Muster auf den Boden, die man nicht sah. Er würde sie vielleicht auch nicht so schnell sehen, wenn er kam. Sie stand ganz hinten in der Ecke. Noch hinter der Heizung im Dunklen. Da fühlte sie sich sicherer.

Früher war er immer lieb gewesen. Oft hatte er mit ihr Indianer gespielt oder sie waren angeln gegangen. Am Mittellandkanal oder am Steinhuder Meer. Einmal hatten sie der Großmutter einen Aal ins Bett gelegt. Das war vorbei. Sie war kein Kind mehr. Erwachsen auch nicht. Aber auch er war anders geworden.

Die Heizung sprang wieder an. Es tropfte monoton. Sie wusste nicht, wie lange sie hier schon stand. Vielleicht hatte er sie vergessen. Der Hoffnungsschimmer war klein, denn er hatte sie noch nie vergessen. Es dauerte immer eine Ewigkeit, bis er endlich kam.

Dann war sie fast erleichtert, wenn sie ihre Strafe bekam. Hinterher konnte wieder alles gut werden. Wenigstens mit Vater. Mutter würde bestimmt wieder eine Woche nicht mit ihr sprechen. Das kam, weil sie faul gewesen war. In der Schule. Und weil sie die schlechte Note auch noch verheimlicht hatte. Ein paar Tage länger Ruhe vor dem Sturm, ein paar Tage länger mit Mutter sprechen. Ihr eisiges Schweigen war nicht zu ertragen. Für jemanden, der zwölf war und der so viel im Kopf hatte, der so viel denken musste. Doch das verstand keiner. Einmal hatte sich Mutter sogar eingeschlossen. Damit Susi nicht zu ihr ins Wohnzimmer konnte.

Das war der Tag gewesen, an dem sie überlegt hatte, ob eine Nagelschere lang genug war, um das Herz zu treffen. Sie hatte es nicht versucht. Das Leben war irgendwie weitergegangen.

Mittlerweile hatte es zu dämmern begonnen. Bloß kein Licht machen. Auch wenn ihr das Tropfen jetzt lauter vorkam und die Heizung bereits zum vierundfünfzigsten Mal ansprang.

Plötzlich hörte sie sie. Die Schritte auf der Kellertreppe. Er kam. Sie drückte sich noch tiefer in die Ecke. Wusste, dass er nun die Weidenrute von der Wand nahm. Die Tür ging auf.

„Susi, komm her. Du weißt, dass du faul warst und gelogen hast. Jetzt musst du auch die Folgen ertragen. Mutter möchte, dass dir das eine Lehre ist."

Mit diesen Worten zog er sie aus der Ecke. Sie sträubte sich nicht. Wusste, dass es sowieso keinen

Sinn hatte. Er schob ihr den Nickipullover hoch. Sie duckte sich, als der erste Hieb ihren Rücken traf.

Der Schmerz, vor dem sie solche Angst gehabt hatte, war nun da. Das Warten hatte endlich ein Ende. Wie eine Erlösung war das. Tapfer hielt sie aus. Kein Ton kam aus ihrem Mund. Irgendwann ließ er von ihr ab und ging wortlos aus dem Heizungskeller.

Da stand sie. Zog den Pulli wieder herunter und schlich aus der Tür. Damit niemand sie sah. Vorsichtig die Treppe hinauf in ihr Zimmer. Erst dort kamen die Tränen. Als sie auf ihrem Bett lag. Die Eltern hatten ja recht. Das wusste sie.

Im Weheweg hielt Hildebrandt an. Die Beamten waren noch nicht da. Er bückte sich in den Fußraum hinunter und noch ehe Sabine Schreiber überhaupt begriff, was los war, raubte ihr das Chloroform ihre Willenskraft.

Sofort gab der Unbekannte Gas und verließ über den Jägerweg den Bereich, in dem gleich die Polizei auftauchen würde.

Er fuhr direkt mit ihr zur Kellertür an die Rückseite seines Hauses. Zum Glück war sie nicht so schwer wie Benno. Und noch bevor sie wieder erwachte, legte er ihr eine Infusion und versetzte sie in Narkose. Jetzt musste es schnell gehen. Er legte ihr noch die Platte des Elektrokauters unter das Gesäß und setzte zum Bauchschnitt an. Vorsichtig präparierte er sich durch die einzelnen Hautschichten und das Bauchfell, an Muskeln und Gefäßen vorbei, bis zur Gebärmutter und den Eierstöcken. Wiederholt musste er Blutungen mit dem Elektrokauter stoppen und die Gefäße mit Hitze verschweißen. Das stank, wie neulich, als er Bennos Haare vom Körper gebrannt hatte. Bei Sabine hatte er sich kurzerhand zum Rasieren entschlossen. Erst mal das Nötigste. Nach mehreren Nähten im Bauchraum gab es keine Blutungen mehr. Er konnte Sabine wieder zumachen. Es wurde auch Zeit, denn ihr Blutdruck fiel etwas ab.

Da lagen sie nun vor ihm. Sabines Organe, ihr Frausein in einer Nierenschale.

Ursprünglich wollte er ihr noch die Brüste entfernen. Das musste später passieren, wenn sie wieder stabiler war. Kurz bevor sie aufwachte, rasierte er sie noch gründlich – auch unter den Armen – und deckte sie zu.

Mit einem Hustenanfall wachte Sabine Schreiber auf und schaute verwundert in die OP-Lampe.

„Sie hatten einen Unfall", sagte der Arzt leise mit verstellter Stimme. Sie konnte ihn kaum erkennen, da er Mundschutz und Haube trug.

„Um Himmels willen, was ist passiert?", rief Sabine erschrocken. Sie konnte sich an nichts erinnern.

„Keine Angst, Sie werden es überleben. Wir haben Sie mit einer Notoperation gerettet. Und nun schlafen Sie erst mal ein bisschen."

Über den venösen Zugang spritzte er ihr Fortral und Sabine schlief wieder ein.

Kruse und Hetzer mussten warten, bis Pfarrer Martin endlich Zeit für sie hatte. Sie hätten auch nicht gewollt, dass er seine Bibellesestunde unterbrach. Nach und nach verabschiedeten sich die Frauen von ihm und wünschten ihm einen schönen Abend.

„Bitte kommen Sie in mein Büro, meine Herren", sagte er und bot ihnen einen Platz in der Sitzecke an.

„Wir kommen heute mit einer etwas delikaten Frage zu Ihnen."

„Nur raus damit, mir ist nichts Menschliches fremd, glauben Sie mir. Ich denke, es gibt fast nichts, was ich noch nicht gehört habe, beziehungsweise nichts, mit dem ich mich noch nicht auseinandersetzen musste, ob ich wollte oder nicht."

„Dann wird das, was wir fragen wollen, vermutlich demnächst dazugehören. Was wissen Sie über das private Leben von Josef Fraas? Vor allem in Hinblick auf die Beziehungen zu den Menschen, von denen er umgeben war."

„Darüber weiß ich wenig. Da ist mir wenig bekannt. Vermuten Sie, dass der Täter ein Bekannter von Josef war?"

„Nicht unbedingt. Uns interessieren viel mehr eventuelle Beziehungen, gefühlsmäßig oder sexuell."

„Ah, daher weht der Wind. Da brauchen Sie sich doch für Ihre Fragen nicht zu schämen. Es ist doch klar, dass – besonders in diesem Fall – eine solche Frage kommen muss, wenn jemand im Zölibat lebt. Aber ich kann Sie beruhigen. Es ist niemals auch nur der Verdacht aufgekommen, dass Pfarrer Fraas ein Verhältnis hat. Nicht einmal mit seiner Haushälterin. Oder er muss es besonders geschickt angestellt haben. Aber das wäre auch kein Grund, ihn zu ermorden, oder?"

„Haben Sie jemals davon gehört, dass er eventuell auch Männern zugeneigt gewesen sein könnte?"

„Niemals", antwortete der Geistliche. Hetzer hatte den Eindruck, als ob er auf der Hut war.

„Hat es jemals – auch nur als Verdacht – Übergriffe auf Jugendliche oder Kinder gegeben? Ich meine, die Möglichkeiten sind hier ja groß."

„Nein, nie. Und jetzt entschuldigen Sie mich bitte. Ich muss zur Chorprobe."

Mit diesen Worten öffnete er die Tür und verabschiedete sich.

„Das war jetzt aber plötzlich, Wolf."

„Da haben wir wohl doch eine empfindliche Stelle berührt. Was meinst du? Ich bin gespannt, ob die KTU was findet."

„Ich nicht", Hetzer sah Peter verständnislos an, „ich habe jetzt Feierabend. Mich interessiert das erst morgen wieder. Hast du mal auf die Uhr gesehen?"

„Oh je, schon so spät. Ich glaube, ich muss Moni jetzt mal zum Essen einladen. Wenn ich sie nicht hätte."

„Tja, dann müsstest du etwas strukturierter leben. Würde dir auch nicht schaden."

Peter brummelte vor sich hin und sagte kein Wort mehr, bis sie sich auf dem Hof der Wache am Hasphurtweg verabschiedeten.

Ja, die Tage sind zu lang, dachte Hetzer. Aber eins ergibt sich aus dem anderen. Es werden auch wieder ruhigere Zeiten kommen.

Als Hetzer an diesem Abend nach Hause kam, lag ein Zettel auf dem Tisch.

Darauf stand: Alle sind gefüttert, Emil ist schon im Stall, die Katerbrüder gestreichelt und mit Gaga bin ich eine Stunde im Wald gewesen. Arbeite nicht so viel. Gönn dir auch mal eine ruhige Stunde. Der Eintopf steht im Kühlschrank. Liebe Grüße, Moni

Ja, sie war wirklich ein Schatz. Er hatte nämlich heute wirklich überhaupt keine Lust, zu gar nix mehr. Kein wirkliches Wochenende, lange Abende – das forderte seinen Tribut. Nicht einmal ein Feuer wollte er noch anzünden. Einfach noch essen und dann ab ins Bett. Mehr oder weniger vorsichtig näherte er sich dem Topf im Kühlschrank. Als er das letzte Mal einen Deckel hochgehoben hatte, war ihm der Appetit vergangen. Jetzt duftete ihm ein Kohleintopf entgegen. Auf einem Teller neben dem Topf lagen vier Kohlwürstchen. Er holte sich einen Suppenteller, legte zwei von den Würstchen hinein und schöpfte den Eintopf darüber, der völlig fleischlos war. Ein Glück. Nach drei Minuten in der Mikrowelle stand der dampfende Teller vor ihm. Der Rest würde für morgen reichen. Mit dem Sattsein kam die Müdigkeit. Doch er wollte noch schnell Moni anrufen und sich bei ihr bedanken.

„Kahlert, guten Abend."

„Hallo Moni, ich bin's, Wolf. Ich wollte mich ganz herzlich bei dir bedanken, dass du dich so um uns alle kümmerst. Dein Eintopf war wirklich superlecker."

„Dann bin ich ja beruhigt, du Rumtreiber. Habt ihr viel zu tun? Ich habe das mit den Morden in der Zeitung gelesen. Da dachte ich mir, du könntest ein bisschen Unterstützung gebrauchen."

„In der Tat. Im Augenblick ist es ein bisschen viel. Aber es kommen auch wieder andere Zeiten. Ich würde dich gerne am Samstag zum Essen einladen."

„Nun hals dir mal nicht noch zusätzliche Arbeit auf. Das ist schon alles in Ordnung so. Ich liebe doch Tiere und kochen muss ich sowieso. Du weißt doch, dass sich ein Eintopf nicht für eine Person lohnt." Sie lachte.

„Nein, im Ernst, Moni, ich würde mich wirklich freuen. Wir haben doch sonst kaum Zeit, uns mal in Ruhe zu unterhalten. Ich werde sonst ein Dienstkrüppel. Mir fehlt der zwischenmenschliche Austausch mit ganz normalen Leuten."

„Also gut. Aber dann hätte ich eine Bitte."

„Und die wäre?"

„Könntest du bitte etwas ohne Fleisch kochen? Ich bin überzeugte Vegetarierin. Ich esse sonst wirklich alles, auch Fisch, nur bitte kein Fleisch von Zwei- oder Vierbeinern."

„Zweibeiner? Du bist lustig. Ein Kannibale bin ich sowieso nicht."

„Nimmst du mich auf den Arm? Ich meine Geflügel." Moni klang etwas beleidigt.

„Nein, natürlich nicht. Ich wollte nur einen Witz machen. Ok, der war blöd. Siehst du, ich sage doch, ich werde ein Krüppel. Meine Gedanken sind schon ganz versehrt. Ich kann kaum noch normal denken. Nur Ermittlungen um mich herum."

„Armer Wolf, übertreibst du jetzt nicht ein bisschen?"

„Vielleicht, ich will ja nur, dass du mir nicht mehr böse bist."

„War ich doch gar nicht. Ich möchte nur ernst genommen werden. Viele Menschen haben kein Verständnis für Vegetarier. Sie betrachten uns mit einem abschätzigen Lächeln."

„Das würde ich nie tun. Ich habe großes Verständnis dafür. Jetzt weiß ich auch, warum du mir die Würstchen auf den Teller daneben gelegt hast. Vor einiger Zeit habe ich selbst schon darüber nachgedacht, aber ich esse einfach zu gerne Fleisch. Nicht jeden Tag. Aber ab und zu. Wenn ich das aufgäbe, würde mich das in meinen Möglichkeiten einschränken. Ich koche doch so gerne mediterran."

„Hm, glaub mir, das ist alles nur eine Frage der Gewohnheit. Du würdest dich umstellen und dir würde sich ein neues Spektrum von Möglichkeiten auftun. Man muss sich nur damit beschäftigen. Ich will hier aber kein Apostel sein. Jeder muss so leben können wie er möchte. Dazu gehört auch das Verständnis für den anderen."

Wolf Hetzer schmunzelte. „Das hast du ja mit den Würstchen bewiesen. Vielen Dank. Ich werde mir etwas Tolles für dich einfallen lassen. Sei gespannt, Moni! Wir werden uns einen schönen Abend machen. So, und jetzt muss ich ins Bett. Mir fallen schon die Augen zu."

„Na, dann gute Nacht, Wolf. Schlaf schön. Und mach dir keine Sorgen um deine Liebsten. Ich kümmere mich schon um sie. Mir macht das Spaß."

„Danke, Moni. Wenn ich dich nicht hätte. Gute Nacht."

Erleichtert legte er auf. Da hatte er gerade noch die Kurve gekriegt. Moni war so ziemlich der letzte Mensch, mit dem er es sich verscherzen wollte. Und er hatte es wirklich nicht so gemeint. Manchmal schossen diese dummen Sprüche einfach so aus ihm heraus. Er musste besonnener werden. Müde spülte er die Zahnpasta aus dem Mund, löschte das Licht und kroch unter seine Decke. Puh, es war kalt geworden. Als sich die Bettwärme ausbreitete, schlief Hetzer ein.

Als Sabine das nächste Mal die Augen aufschlug, war alles dunkel um sie herum und still bis auf das rhythmische Tropfen. Man hatte doch wohl nicht gedacht, dass sie tot war und sie im Krankenhaus in den Keller geschoben? In Panik wollte sie aufspringen, doch die Lederfesseln hielten sie fest.

„Hilfe!" schrie sie. „Hilfe! So helft mir doch. Ich lebe noch."

Schritte auf der Treppe. Ein Glück, es kam jemand.

„Na, na, na, mein Bienchen", flüsterte eine Stimme. „Du sollst doch nicht so schreien. Hier hört dich niemand. Summ lieber ein Liedchen für mich."

„Wer sind Sie und wo bin ich und was machen Sie mit mir?"

„So viele Fragen. Weißt du denn nicht mehr, dass du operiert worden bist? Ich musste alles entfernen. Deine Gebärmutter, deine Eierstöcke. Und gleich sind auch noch deine Brüste dran."

Sabine gruselte es. Diese Stimme, die Worte, das Hallen in diesem Raum. Sie hatte Angst. Erst langsam kam die Erinnerung zurück.

„Hatte ich einen Unfall?"

„So ungefähr, aber das ist schon viele Jahre her. Ich beseitige jetzt nur die Spätfolgen."

Sabine war verwirrt. Sie verstand gar nichts. Plötzlich sah sie auch nichts mehr. Noch weniger als im Dunkeln, da waren wenigstens Schemen zu erahnen gewesen. Die große OP-Lampe war wieder angegangen. Es dauerte einen Moment, bis sich ihre Augen an die Helligkeit gewöhnt hatten.

Das Letzte, was sie sah, bevor sie einschlief, war eine Spritze mit weißlichem Inhalt in der Hand des Arztes. Sie wollte noch „Halt" rufen, denn sie konnte sich an keinen Unfall erinnern. Da musste eine Verwechslung vorliegen. Aber es kam nur noch das „Ha" über ihre Lippen und der Arzt schmunzelte unter dem Mundschutz, weil es so wirkte, als lache sie über sich selbst. Und das gefiel ihm.

Da Sabine große Brüste hatte, musste er neben dem Drüsengewebe auch reichlich Haut entfernen. Darüber hätte sie glücklich sein können, denn die Schwerkraft hatte die Brust hängen lassen. Jetzt würde sie platt sein wie eine Wand. Mit ihren 58 Jahren war sie ansonsten noch ganz gut in Schuss. Im Zuge der Brustplastik setzte er auch die Brustwarzen wieder ein. In ihnen würde sie aber kein Gefühl mehr haben. So viel Zeit blieb ihr nicht. Zu guter Letzt durchtrennte er noch ihre Stimmbänder. Das war besser. Verhinderte ungewollte Schreie. Sie hatte sowieso nichts mehr zu sagen, jetzt, wo sie in seiner Hand war.

Als Sabine eine halbe Stunde nach der zweiten Operation mit Schmerzen wieder zu sich kam, war es dämmerig im Raum. Irgendwo hing eine schwache Glühbirne. Das machte nichts besser. Ohne Brille sah sie nicht viel im Halbdunkel. Diesmal war dafür die Erinnerung schnell zurückgekehrt. Sie war operiert worden, am Unterleib. Da tat es weh. Aber auch am Brustkorb. Sie bekam kaum Luft, weil sie so eng eingeschnürt war. Und weil es im Hals irgendwie eng und schmerzhaft war.

Sie tastete um sich herum und fühlte ein Metallgitter. Jetzt sah sie auch, dass sie in einem Käfig lag. Ach, wenn der Hals doch nicht so weh täte beim Atmen. Sie wusste nicht, was schlimmer war. Ihre Angst, weil sie gefangen war oder die, dass sie plötzlich keine Luft mehr bekam. Vorsichtig befühlte sie ihren Oberkörper. Ihre Brüste. Wo waren ihre Brüste? Da war nichts mehr, nur zwei Flaschen hingen an ihr. Sie würgte, denn die waren mit Blut gefüllt. Mit ihrem eigenen Blut. Sie kannte solche Flaschen. Man bekam sie nach schweren Operationen, damit sich kein Blut in der Wunde sammelte. Eine Drainage. Es lief dann in die Flaschen. Hatte sie schon gerufen? Sie wusste es nicht mehr. Sie konnte es ja noch mal probieren. Doch so sehr sie sich auch anstrengte, es kam nichts, und das Atmen wurde schlechter. Als ob etwas ihre Kehle zuschnürte. Sie legte sich auf das Fell, das den Käfigboden bedeckte und weinte. Aber auch das Weinen führte nur dazu, dass sich die Panik beim Luftholen noch steigerte.

Endlich hörte sie Schritte.

Mit aller Kraft, die ihr zur Verfügung stand, schlug sie mit den Händen gegen das Käfiggitter und musste bald wieder aufgeben, denn die Schmerzen in ihrer Brust waren unglaublich groß.

Sie war wund. Fühlte sich, als ob sie von oben bis unten nur aus rohem Fleisch bestand. Und die Schritte näherten sich.

„Na, Bienchen, bist du flügellahm? Das macht nichts. Steigst sowieso bald auf ins Himmelreich. Da bekommst du neue Flügel."

Sabine wollte schreien. Vor Angst, vor Panik, vor Entsetzen. Und sie wollte endlich richtig Luft holen. Atemnot. Schmerz. Todesangst. In ihren Augen begannen die Äderchen zu platzen.

„Nun mal sachte, Bienchen. Du nimmst mir noch die Arbeit weg, wenn du so weitermachst. Ersticken ist kein schöner Tod."

Sabine japste nach Luft. Verdrehte die Augen und wurde bewusstlos.

Vorsichtig öffnete er die Käfigtür. Der Zugang zu Sabines Vene lag noch. Ihr Atem ging flach. Er spritzte ihr Kortison und ein Beruhigungsmittel. Dann schloss er die Käfigtür wieder ab und ging nach oben. Er musste sich umziehen.

Die folgenden Tage brachten Kruse und Hetzer kaum neue Erkenntnisse. Der Computerspezialist war noch im Urlaub. In den sonstigen Unterlagen aus der Wohnung von Pfarrer Fraas fanden sich keine Hinweise auf Pädophilie oder homosexuelle Neigungen. Bevor sie jedoch den Geistlichen, Martin Braun, wieder befragten, wollten sie alle Ergebnisse vorliegen haben.

Inzwischen war es Samstag geworden und Wolf Hetzer hatte eingekauft. Er wollte etwas ganz besonderes für Moni kochen und ihr beweisen, dass er ihre Einstellung respektierte. Aber auch, dass er in der Lage war, ein mehrgängiges, fleischloses Menü zu zaubern.

Als „Amuse gueule" würde er gefüllte Paprika servieren. Dazu verrührte er eine Frischkäsemischung mit mildem Paprikagewürz, füllte die rote Frucht und stellte sie kalt, damit er sie später in hauchdünne Scheiben schneiden und servieren konnte. Anschließend hatte er eine Karotten-Ingwer-Suppe geplant mit Chilifäden und einem Klecks Crème fraîche. Als Hauptgang wollte er zarten Chicorée in einer Sauce Mornay gar werden lassen. Diese Käse-Weißwein-Soße veredelte jedes Gemüse. Er aß am liebsten die Kruste, die sich beim Backen im Ofen am Rand der Form bildete. Dazu „Neige de Pomme de Terre au loup". Das klang sehr mondän und weltgewandt. Bedeutete aber nur Kartoffelschnee nach Wolfsart. Damit hatte er sie früher geneckt. Damals. Er wollte jetzt nicht daran denken. Er musste das Dessert noch vorbereiten. Der süße Abschluss sollte eine Mousse au chocolat in drei Farben sein – aus Zartbitter-, Vollmilch- und weißer Schokolade. Überzogen mit einer Himbeersoße, die er selbst gemacht hatte aus den Früchten in seinem Garten. Dazu passierte er, wie früher, die gekochten Himbeeren durch ein Sieb. Das Fruchtfleisch blieb erhalten, nur die lästigen Kerne waren weg.

So ging der Tag mit Vorbereitungen und Pausen, in denen er las, dahin. Schlag 18 Uhr klingelte es an der Tür. Hetzer liebte Pünktlichkeit. Vor allem, wenn er gekocht hatte. Die letzten Klänge des Westminsterschlags verloren sich gerade, als er mit einer wedelnden Gaga die Tür öffnete. Monis kurze graue Haare funkelten im Licht.

„Hereinspaziert", rief Hetzer, „du kennst dich ja aus, mach es dir schon gemütlich. Ich muss noch mal eben schnell in die Küche." Mit diesen Worten verschwand er eilig. Er hatte vergessen, die Schürze abzunehmen.

„Nur die Ruhe, ich bin nicht ausgehungert."

„Es ist alles fertig. Setz dich bitte. Ich bin sofort da."

Moni rutschte, von Gaga verfolgt, auf die Bank und freute sich, dass das Feuer brannte.

Ihr war immer leicht kalt. Ein Ofenfeuer war etwas Besonderes. Sie hatte auch schon überlegt, ob sie sich irgendwann einen Kaminofen leisten sollte. Aber dazu brauchte sie ein Außenrohr aus Edelstahl. Ach, egal jetzt. Sie wollte den Anblick genießen und das Knistern des Holzes.

Im Hintergrund lief leise Musik. Klassisch und orientalisch zugleich. Sie musste nachher Wolf fragen, was das war.

Oh je, fast hätte sie die Kater vergessen. Sie stand wieder auf und ging zum Sofa. Da lagen die faulen

Brüder und reckten sich nur ein bisschen, als Moni ihr Fell streichelte.

„Ihr habt es gut, Jungs. So schön vor dem Ofen und keine Verantwortung für nichts. Beneidenswert."

„Hast du schon Platz genommen, Moni? Jetzt kommt der erste Gang!"

„Klar", rief Moni und huschte in die Bank zurück.

Wolf Hetzer servierte zwei Teller mit jeweils einer Paprikascheibe, liebevoll dekoriert mit Petersilie und zusammengebundenem Schnittlauch.

„Hm, das sieht aber lecker aus!"

„Schmeckt hoffentlich auch so ... Guten Appetit!"

„Ebenfalls, Wolf, und vielen Dank für die Einladung."

Nach den vier Gängen stellte sich wohlige Entspanntheit ein. Der Wein hatte die Stimmung gelockert und Moni seufzte:

„Ach, das war soooo lecker. Ich möchte bald sagen, dass ich noch nie so gut gegessen habe. Wo hast du das gelernt, Wolf?"

„Der Mann meiner Cousine hat damals einige Zeit in Frankreich gelebt. Er kochte für sein Leben gern. Manches habe ich mir bei ihm abgeguckt. Den Rest habe ich mir selbst beigebracht."

„Donnerschlag. Die Frau, die dich mal kriegt, kann sich aber glücklich schätzen."

Noch in dem Moment, als Moni das sagte, wusste sie, dass sie lieber den Mund gehalten hätte.

Hetzers Stimmung sank unter null. Er sah traurig aus.

„Entschuldige bitte, das war eine unüberlegte Bemerkung. Manchmal sagt man einfach etwas so dahin, ohne nachzudenken. Weißt du noch, wie du Anfang der Woche."

„Ist schon gut, Moni. Dafür kannst du doch nichts, für meine Empfindlichkeiten. Wie sollst du das vorher wissen."

„Komm, bevor wir noch mehr Wein trinken, sollten wir Emil in den Stall bringen und ein Ründchen mit Gaga gehen. Meinst du nicht auch?"

Moni hatte eine besondere Gabe, Situationen zu retten. Sie lenkte ab und tat so, als wäre Gesagtes nie gehört worden. Auch die frische Luft würde ihnen guttun.

„Gehst du mit durch den Hauswirtschaftsraum nach draußen?"

„Klar. Ich hole schon mal Gagas Leine."

Als Wolf und Moni aus dem Haus kamen, stutzten sie. Normalerweise ging sofort rund um das Haus herum das Licht an. Jetzt war hier nur totale Finsternis, bis auf das Licht, das von den Fenstern nach draußen drang.

„Bleib hier mit Gaga stehen!", sagte Wolf. „Ich hole die Taschenlampe, aber beweg dich nicht von der Stelle."

Hetzer hatte sofort ein komisches Gefühl. Irgendetwas stimmte nicht. Er leuchtete dorthin, wo die Lampen waren und sah, dass der Bewegungsmelder mit schwarzem Lack zugesprüht war. Auch alle anderen waren schwarz und unbrauchbar.

„Moment, Moni, ich gehe zurück ins Haus und stelle die Lampen manuell an. Ich hoffe, sie gehen noch."

„Ok, ich warte hier."

Moni stand mit Gaga direkt vor der Tür, als die Lampen angingen. Etwas stimmte nicht. Es war zu still.

„Na, ein Glück, dass wenigstens das Licht noch funktioniert. Die Melder werde ich austauschen lassen müssen. Die sind hin." Hetzer war trotz allem erleichtert.

„Du, Wolf", sagte Moni zaghaft, „es ist zu still."

„Wie meinst du das?" Ein bekanntes Gefühl ergriff von Hetzer Besitz.

„Ich höre Emil nicht. Er wäre doch jetzt bestimmt draußen."

Wolf zuckte zusammen.

Sie hatte recht. Er lief mit bösen Ahnungen in den Stall, machte Licht und fand nichts. Kein Emil. Aber auch kein Blut.

„Komm, wir suchen die Wiese ab."

Moni nickte. Aber auch hier fand sich keine Spur von Emil. Nur ein paar Federn hinten am Zaun, dort, wo der Wald begann. Das konnte zwar, musste aber nichts zu bedeuten haben. Gaga schnüffelte dort besonders intensiv. Aber auch das war nicht unbedingt ein Hinweis.

„Vielleicht ist ein Fuchs aus dem Wald gekommen. Das wäre immerhin möglich."

„Warte mal, Moni, hier an der Seite liegen Körner. Wie kommen die denn dahin? Emil bekommt nur im Stall sein Futter. Und er wird es bestimmt nicht nach draußen getragen haben. Ich habe ein komisches Gefühl. Ich hole mal eine Tüte." Kurze Zeit später kam er wieder.

„Ich will, dass diese Körner hier im Labor untersucht werden."

„Komm, Wolf. Wir können hier nichts mehr tun. Lass uns eine Runde mit dem Hund gehen. Die Bewegung wird dir guttun. Wir können dabei überlegen, was wir machen können."

Hetzer nahm die Hündin an die Leine und öffnete das Tor.

„Du meinst doch, dass jemand Emil mitgenommen hat, oder?"

„Ja, das meine ich. Und ich hoffe, dass derjenige nicht noch Schlimmeres getan hat."

„Meinst du wegen der Körner, dass er vergiftet worden sein könnte?"

„Das wäre eine Möglichkeit. Aber warum sollte das jemand tun? Und warum hat Gaga nicht angeschlagen?"

„Dafür könnte es mehrere Ursachen geben. Es könnte schon geschehen sein, als du beim Einkaufen warst oder als es laut war in der Küche beim Kochen. Ein Hund bellt auch so mal zwischendurch. Und wenn jemand oben am Zaun Körner streuen würde, wäre es auch möglich, dass der Hund es nicht bemerkt hat."

„Wenn die Körner nicht wären, würde ich auch an die Fuchstheorie glauben können. So aber nicht. Ich bin mir sicher, dass irgendwer mir schaden will."

„Hängt das vielleicht mit deinen momentanen Fällen zusammen?"

„Das könnte sein." Hetzer erzählte ihr von der Ratte und dem Topf.

„Weißt du, Wolf, du musst vorsichtig sein. Ich denke, die Sache ist durchaus ernst zu nehmen. Du solltest auch Gaga nicht mehr frei in den Garten laufen lassen, ohne dass einer von uns dabei ist. Ich kann gerne mehrmals am Tag rüberkommen oder sie mit zu mir nehmen. Die Kater sind drinnen sicher. Ich hoffe doch wohl, dass nicht auch noch eingebrochen wird."

Der Schreck stand ihr im Gesicht.

„Tolle Vorstellung. Ist ja kein schönes Gefühl, so mitten in der Nacht."

„Wahrscheinlich hast du recht", sagte Hetzer und stieg – plitsch – in eine Pfütze.

„Mist, wieder nasse Socken und kalte Füße. Was ich sagen wollte: Ich glaube, du hast recht. Ich war von Anfang an skeptisch und keiner wollte mich ernst nehmen. Schon als die Ratte vor der Tür lag, fühlte ich mich bedroht. Da haben sie mir Verfolgungswahn vorgeworfen."

„Na und, lass die anderen doch reden. Mir ist noch etwas aufgefallen. Die Anzeichen sind immer drastischer geworden. Überleg mal: Erst die Ratte, die lag nur einfach so da. Vielleicht war sie wirklich von einer Katze erlegt worden. Jemand hat sie – vielleicht zufällig – gefunden und fand es ganz passend, sie dir vor die Tür zu legen. Aber der Topf! Der Topf ist vorsätzlich dort hingestellt worden. Jemand muss das Gulasch gekocht und stehen gelassen haben. Bisher waren das alles Dinge, die nicht dir gehörten. Du wurdest nur damit belästigt. Wenn jetzt Emil ein Opfer geworden ist, dann ist das wieder eine Eskalationsstufe mehr. Wie soll das weitergehen? Und wo endet es? Bist du irgendwann das Ziel?"

Hetzer zuckte zusammen.

Moni konnte recht haben. Er fing sich aber schnell wieder.

Zu ihr sagte er, vor allem, um sie zu beruhigen:

„Das glaube ich nicht. Ich denke, wir sollten uns jetzt auch nicht verrückt machen lassen."

Moni blieb skeptisch.

„Ich weiß natürlich nichts über die Morde. Da hast du den Einblick und kannst das besser beurteilen. Aber wenn ich dich richtig verstanden habe, stand so ein Geschenk immer in Verbindung mit einem Mord. Du hast gesagt, dass die Sachen kurz danach bei dir vor der Tür lagen. Ich spinne jetzt mal so herum. Falls Emil von demjenigen mitgenommen wurde, der die

Taten begangen hat, heißt das dann, dass du demnächst Gänseschmalz vor der Tür findest, nachdem ein weiterer Toter gefunden worden ist?"

Hetzer fand die Idee mit dem Gänseschmalz ein wenig unsensibel, aber an Monis Worten war etwas dran. Er würde gleich morgen, auch wenn es ein Sonntag war, auf der Dienststelle anrufen und fragen, ob es aktuell neue Vermisstenfälle im Raum Hameln/Rinteln gab.

Am Gartentor verabschiedete er sich von Moni.

„Willst du Gaga heute Nacht mit zu dir nehmen, quasi als Sicherheitsfaktor?"

„So ein Quatsch! Und wer passt dann auf dich auf? Du bist ja wohl eher gefährdet als ich. Bei mir liegt nix vor der Tür. Schlaf schön, Hetzer, und danke für das tolle Essen."

Im Hauswirtschaftsraum zog Wolf erst einmal die nassen Socken aus. Gewaschene hingen noch auf der Leine, die Wolle würde die kalten Füße schnell wieder aufwärmen.

Der Ofen glühte noch. Wenn er jetzt Briketts nachlegte, dann würde noch ein Rest Glut am Sonntagmorgen da sein, die könnte er einfach wieder entzünden. Jetzt noch schnell in die Küche und aufräumen. Er hasste es, wenn er morgens hinunter kam und die Küche aussah wie ein Schlachtfeld. Da brachte er lieber nachts noch wieder alles in Ordnung und ging in Ruhe zu Bett.

Bei diesem Gedanken fiel ihm Peters Witz wieder ein, dass eine gute Frau an ihm verloren gegangen sei. Und wenn schon. Warum mussten Männer egoistisch, ignorant und schluderig sein? Wer hatte bestimmt, dass das typisch männlich war? Das war nur peinlich. Und unreif.

Gegen zehn Uhr am nächsten Morgen rief er auf der Dienststelle an.

„Polizeiinspektion Rinteln, Polizeihauptmeister Schmidt am Apparat."

„Hallo, hier ist Hetzer von der Kripo."

„Ah, guten Morgen, Herr Hetzer. Was kann ich für Sie tun? Können Sie den Montag nicht erwarten?"

„Doch schon, aber im Zuge der aktuellen Ermittlung müsste ich wissen, ob es neue Vermisstenfälle im Kreis Hameln und Rinteln gibt. Mein Kenntnisstand ist von Montagmorgen."

„Ich stelle Sie mal rüber zu meiner Kollegin, damit die Hauptleitung frei bleibt."

„In Ordnung."

„Michaelis, hallo. Günther hat mir Bescheid gesagt. Der Suchlauf rattert schon durch. Also: In Hessisch Oldendorf ist eine Seniorin aus dem Altenheim abgängig. Die Dame ist dement. Das ist bestimmt nicht interessant für dich. Ansonsten im Bereich Hameln/Rinteln keine neuen Vermisstenfälle. In Bückeburg ist noch eine Frau, 58 Jahre alt, verschwunden. Hier steht in der Kurzbeschreibung, dass sie kurz vor ihrem Verschwinden noch die Kollegen zu einem Einsatz in Obernkirchen gerufen hat, der keiner war. Danach fehlt jede Spur von ihr."

„Das wäre perfekt, wenn es ein Mann wäre!", lachte Hetzer in die Muschel. „Vielen Dank, Claudia."

„Tut mir leid, mit Kerlen kann ich nicht dienen. Die sind aus." Schmunzelnd verabschiedete sie sich und legte auf.

Hetzer nahm sich vor, jetzt täglich die Vermisstenanzeigen durchzugehen. Das komische Gefühl war immer noch da. Es betrog ihn selten. Etwas lag in der Luft, das er nicht greifen konnte.

Welcher Bückeburger kannte sie nicht, die Tongrube an der alten Ziegelei im Höppenfeld. Mittlerweile war dort ein Biotop entstanden. Der Teich lag schon jahrelang da, sich selbst überlassen. In den Steilwänden nisteten Eisvögel. Im Wasser schwammen Schleien, Barsche, Karpfen, ja selbst Forellen lebten hier. Das Gewässer wurde durch unterirdische Quellen der Beeke gespeist und floss wieder in den Bachlauf abwärts. Tagsüber gingen entlang des Teiches gerne Menschen mit ihren Hunden spazieren, doch in der Dunkelheit wagte sich kaum jemand hierher. Am Seiteneingang des evangelischen Friedhofs vorbei musste man ein ganzes Stück durch freies Feld gehen. Es war unheimlich hier draußen. Das Teichgelände selbst war mittlerweile so zugewachsen, dass man kaum noch ans Wasser kam. Und selbst wenn, musste man aufpassen, dass das Ufer nicht einbrach, weil es unterspült war, oder dass man nicht auf dem lehmigen Untergrund ausglitt.

Sabine konnte sich noch nicht wieder richtig grade halten. Die Wunden schmerzten noch zu sehr. Am Sonntagabend hatte er ihr die Drainagen gezogen. Mit einem Ruck. Das war das Beste, meinte er. Sie brauchte sie nun nicht mehr. Die Arme hatte er ihr – noch bevor sie richtig wach war – mit Kabelbindern zusammengebunden. Wahrscheinlich hätte Sabine sich sowieso nicht mehr zur Wehr gesetzt. Ihr Widerstand war gebrochen. Sie war nicht dumm, hatte die Ausweglosigkeit der Situation erkannt und sich in ihr Schicksal ergeben. Ihr Peiniger war nun ganz in schwarz gekleidet. Ungeduldig schob er sie ins Auto. Es musste schon Nacht sein oder später Abend. Sie erkannte das Auto sofort wieder. Sie war hier neulich in gutem Glauben eingestiegen, um zu helfen. Alles Lüge. Doch warum nur? Was wollte der Mann von ihr, und was hatte er ihr alles angetan? Sie war jetzt sowieso ein Nichts. Verstümmelt. Unmenschlich. Kein Mensch mehr. Genau wie der Fremde. Er hatte ihr ihre Eingeweide unter die Nase gehalten. Als ob es das noch schlimmer gemacht hätte. Zu diesem Zeitpunkt nicht mehr. Da war sie schon innerlich tot. Was konnte jetzt noch kommen?

Die Fahrt kam ihr endlos vor, dabei kannte sie den Weg. Durch Vehlen hindurch in Richtung Bückeburg. Am ersten Kreisel rechts und wieder rechts, bis zum Friedhof. Da hielt der Wagen an, die letzte Biegung nahm er ohne Licht, ließ sich vom Dunkel verschlucken.

Leise öffnete er die Beifahrertür, zog sie an den gefesselten Händen heraus und schob sie in Richtung Feldweg. Über der Schulter trug er einen Beutel. Sie ging leicht nach vorn gebeugt, ob vor Schmerz oder Kummer, das ließ sich nicht mehr unterscheiden. Alles war eins.

Sie stolperte vor ihm den unebenen Weg entlang. Hier sah man fast gar nichts. Die Mondsichel gab nicht genug Licht und oft blieb sie hinter den Wolken verborgen. Inzwischen hatten sie einen Bach erreicht, es plätscherte leise. Das musste die Beeke sein. Sabine kannte das Gelände von früher, als hier noch die Ziegelei stand. Der Schornstein war irgendwann gesprengt worden, dann war es zur Müllkippe und mittlerweile zum Naherholungsgebiet geworden. Was für komische Gedanken ihr kamen. Ihr fiel wieder ein, wie sie in dem Teich hier links mal nackt geschwommen war. Mit ihrem Liebsten, heimlich in der Nacht. Jetzt war es wieder Nacht. Und er trieb sie durch Büsche und Sträucher zum Wasser. Wie zugewachsen hier jetzt alles war, sie hatte große Mühe voranzukommen. Die Wunden taten weh, jeder Schritt wurde zur Qual. Hoffentlich würde es bald zu Ende sein. Egal wie. Sie tippte auf Ertränken und wunderte sich, wie ruhig sie war.

„Tut mir leid, dass ich dir den Weg hierher nicht ersparen kann. Mit dem Auto wäre es zu auffällig gewesen."

Sie waren an einer Bank angekommen. Morsch und leicht ramponiert. Sabine stützte sich darauf ab.

„Wunderst du dich gar nicht, was mit dir passiert ist? Und warum du hier bist?"

Sabine hob nicht einmal den Kopf.

„Du bist hier, weil du eine dumme Gans bist. Redest anderen nach dem Mund, wenn sie Schicksal spielen. Setzt dich nicht durch, auch wenn du anderer Meinung bist. Das hätte dir deinen Kopf retten können. So wirst du ihn verlieren."

Und noch bevor er ihr den Schlag versetzte, der ihr die Sinne nahm, flüsterte er Worte. Worte, die sie begreifen ließen, was sie getan hatte. Was sie ihm angetan hatte und warum sie heute hier war.

Dass er sie bewusstlos geschlagen hatte, war ein Geschenk der Milde. Aus Mitleid. Sie war nur dumm, nicht böse. So merkte sie nicht, dass er drei Versuche brauchte, bevor sich der Kopf vom Rumpf trennte.

Wolf Hetzer ließ der Gedanke an Pfarrer Fraas keine Ruhe. Sowohl die Haushälterin als auch Pfarrer Braun hatten seltsam reagiert. Hilde Brüderl war auf der Treppe zusammengesunken, als er sie gefragt hatte, ob er denn auch mit Kindern und Jugendlichen gearbeitet habe. Und Pfarrer Braun hatte die Befragung etwas abrupt beendet, als das Thema in diese Richtung ging.

Es war Sonntag, aber das war ihm egal. Hetzer entschloss sich, nach Hameln zu fahren. Er wollte mit Braun noch einmal unter vier Augen sprechen. Dass der Pfarrer im Beichtstuhl auf Sünder wartete, kam ihm gerade recht. Er erhoffte sich, dass sich Martin Braun auch ihm gegenüber aufgeschlossener und vor allem ehrlicher zeigen würde. Leise schlüpfte er in den Beichtstuhl.

„Gelobt sei Jesus Christus!"

„Ja, das auch, aber deshalb bin ich nicht hier."

„Herr Kommissar! Sie sind es. Das hier ist ein Beichtstuhl."

„Eben, und darum hoffe ich, dass Sie mir jetzt die Wahrheit über Pfarrer Fraas sagen. Sie beichten. Ich höre."

Stille.

„Ich dachte, es wäre persönlicher und vor allem inoffizieller, wenn ich diesen Weg wähle."

Stille.

„Wie Sie meinen, ich kann auch wieder gehen und Sie ins Präsidium vorladen."

„Warten Sie!"

„Ich höre."

„Pfarrer Fraas war ein wunderbarer Mann. Ich liebte ihn wie einen Bruder. Ja, mehr noch."

„Waren Sie beide ein Liebespaar?"

„Nein. Und ja."

„Was soll das heißen, nein und ja? Gab es eine homosexuelle Beziehung zwischen Ihnen und dem Ermordeten?"

„Nein!"

„Bitte, Sie müssen sich etwas näher erklären."

„Josef und mich verband die reine Liebe."

„Was bitte ist die reine Liebe?"

„Wir waren einander verbunden, wir waren eins, unabhängig von unseren Körpern. Eine Liebe jenseits geschlechtlicher Interessen. Eine Verbundenheit im Geiste."

„Ich kann mir nicht vorstellen, dass das auf Dauer funktionieren kann. Liebe schafft Sehnsucht. Wie soll sie ohne Berührungen befriedigt werden? Ohne dass man sich in die Arme nimmt?"

„Das, was Sie meinen, ist eine niedere, fleischliche Art der Liebe. Begehren, Verlangen, Sehnsucht, Schmerz. Ich spreche von der reinen Liebe, die dieses alles nicht braucht. Sie ist allgegenwärtig und unauslöschlich. Selbst jetzt, nach Josefs Tod, ist seine Liebe für mich noch so greifbar wie in der Zeit, als er noch lebte. Verstehen Sie, die reine Liebe ist von äußeren Bedingungen unabhängig. Sie ist unbeeinflussbar."

„Nehmen wir dies mal als Tatsache hin. Können Sie mir erklären, wie Sie entdeckt haben, dass sie beide diese ‚reine' Liebe verbindet?"

„Josef war damals aus Bayern gekommen. Dort musste er gehen, weil man ihm unglaubliche Dinge vorgeworfen hat. Damals verbrachte er viel Zeit mit einem der Schüler. Er ist inzwischen Kardinal in Rom. Man hat Josef unreine Gedanken unterstellt. Obwohl der Schüler immer verneint hat, dass es zu körperlichen Übergriffen gekommen ist, wurde Josef versetzt. Vielleicht, weil man befürchtete, es könne irgendwann so weit kommen. Sie sehen, wie verdorben die Menschen sind. Selbst in der Kirche. Niemand hat verstanden, dass auch diese beiden etwas Besonderes verband. Soweit ich weiß, haben sie sich bis zuletzt geschrieben. In Zeiten des Internets ist das einfacher geworden."

„Jetzt haben Sie mir meine Frage aber immer noch nicht beantwortet."

„Josef und ich haben einander genauso erkannt wie damals sein Schüler und er. An den Augen. Die Liebe erkennt und findet sich in ihnen. Ich war seinerzeit erst seit kurzem als junger Pfarrer hier. Josef hat mir viel geholfen. Gewusst haben wir von dieser Liebe seit dem ersten Augenblick, aber es hat Jahre gedauert, bis wir darüber sprechen konnten."

„Waren Sie denn gar nicht eifersüchtig auf den Geistlichen in Rom?"

„Entschuldigen Sie, Herr Kommissar, ich sehe, dass Sie immer noch nicht verstehen. Reine Liebe eifert nicht. Es gibt dazu keinen Grund. Sie ist unendlich und kann darum mit vielen Menschen geteilt werden. Zu unserer Gemeinschaft der ‚Amantes purus', der ‚Reinen Liebenden' gehören viel mehr Menschen, als Sie sich vorstellen können. Im In- und Ausland. Und wir bleiben eben genau deshalb im Verborgenen, weil es nicht verstanden wird."

„Ist das so eine Art Geheimbund?"

„Nein, das ist eine Gemeinschaft der Liebenden. Es kennt auch nicht jeder jeden. Es ist vielmehr wie eine

Kette oder ein Stern. Ein Liebender, der mit mehreren in einer solchen Verbindung steht. Diese haben wieder andere, mit denen sie in der reinen Liebe verbunden sind. Wir halten schriftlich Kontakt mit unseren Nächsten. Aber wir helfen uns alle. Wir raten einander. Wir alle wissen, dass wir nicht allein sind, denn diese Liebe ist in Gott. Gott ist diese Liebe."

„Könnten Sie sich vorstellen, dass es vielleicht doch jemanden aus dieser Gemeinschaft gibt, der plötzlich noch ein ganz anderes Interesse hat? Einen, der mit einem Mal doch eifersüchtig geworden ist und der Pfarrer Fraas aus dem Weg räumen wollte?"

„Nein, das ist sehr unwahrscheinlich, um nicht zu sagen unmöglich! Jeglicher Austausch erfolgt nur im Geiste."

„Und wenn nun jemand diesen Geist in Josef Fraas töten wollte?", fragte Hetzer in die Stille und dachte bei sich, dass das überhaupt keinen Sinn machte. Wieso hätte der Mörder dann die Kastration vornehmen sollen und die Entfernung des Adamsapfels. Das hier war auf jeden Fall ein Verbrechen, das sich vor allem auf den Körper bezog. Vielleicht ausgelöst durch Verletzungen an der Seele. Die Strafe, die Rache jedoch war körperlich, war Verstümmelung, war Entmannung in jeder Hinsicht. Sie mussten jemanden suchen, der nicht wollte, dass Josef und Benno Männer waren. Hier war er auf dem Holzweg, wenn Pfarrer Martin nicht log.

„Herr Hetzer, sind Sie noch da?"

„Entschuldigen Sie, ich habe eben nicht gehört, was Sie gesagt haben."

„Ich habe gesagt, dass es nicht der Tötung des Leibes bedarf, um den Geist zu ermorden. Es wäre viel schlimmer, den sterbenden Geist in einem gut funktionierenden Körper zu belassen, wenn jemand auf diese Weise Rache üben möchte. Jahrelange, ja vielleicht lebenslange Qual."

„Da haben Sie recht, Pfarrer Martin. Vielen Dank." Hetzer wollte weg. Dieses Gefasel von reiner Liebe hielt er für Quatsch, aber das Letzte, was der Geistliche gesagt hatte, war relevant. War wichtig für ihn. War der Umkehrschluss seiner eigenen Gedanken gewesen, die er eben gehabt hatte. Der Körper versehrt – die Seele lebendig, wenigstens für kurze Zeit, bis er sie endgültig umbrachte. Benno hatte noch eine Weile gelebt, ohne ein Mann zu sein.

Er überlegte, ob er Peter anrufen sollte, verwarf diesen Gedanken aber wieder. Es war noch zu unausgegoren, was in seinem Kopf vor sich ging.

Als er wieder zu Hause ankam, schlenderten gerade Moni und Gaga in Richtung Gartentor.

„Na, wo wart ihr denn?"

„Ich habe gesehen, wie du losgefahren bist und ich dachte, uns zwei Damen würde ein bisschen frische Luft gut tun. Sag mal, meinst du nicht auch, dass es besser wäre, die Hundeklappe zu schließen, wenn du nicht da bist? Oder überhaupt? Ich meine momentan, im Hinblick auf Ratten, Töpfe und das Verschwinden von Emil?"

Daran hatte Hetzer noch gar nicht gedacht.

„Mensch, Moni, du hast recht! Auf die Idee bin ich überhaupt noch nicht gekommen. Aber was soll ich mit Gaga den ganzen Tag machen, wenn sie nicht raus kann, wann sie will?"

„Wo ist da das Problem? Ich bin zu Hause, ich kann sie tagsüber nehmen. Das würde mich ehrlich gesagt auch ein wenig beruhigen, falls du sie nicht zum Aufpassen drüben brauchst."

„Ich glaube nicht, dass sich im Hellen jemand traut, bei mir einzubrechen. Und nachts ist sie ja hier. Du kannst aber davon ausgehen, dass das sowieso nicht passieren wird. Bisher ist mir immer nur etwas vor die Tür gelegt worden."

„Eben, bisher. Wer weiß. Ich hatte dir doch schon gesagt, dass ich so ein komisches Gefühl habe."

„Gut, dann machen wir das so. Die Klappe bleibt zu. Gaga geht tagsüber zu dir. Die Einzige, die außer mir noch einen Schlüssel zum Haus hat, bist du. Im Büro habe ich noch einen im Schreibtisch liegen – aber nur zur Sicherheit, falls du mal nicht da sein solltest. Wenn du irgendetwas Auffälliges bemerkst, rufst du auf der Dienststelle an."

„Alles klar, dann werde ich jetzt erst mal ein Mittagsschläfchen halten. Die frische Luft macht müde. Ach, übrigens, ich hab dir eine kleine Überraschung rübergestellt. Nicht, dass du denkst, das wäre von unserem Unbekannten." Mit diesen Worten drückte Moni Hetzer die Leine in die Hand, grinste und ging nach Hause. Er war wirklich froh, dass er sie hatte. Sie war ein echter Freund. Und sie hatte auch noch gute Ideen. Wolf fand, dass vor allem die mit dem Mittagsschlaf jetzt umgesetzt werden sollte. Weil der Kaminofen nicht brannte, entschied er sich, mit warmen Socken ins Bett zu steigen. In Pfarrer Brauns Kirche war es nicht warm gewesen. Das Gespräch am Tor hatte dazu geführt, dass seine Füße bitterkalt waren. Überhaupt fühlte er sich nicht besonders, stellte er fest und schlug die Bettdecke auf.

Ach, das war ja süß. Ein Geschenk! Auf seinem Kissen lag noch ein weiteres, kleineres Kissen mit Schleife.

Das wäre doch nicht nötig gewesen. Moni tat sowieso so viel für ihn. Nur, weil er sie bekocht hatte, musste sie ihm doch nicht gleich etwas schenken. Das hatte er doch gerne getan. Wohlig ließ er sich zurücksinken, drehte sich auf seine Lieblingsseite und dämmerte dahin.

Mein Gott, warum hatte er denn nur seine Schuhe ausgezogen? Der Schnee lag meterhoch, und die Kälte schnitt in seine Füße. Er musste etwas unternehmen. Da kam ihm eine Idee. Die Fäustlinge! Die zog er sich an die Füße. Ja, das war besser. Die Hände konnte er auch in die Ärmel stecken. Wieder und wieder versank er. Er musste vorwärtskommen, sonst würde er erfrieren. Es schneite immer noch und er hatte das Gefühl, dass Wind und Schnee noch zunehmen würden. Um ihn herum, alles weiß.

Er wusste nicht, wo er war, eine Orientierung war unmöglich. Er konnte versuchen, sich eine Schneehöhle gegen den Wind zu bauen. Aber der Schnee pappte nicht. Er konnte nicht einmal einen Schneeball formen. Alles stob sofort wieder auseinander. Und der eisige Wind zerkratzte sein Gesicht.

„Scheiß Schnee!", rief er ins Nichts. Und das Nichts kreischte aus der Dämmerung zurück:

„Wir sind kein Schnee!", klang es aus tausend Kehlen glockenhell. „Schau uns an!"

Hetzer griff in das Weiß und hielt es sich vor Augen. Er erstarrte. Das waren Federn. Wieder schrien sie, aber diesmal schrien sie ihn an:

„Du musst schon genau hinsehen. Vieles ist nicht so wie es scheint."

Mittlerweile war Wolf bis zum Hals eingeschneit.

„Was wollt ihr von mir? Warum bin ich hier? Ich friere!"

Die Federn tanzten auf dem Sturmlied um ihn herum.

„Wir sind, was wir sind. Aber du siehst in uns, was du sehen willst."

„Und warum ist mir dann kalt, wenn ihr Federn seid?"

„Der Wind, der Wind ... komm rette uns! Wir leben noch. Sie reißt uns alle aus."

Mühsam kämpfte er sich gegen den Wind vorwärts. Es war jetzt schon fast dunkel. Der Federschnee verfärbte sich im Abendrot und blieb auf ihm kleben.

Dort in der Ferne hatte jemand ein Licht angezündet. Ein Fenster. Ein Haus. Licht. Wärme. Da wollte er hin. Immer mehr hafteten sie an ihm, obwohl das Schneien nachließ. Da sah er sie. Sie hatte gelogen. Schüttelte kein Kissen aus. Sie stand im Fenster und rupfte das lebende Tier. Darum wurde kein Schnee aus den Federn, die mit ihrem Blut an ihm haften blieben.

„Halt! Hör auf!", schrie er gegen den Wind. „Was tust du da, du Unmensch?"

Sie lachte nur und warf die Gans in seine Arme.

„Emil!"

Voller Panik fuhr er aus dem Schlaf hoch. Der Schweiß stand ihm auf der Stirn. Und was war das überhaupt für ein Kissen, auf dem er hier lag. Wütend und angeekelt pfefferte er das Kissen aus dem Bett. Wie unsensibel von Moni, ihm gerade jetzt ein Daunenkissen zu schenken. Jetzt, wo Emil weg war. Oder war es gar nicht von ihr? Es lief ihm kalt den Rücken runter, denn er hatte parallel zwei Gedanken im Kopf, die ihm beide nicht gefielen.

Denn falls es bei Ratte, Topf und Kissen einen Zusammenhang gab, konnte alles von einem Unbekannten sein. Aber dann war der in seinem Haus gewesen. Den

zweiten Gedanken wollte er am liebsten wieder vergessen. Es war auch unwahrscheinlich, dass Moni mit
allem etwas zu tun hatte. Aber letztendlich wusste er
fast nichts über sie, außer, dass sie sportlich war, Tiere
liebte und gerne in die Sauna ging. Nur, wie sollte die
zierliche Person einen Mann wie Benno überwältigen
und ihn in der Eulenburg aufgehängt haben? Er schüttelte den Kopf über sich selbst. Das waren die Nerven.
Sie spielten verrückt. Es konnte trotzdem nicht schaden, ein bisschen mehr über Moni zu wissen. Vor
allem wollte er jetzt wissen, ob sie ihm das Kissen aufs
Bett gelegt hatte. Dann würde er weiter sehen. Er stand
auf und ging zum Telefon.

Endlich Winter! Draußen lag Schnee, richtig viel Schnee. Gestern hatte sie mit dem Bau ihres Iglus begonnen. Vater hatte ihr gezeigt, wie sie es machen musste. Stück für Stück aus dem unteren, festen Schnee mit dem Spaten herausstechen und im Kreis versetzt aufschichten. Es war schon richtig hoch. Jetzt kam der komplizierte Teil mit der Kuppel. Dazu brauchte sie eine Kerze. Immer, wenn sie eine Reihe gemauert hatte, weichte sie die Verbindungsstellen mit der Kerzenflamme auf und ließ sie wieder gefrieren, was reichlich Zeit in Anspruch nahm. Aber das machte nichts, weil sie zwischendurch zur Jagd ging. Jochen und Michael waren auch vorbeigekommen. Sie spielten nur mit ihr. Mit den anderen Mädchen wollten sie nichts zu tun haben, das waren Memmen. Keine Indianer oder Eskimos, die hier in der Kälte zusammen ausharrten. Susi war froh, dass ihre Freunde gekommen waren. Gemeinsam jagen machte mehr Spaß. Außerdem konnten sie nachher das Iglu einweihen. Susi hatte gehört, dass es in Iglus nie kälter als 0 °C wurden. Das wollte sie nachmessen.

Mittlerweile war oben in der Kuppel nur noch ein kleines Loch zu sehen. Den letzten Stein sollte Jochen von oben anreichen und Michael sollte ihn von innen so lange halten, bis Susi ihn mit ihrer Kerze befestigt hatte. Stolz saßen die drei anschließend um die Kerze im Iglu und mampften die Eisschokolade, die sie erlegt hatten. Draußen waren lausige 15 °C minus und ein eiskalter Wind, der einem das Blut in den Adern gefrieren ließ. Den Eingang hatten sie gegen die Windrichtung gebaut. Es stimmte, hier drin war es entschieden wärmer. Susi holte das Thermometer aus ihrer Jackentasche. In Bodennähe war es noch 5 °C minus, aber unter der Kuppel um 0 °C.

Als sich Michael gegen fünf Uhr nachmittags verabschiedete, versprach er, am nächsten Tag wiederzukommen. Jochen blieb noch. Die beiden überlegten, ob sie morgen mit dem Hundeschlitten fahren oder am Eisloch fischen gehen sollten. Dann rief Susis Mutter zum Abendbrot.

„Schade", sagte Susi. „Immer, wenn es am schönsten ist, muss man aufhören."

„Genau", antwortete Jochen und sah sie an, „immer, wenn es am Allerschönsten ist. Und noch bevor sie richtig begriff, was geschehen war, war er fort. Doch sie fühlte ihn noch. Seinen Kuss auf ihren Lippen.

Das Handy klingelte. Nadja meldete sich und lauschte. Nichts! Sie wollte schon wieder auflegen, als eine leise, heisere Stimme zu ihr sprach. Das, was sie sagte, musste wohl ein Scherz sein. Trotzdem war sie neugierig. Und es war ja nicht weit. Sicherheitshalber nahm sie Beppo mit, der musste sowieso noch ausgeführt werden.

Das Gelände hinunter zum Wasser war unwegsam. Die Sonne lag dämmernd auf dem Wasser und schenkte ein warmes Licht. Es war still hier. Nicht einmal Grillen gab es jetzt noch. Nadja kämpfte sich durchs Gestrüpp. Hier war seit Jahren alles verwildert. Was hatte der Anrufer gesagt? Sie würde hier etwas Interessantes finden. Etwas aus ihrem Fachgebiet. Doch da war nichts, rein gar nichts. Hatte man sie verarscht? War derjenige hier irgendwo und beobachtete sie? Lachte sich kaputt, weil sie auf ihn reingefallen war? Nein, hier war niemand. Beppo hätte sonst Theater gemacht. Gut, dachte Nadja, dass ich noch nicht die Polizei angerufen habe. Erleichtert lehnte sie sich an einen Stamm, band den Hund daran fest und blickte auf den Teich. Sie hatte keinen Bock auf Stress. Es war herrlich hier, nur ein bisschen kalt heute. Vielleicht sollte sie im Sommer öfter herkommen.

Nadja ging zum Ufer und sah ins Wasser, das ihr ein Bild toter Augen zurückwarf. Sie gehörten zu einem Kopf, der ihr leicht zunickte und an dessen Hals mehrere Adern wie Regenwürmer in der Strömung zuckten.

Nadja taumelte zurück, sie musste sich irgendwo festhalten. Damit hatte sie jetzt nicht mehr gerechnet. Der Weißdorn bohrte sich an verschiedenen Stellen in ihre Hand und mit dem Schmerz kam ein leises Gefühl von Angst. Wer immer das getan hatte, konnte noch hier sein. Sie hielt sich im Dickicht. Da sah sie sie.

Der arterielle Druck hatte ausgereicht, um das Blut aus der Halsschlagader kurzfristig mehrere Meter weit in die Landschaft zu spritzen, bevor der Strom schwächer geworden und im Gras versickert war. Nadja stand wie gebannt vor dem Körper, dessen Arme mit Plastikschlaufen um den Holzklotz einer kaputten Bank gebunden waren, als ob sie beteten oder flehten. Die Tote kniete immer noch.

Der Kopf war nicht mit einem Hieb abgetrennt worden. Zweimal war das Werkzeug zu weit in Richtung Rücken eingedrungen. Auch das, was vom Hals übrig geblieben war, schien ausgefranst.

Hatte der Mörder sie zu diesem Ort gerufen? Doch woher kannte er sie, wusste von ihrem beruflichen Fachgebiet? Konnte man durch irgendetwas Rückschlüsse gezogen haben auf ihre Identität? Möglicherweise nach dem Fund in der Eulenburg?

Nadja hielt sich im Verborgenen, bis die Beamten vor Ort waren.

Hetzer stieg zuerst in seine Jogginghose und dann in die Pantoffeln. Er war in Unruhe. Gaga merkte das und wich nicht von seiner Seite. Selbst die Katerbrüder lagen nicht wie üblich auf dem Sofa. Vielleicht war doch jemand Unbekanntes hier gewesen und sie hatten sich verdrückt. Den einen fand er auf seinem Schreibtischstuhl, der andere lag auf der Fensterbank dahinter.

„Schade, dass ihr mir nichts sagen könnt. Ihr seid vielleicht die einzigen Zeugen!"

Ein müdes Augenblinzeln war die Antwort.

Er nahm sein Telefon und rief bei Moni an.

„Kahlert."

„Hallo Moni, ich bin's, Wolf."

„Wieso rufst du an und kommst nicht rüber?"

„Nee, ich hab nur meine Jogginghose an und Pantoffeln."

Moni lachte.

„Sag mal, Moni, du hast mir doch erzählt, dass du eine Überraschung für mich hast. Hast du mir ein Kissen aufs Bett gelegt? So mit 'ner Schleife drum rum?"

„Hä? Wie kommst du denn darauf? Wieso sollte ich dir was aufs Bett legen? Du, dein Schlafzimmer geht mich nichts an. Meine Überraschung war ein Glas Marmelade. Selbstgekocht. Sie steht in deinem Kühlschrank. Wenn ich dir tatsächlich ein Kissen geschenkt hätte, dann hätte ich dir das aufs Sofa oder die Eckbank gelegt. Niemals in dein Schlafzimmer."

„Dachte ich mir", seufzte Hetzer, den das komische Gefühl des Verfolgtwerdens wieder packte.

„Kannst du mir jetzt mal sagen, was die Frage soll?"

„Als ich mich vorhin ins Bett gelegt habe, lag auf meinem Kissen ein kleineres mit einer Schleife drum herum. Und ich frage mich jetzt, wie das dahingekommen sein kann und vor allem, wer es dort hingelegt hat."

„Siehst du Wolf, das ist jetzt genau das, wovor ich dich gewarnt habe. Der Mörder ist in dein Leben eingedrungen."

„Meinst du etwa tatsächlich, dass dieses Kissen etwas mit meinen Fällen zu tun hat?"

„Mach mal die Augen auf! Du bist doch bei der Kripo. Bist du bei dir selbst betriebsblind? Nummer eins, die Ratte, Nummer zwei der Topf, dann verschwindet Emil, Nummer drei das Kissen. Immer ein bisschen mehr, immer ein bisschen näher. Aber der Herr Kommissar ist begriffsstutzig."

„Hast du mal darüber nachgedacht, was das bedeuten könnte, wenn du recht hättest?"

„Dass du in Gefahr bist?"

„Das vielleicht auch, aber es würde auch bedeuten, dass wir es mit einem dritten Mord zu tun hätten. Es ist aber niemand verschwunden, der infrage kommen würde."

„Hm, also, ich weiß nicht. Mir gefällt die ganze Sache nicht. Da dringt jemand in dein Haus ein, während du nicht da bist. Hast du da keine Angst? Das nächste Mal kommt er vielleicht, wenn du da bist."

„Machst du dir etwa Sorgen um mich? Ich rufe jetzt erst mal meinen Kollegen Peter an. Und die Spusi."

„Pass auf dich auf, Hetzer. Ich will keinen neuen Nachbarn!"

Wolf drückte auf den Knopf und wählte sofort Peters Nummer.

„Kruse, wer stört?"

„Hallo, hier ist Wolf, aber das siehst du doch an der Nummer!"

„Eben", stöhnte Peter Kruse. „Hast du solche Sehnsucht nach mir? Kannst du mich nicht mal an meinem freien Tag in Ruhe lassen?"

„Nein, bei mir ist eingebrochen worden. Na ja, wahrscheinlich eher eingestiegen. Es ist nichts kaputt. Es fehlt auch nichts."

„Und woher willst du dann wissen, dass jemand da war?"

„Es ist etwas zu viel da!"

„Nicht schon wieder so ein Topf oder so ..." Die Lustlosigkeit war ihm anzuhören.

„Es lag ein Kissen in meinem Bett. Mit Schleife."

„Ob nun mit Schleife oder ohne. Kissen gehören nun mal ins Bett."

„Aber dieses nicht. Das hat mir jemand dorthin gelegt."

Jetzt wurde Peter wach. Er rückte sich auf seinem Sessel zurecht.

„Moment. Wie soll denn da einer hingekommen sein? Ohne Schlüssel und ohne Einbruchsspuren?"

„Ich habe da eine Idee! Darum habe ich auch die Spusi angerufen."

„Oh, nee, das volle Programm. Ok, Hetzer, du hast gewonnen. Der Tag ist jetzt eh versaut. Er hätte so schön mit einem Stück Torte weitergehen können. Aber die kann ich auch zu Abend essen."

Er legte auf, hievte sich aus seinem Sessel.

Der Ohrensessel von Opa Franz.

Herrlich alt und durchgesessen. Wie gemacht für ihn zum Reinfletzen und faul sein. Wenn man ihn denn ließ. Ade Sessel, dachte er und nahm im Vorbei-

194

gehen seine Lederjacke vom Haken. Ach ja, und die Mütze, es war schon kalt geworden. Kam vor im November.

Wenn das stimmte, was Hetzer sagte – und er zweifelte eigentlich nicht daran, dann war das bedenklich. Im höchsten Maße bedenklich. Denn das war ein Übergriff auf Hetzers Person. Zwar mehr indirekt, aber nicht weniger schlimm.

Die Spurensicherung war schon vor ihm da. Klar, Hetzer hatte auch Seppis Privatnummer.

Wolf fing ihn vor der Tür ab.

„Komm, wir gehen rüber zu Moni. Im Haus sind sie beschäftigt. Seppi hat gesagt, wir sollen ihnen aus dem Weg gehen. Gaga ist auch schon drüben."

„Wie beruhigend."

„Wieso, die kennt dich doch schon. Oder meinst du Moni? Die beißt auch nicht."

„Sehr witzig! Jetzt erzähl mal genau."

„Also, ich war noch mal in Hameln bei Pfarrer Martin. Aber das erzähle ich dir später. In der Zeit war Gaga mit Moni unterwegs. Als ich wieder nach Hause kam, habe ich mich zum Mittagsschlaf ins Bett gelegt. Und da war dann dieses Kissen, auf meinem Kissen unter der Decke."

„Hattest du etwa dein Bett gemacht? An einem Sonntag?"

„Klar! Frisch gelüftet, aufgeschlagen und später zugedeckt."

„Hetzer, du bist ein widerlicher Spießer! Ganz ekelhaft. Pfui Spinne."

„Glaubst du, dass dort kein Kissen gelegen hätte, wenn ich so unordentlich wäre wie du?"

„Keine Ahnung."

„Dann tut das auch nichts zur Sache."

„Kannst du keinen Spaß vertragen oder was? Ich heul doch auch nicht gleich, nur weil du behauptet hast, ich sei unordentlich."

„Heute nicht, Peter, heute nicht."

„Ok, also von vorn. Ein Kissen auf deinem Kissen. Und du hast sofort gewusst, dass jemand da gewesen war, der nicht hätte da gewesen sein dürfen? Oder hast du dir erst einmal nichts dabei gedacht?"

„Ich habe gedacht, es sei ein Geschenk, und bin schlafen gegangen."

„Nur, dass ich es richtig verstehe. Du hast dich einfach hingehauen auf das neue Kissen und hast gepennt? Ohne dich zu bedanken? Es gibt also jemanden, der dir Geschenke aufs Bett legt? Ich meine, das hieltest du wenigstens für wahrscheinlich."

Hetzer brummte der Schädel. Es fiel ihm schwer, einen klaren Gedanken zu fassen.

„Moni war gestern Abend zum Essen da. Na ja, und ich dachte, das wäre ein Dankeschön."

„Das hört sich nach mehr als essen an, finde ich."

„Nein, wirklich, wir haben nur gegessen und uns gut unterhalten. Und jetzt lass uns reingehen. Mir frieren schon die Finger ab. Ich glaube, es gibt Nachtfrost."

„Haben sie auch angesagt."

Wolf klingelte an Monis Tür.

Gaga bellte und Moni streckte vorsichtig den Kopf durch den Spalt.

„Na, dann mal herein ins Warme!", begrüßte sie die beiden. „Wir haben uns – glaube ich – nur mal kurz gesehen. Sie müssen Wolfs Kollege sein."

„Kruse, mein Name, aber Sie können ruhig Peter zu mir sagen."

„Und ich bin Moni. Tierhüterin und Obdachlosenheim." Sie grinste.

„Du kannst hier ruhig offen reden, Peter. Moni weiß im Großen und Ganzen, worum es geht. Aus dem Kreis der Täter habe ich sie ausgeschlossen." Er lachte. „Sie hat ein Alibi für den Fraas-Mord."

„Na super. Also, wo waren wir stehen geblieben?"

„Beim Kissen."

„Ach? Tatsächlich? Gut. Von dir war es also nicht, Moni? Stimmt das?"

„Genau. Ich käme ehrlich gesagt auch nicht auf die Idee, ihm ein Kissen zu schenken oder ihm überhaupt was aufs Bett zu legen. Er kocht zwar phantastisch, aber ..."

Hetzer wollte das Aber nicht abwarten und unterbrach Moni.

„Es lag also da und ich dachte halt, es sei ein Geschenk. Wegen der Schleife und so. Ich hab mich gefreut. Es war so schön weich und gemütlich. Außerdem war ich müde. Auch zu müde zum Denken."

„Und wie bist du dann darauf gekommen, dass es kein Geschenk sein könnte?"

„Ganz einfach. Ich habe geträumt."

„Geträumt? Wieder einer von deinen seltsamen Albträumen, von denen du mir schon mal erzählt hattest?"

„Genau, und dieser war auch wirklich schrecklich. Emil wurde bei lebendigem Leib gerupft. Darüber darf ich gar nicht weiter nachdenken."

„Ich glaube nicht, dass jemand so etwas macht", versuchte ihn Moni zu beruhigen. „Albträume sind Ängste."

„Wie dem auch sein. Auf jeden Fall bin ich vor Schreck aufgewacht und habe Moni angerufen, um zu fragen, ob das Kissen von ihr ist. Und da das nicht der Fall war, bleibt nur Möglichkeit Numero zwei, dass jemand in mein Haus eingedrungen ist und es dorthin gelegt hat."

„Ohne Schlüssel? Ohne Einbruchspuren?"

„Moni hat da eine interessante Idee!"

„Erzähl mal!"

„Hetzer hat dort in der Hauswirtschaftsraumtür nach außen eine Hundeklappe, damit Gaga in den Garten kann, wenn er nicht da ist. Ich habe überlegt, ob jemand dadurch gekrochen sein kann, während ich mit dem Hund im Wald war."

„Das wäre natürlich eine Möglichkeit. Solange der Hund auf dem Grundstück oder im Haus ist, würde das niemand wagen, aber wenn er sicher wäre, dass Gaga weg ist, dann wäre das ein guter Weg nach drinnen."

„Viel Zeit würde man nicht brauchen. Vielleicht drei Minuten. Dann wäre das Kissen platziert und der Eindringling wieder weg. Das könnte man riskieren. Vor allem jetzt, wo Emil nicht mehr da ist. Der hätte sonst ein Mordsspektakel gemacht."

„Der gute Emil. Was wohl mit ihm passiert ist?"

„Ich hoffe, nichts." Hetzer rieb sich das Kinn und glaubte nicht so recht daran.

„Wollt ihr einen Kaffee oder Tee?"

„Lieber einen Schnaps. Wenigstens wäre mir danach."

„Dann koche ich jetzt eine Kanne Kaffee und ihr bedient euch, wenn ihr mögt."

Moni ging in die Küche. Gaga folgte ihr. Peter sah den beiden nach.

„Jetzt mal unter uns. Habt ihr wirklich nix laufen?"

„Nein, echt nicht. Sie ist eine gute Freundin. Um noch mal auf das Kissen zurückzukommen. Ich habe da so eine Ahnung. Das habe ich eben schon zu Moni gesagt. Ich fürchte, wir haben bald eine neue Leiche."

„Wieso denn das? Wie kommst du darauf?"

„Nach Fraas haben wir die Ratte gefunden. Lass das jetzt mal so stehen, auch wenn es heißt, dass die nichts damit zu tun hatte. Nach Bennos Tod stand der Madentopf vor meiner Tür. Jetzt habe ich ein Kissen mit Federn. Wo ist der Tote? Gibt es ihn überhaupt? Oder nur noch nicht? Und lass mich mal weiterspinnen. Fraas wurde ersäuft wie eine Ratte, Benno aufgehängt und abgestochen, wie ein Schwein. Woraus sind Kissen? Aus Gänsedaunen! Wie tötet man eine Gans?"

„Na, Kopf ab, würde ich sagen!"

„Genau! Wenn ich recht habe, suchen wir nach einem geköpften Toten. Aber es gibt keinen passenden Entführungsfall. Die Einzige, die infrage gekommen wäre, war eine Frau. Und das kann ja nun mal nicht sein. Wir suchen nach einem Täter, der Männer kastriert."

Es klingelte an der Tür. Moni öffnete.

„Wolf, kommst du mal. Hier ist dein Kollege."

Mist, gerade waren sie so schön kreativ. Wolf stand auf und ging zur Tür. Seppi machte ein trauriges Gesicht.

„Tut mir leid, Hetzer. Wir müssen abrücken. Von der Klappe habe ich Proben genommen, das Kissen ist hier drin." – Er zeigte auf eine durchsichtige Plastiktüte. „Weitere Spuren haben wir gesichert. Ganz fertig sind wir leider noch nicht, aber die Pflicht ruft. Wir haben eine neue Leiche. Das hat Vorrang."

Hetzer entglitten die Gesichtszüge. Das war Wahnsinn.

„Wo?" Mehr konnte er nicht herausbringen. Ihm fehlten die Worte.

„In Bückeburg. Im Höppenfeld, an einem alten Kiesteich."

„Und, wisst ihr schon was Genaueres?" So langsam fing er sich wieder.

„Weibliche Leiche, so um die sechzig. Der Kopf liegt im Wasser", sagte er im Gehen. „Das wird ein später Sonntagabend."

Als Susi an jenem späten Nachmittag ihren ersten Kuss bekam, war sie elf Jahre alt. Sie saß da vor dem Iglu, wie vom Donner gerührt. Konnte sich nicht bewegen. Die Kälte kroch langsam durch den Schneeanzug. Von außen. Und eine andere Kälte breitete sich in ihr aus. Etwas war falsch.

Wieso küsste Jochen sie? Was sollte das? Sie waren doch Kumpel. Blutsbrüder, wenn man es genau nahm. Und er musste doch wissen, dass Apachen zwar die Friedenspfeife zusammen rauchten, sich aber bestimmt nicht küssten. Ob er das mal über Eskimos gelesen hatte? Nein, das konnte nicht sein. Vater hatte ihr erklärt, dass die sich nur mit der Nase aneinander reiben, um nicht durch die Spucke festzufrieren.

Es war bestimmt nur ein Versehen gewesen. Etwas, das Jochen falsch verstanden hatte. Sie würde ihn bei Gelegenheit fragen.

Doch diese Gelegenheit kam nie. Denn als sie mit ihm am nächsten Tag allein im Iglu saß, versuchte er es wieder. Damit hatte sie nicht gerechnet. Sie stieß ihn zurück. Schrie ihn an: „Lass das!" Und er wurde so rot wie sein Schneeanzug. Fluchtartig verließ er das Iglu. Das war das Ende einer Kinderfreundschaft, denn Jochen und Michael gingen ihr danach aus dem Weg.

Da Susi mit Barbiepuppen und kichernden Gesprächen über Jungs nichts im Sinn hatte, fand sie schwer Anschluss bei Mädchen ihres Alters. Sie floh in die

Welt der Bücher. Dort fühlte sie sich zu Hause. Ab und zu traf sie sich jetzt mit der dicken Iris. Ein Außenseiter in der Klasse wie sie selbst. Iris sah gern fern, vor allem Western. Bei „Winnetou III" hatte sie geheult. Das konnte Susi verstehen. Ansonsten hatten sie nicht viele Gemeinsamkeiten, aber sie standen in den Pausen auf dem Schulhof nicht allein und das schaffte Verbundenheit.

Susis Eltern hatten den ersten Kuss durchs Fenster gesehen. Sie beobachteten auch, dass sich Susi mehr und mehr in ihr Zimmer und in sich selbst zurückzog.

„Wir werden bald mit ihr über Verhütung reden müssen. Ich möchte, dass sie Bescheid weiß, bevor sie mit Jungen ihre ersten richtigen Erfahrungen macht!", sagte Vater.

„Ach, das ist noch zu früh", meinte Mutter, „sie ist noch ein Kind, glaub mir. Wenn sie ihre erste Regel bekommt, ist das früh genug. Sie hat ja noch nicht einmal Haare unter den Achseln."

„Aber sollten wir sie nicht auch darauf vorbereiten?"

„Ich weiß nicht. Bei mir kamen die Blutungen auch erst sehr spät. Wir sollten sie nicht beunruhigen. Es reicht, wenn wir das Thema ansprechen, nachdem sie wenigstens zwölf geworden ist."

„Wie du meinst."

Susi war natürlich nicht verborgen geblieben, was die Mädchen in ihrer Klasse so tuschelten. Manche hatten schon Flaum unter den Armen. Sie verglichen sich untereinander bei jeder Sportstunde. Andere gaben damit an, dass sie schon längst ihre Tage hätten und fühlten sich damit, als seien sie in eine höhere Liga aufgestiegen. Iris und Susi gehörten zu den Jüngsten in der Klasse. Und während Iris wenigstens eine Spur einzelner Haare vorweisen konnte, blieb Susis Haut glatt wie ein Kinderpopo.

Als Hetzer und Kruse am alten Ziegeleiteich ankamen, war bereits alles hell erleuchtet. Riesige Scheinwerfer im Uferbereich tauchten die Umgebung in tageslicht-ähnliche Verhältnisse. Die Kollegen der KTU und der Rechtsmedizin waren beschäftigt und hatten wegen des einsetzenden Regens ein Zelt über dem Tatort auf-geschlagen. Am Rand der Überdachung berieten sich die Hauptkommissare Bernhard Dickmann und Ulf Hofmann. Beide kannte Wolf Hetzer gut. Mit Dick-mann hatte er lange Jahre im Team gearbeitet. Hof-mann war aus dem Harz zugezogen und hatte einige Zeit in Stadthagen Dienst getan.

„Mensch, Wolf, dass es dich mal über den Berg weht", freute sich Dickmann sichtlich. Er tätschelte seinem früheren Partner die Schulter. „Geht es dir wie-der besser?" „Geht so."

„Was verschafft uns denn die Ehre? Du kommst doch bestimmt nicht aus Neugier hierher, oder?"

„Das ist eine lange Geschichte, die ich dir jetzt nicht so schnell erklären kann. Wir haben den Verdacht, dass eure Leiche in eine Reihe von Morden passt, in der wir seit einiger Zeit ermitteln. Leider erfolglos bis jetzt, wie du siehst. Darum muss ich dringend mit Mica sprechen, wenn ihr erlaubt. Danach erkläre ich euch alles, aber am besten im Präsidium. Der Regen wird nicht weniger."

„Welches zarte Stimmchen säuselt da meinen Namen?"

Mica erhob sich unter der Plane, strich die Kapuze etwas aus dem Gesicht und grinste.

„Mir bleibt auch nichts erspart. Hetzer, was willst du hier? Jetzt haben wir schon mal einen Mord in Bückeburg und trotzdem muss ich dich am Tatort sehen."

„Tut mir leid, Mica, du wirst mich nicht los. Was kann ich dafür, dass du für den kompletten Bereich Weserbergland und Schaumburg zuständig bist. Hättest du was Ordentliches gelernt, müsstest du jetzt nicht hier im Dreck knien." Hetzer war beglückt über diese gelungene Retourkutsche.

„Jetzt geht das schon wieder los!", seufzte Peter. „Immer dasselbe mit den beiden."

„Dann hast du ja auch nichts Ordentliches gelernt! Der Mörder übrigens auch nicht. Wenigstens nicht sein Handwerk als Henker." Mica zeigte auf den Halsstumpf. „Guckt mal hier. Drei Versuche, bis der Kopf endlich ab war. Aber das ist den Scharfrichtern früher auch passiert. Wusstet ihr, dass Heinrich der VIII. extra einen Henker aus Frankreich kommen ließ, der es verstand, mit dem Schwert umzugehen? Damals, meine ich, als er Anna Boleyn hinrichten ließ. Die Äxte waren wohl nicht immer so scharf. Und er liebte sie offensichtlich wirklich."

„Mica, du bist echt unmöglich."

„Das sind alles Tatsachen, meine Herren. Wenn ihr den Mörder verstehen wollt, müsst ihr denken wie er. Ich helfe euch dabei und stelle euch mein Wissen zur Verfügung. Der erste Schlag mit der Axt – ich vermute, dass es eine war, dazu kann ich euch später mehr sagen – ist zu weit in Richtung Nacken eingedrungen und wurde mit nicht genug Kraft ausgeführt. Das könnte dafür sprechen, dass es das erste Mal war, dass er versucht hat, jemanden zu enthaupten. Wenn das Opfer Glück hatte, ist es dadurch bereits bewusstlos geworden. Schlag Nummer zwei wurde durch den fünften Halswirbel gebremst, hat aber die Aorta durchtrennt und für das Blutbad hier gesorgt. Schlag Numero drei hat den Rest besorgt. Er ist zwischen C5 und C6 durchgegangen und hat den Kopf, der da wahrscheinlich schon nach vorne hing, endgültig vom Körper getrennt."

Hetzer zog seinen Schal dichter. Er schauderte.

„Und der Kopf, wo hast du den?"

„Die Augen habe ich geschlossen. Du kannst ihn gerne sehen." Mica hob ihn an den Haaren hoch. Die Beamten traten einen Schritt zurück.

„Was habt ihr denn, ihr Mimosen? Ich will die Haut nicht berühren. Er muss noch untersucht werden." Mica legte den Kopf wieder ab. „Seppi, ihr könnt sie jetzt mitnehmen. Ich mache in der Rechtsmedizin weiter. Danke."

„Mica, ich bin gekommen, weil ich vermute, dass diese Tote etwas mit unseren Fällen zu tun hat. Ich muss unbedingt sofort Bescheid wissen, wenn du sie auf dem Tisch hattest."

„Wie kommst du denn darauf? Du kannst gerne mitkommen. Dann bist du hautnah dabei."

„Lieber nicht. Es reicht, wenn du mich gleich anrufst. Dann erzähle ich dir auch, warum mir diese Idee kam."

„Na, da bin ich aber mal gespannt. Hast übrigens Glück gehabt. Ich hatte schon den Nienburger Kollegen angerufen. Er wird das Vergnügen meiner Gesellschaft am Sektionstisch haben. Bis später dann." Mica schnappte ihren Koffer, wechselte noch zwei Worte mit Dickmann und Hofmann und bahnte sich dann ihren Weg durchs Gesträuch zum Auto.

„Ja, dann lasst uns doch mal auf die Wache fahren", sagte Dickmann und rieb sich die kalten Finger.

„Dort reden wir weiter. Ich bin echt gespannt."

„Ich muss eben noch zu Hause vorbei. Meine Ledersohlen sind ganz durchgeweicht."

Hofmann war von einer Feier direkt zum Tatort gefahren. Das hatte den feinen Hirschledernen nicht gutgetan.

„Ich komme dann nach. Ihr könnt ruhig schon anfangen."

„Kannst du mir auf dem Rückweg was von der ‚Quickteria' mitbringen? Ich hab noch nichts intus." Peter machte sich Sorgen um seine Kalorienversorgung.

„Was soll es denn sein?"

„Na was wohl. Currywurst, Pommes rot-weiß!"

„Noch jemand was?"

„Bring mal für uns alle was mit. Gemischt", warf Dickmann ein. „Ich schätze, wir kommen sonst nicht dazu und der Magen hängt uns in den Knien."

„Alles klar, bis später dann. Du kannst ja mit Hetzer und Kruse fahren."

Es roch noch genau wie früher auf der Wache in der Ulmenallee. Hetzer überlegte, dass sich die Sinne solche Dinge vor allem einprägten. Wie etwas duftete, wie das Licht durch die Fenster fiel, was für ein Gefühl man dabei hatte. Er schob die Erinnerungen weg, die auf ihn einstürmen wollten, und konzentrierte sich auf das Jetzt. Kruse hatte einen Teller Lebkuchenherzen entdeckt, hoffte, dass sie mit Marmelade gefüllt waren, und platzierte sich passend.

„Mensch ja", dachte Hetzer, „ist schon bald der erste Advent. Ziemlich früh in diesem Jahr."

„So, Wolf, nun bin ich gespannt, was dich über den Berg getrieben hat. Schieß los!"

„Ihr habt doch verfolgt, dass wir vor einigen Wochen eine männliche Leiche am Ufer der Weser gefunden hatten. Sie war kastriert und der Adamsapfel war entfernt worden. Anschließend hatte man das Opfer in der Weser ertränkt. Tatort war Hameln. Die Rattenfängerstadt."

„Klar haben wir das mitgekriegt", schmunzelte Dickmann. „Wir schlafen doch hier auch nicht auf dem Baum. Ihr habt dann die Moko ,Orchidee' ins Leben gerufen. Der Name ist etwas ungewöhnlich, aber Ulf ist drauf gekommen, was ihr damit meint. Das war aber nicht euer einziger Toter, dem die Genitalien fehlten, oder?"

„Nein, wir hatten noch den Politiker Benno Kuhlmann. Er wurde ebenfalls kastriert, ist aber vorher einige Zeit gefangen gehalten worden. An einem uns immer noch unbekannten Ort. Gefunden wurde er in der Eulenburg in Rinteln. Aufgehängt und abgestochen wie ein Schwein."

„Und was hat das nun mit unserer geköpften Frauenleiche zu tun? Eine Verbindung kann ich nicht erkennen."

„Dazu muss ich auch etwas weiter ausholen. Zu jedem Mord lag etwas vor meiner Haustür. Ein Geschenk quasi, wahrscheinlich vom Täter. Zuletzt, und das war heute, fand ich sogar ein Präsent in meinem Bett."

„Uh, wie aufregend!"

„So lustig war das nicht."

„Was war es denn?"

„Ein Kissen mit Gänsedaunen."

„Das finde ich jetzt nicht wirklich schlimm."

„Ich schon, weil ich vermute, dass die Daunen von meinem Ganter Emil sind, der kurz zuvor verschwand."

„Ok. Was waren die anderen Geschenke?"

„Beim ersten Mord, dem von Pfarrer Fraas, hatte ich eine tote Ratte vor der Tür liegen. Mit der Entdeckung von Bennos Leichnam, der schon einige Zeit in der Eulenburg hing, fand ich einen Topf mit verdorbenem Schweinegulasch vor der Haustür, in dem sich – wie auf Benno – schon Maden tummelten. Siehst du nun den Zusammenhang?"

„Lass mich mal kombinieren: Hameln, Kastrieren, Ertränken, Ratte. Rinteln, Kastrieren, Hängen, Schwein, Maden. Aber Kissen, Frau, Geköpft, Daunen??? Mehr wissen wir noch nicht. Also beim ersten würde ich meinen, man hat das Opfer ertränkt wie damals die Ratten in Hameln. Vielleicht auch ins Wasser gelockt?"

„Das ist ein interessanter Aspekt, Bernhard!"

„Aber bei dem Eulenburg-Schwein fällt mir irgendwie nichts ein ..."

„Ich habe mir überlegt, dass jemand Benno als Politiker oder als Menschen für ein Schwein gehalten haben kann und alle umgebracht werden wie die Tiere, die sie gewesen sind."

„Ah, interessant. Kissen, Daunen, Gans, Köpfen! Als du das Kissen gefunden hast, konntest du davon ausgehen, dass jemand wie eine Gans geköpft wurde."

„Noch nicht direkt, denn ich hatte mir täglich die Vermisstenfälle melden lassen. Ich suchte jedoch einen Mann, der infrage kommen konnte, ein Opfer zu werden. Aber da gab es niemanden. Nachdem ich das Kissen gefunden habe, habe ich die Spusi angerufen und die musste abrücken, weil eine kopflose Frauenleiche gefunden worden war. Da hat es natürlich ‚Klick' gemacht. Wir sind sofort mit hierher."

„Das ist wirklich krass, Hetzer. Falls du recht hast. Weißt du was, ich rufe mal Mica an. Die wird zwar nicht begeistert sein, aber vielleicht hat sie am nackten Rumpf schon etwas entdeckt, was uns weiterhilft."

„Currywurst, Pommes, Bückeburger. Schlagt zu!" Ulf Hofmann betrat mit zwei Tüten den Raum.

„Jau, jetzt etwas Herzhaftes!", rief Peter, der den Teller mit Lebkuchenherzen längst geleert hatte.

„Na gut", sagte Dickmann, „kalt schmeckt das nicht. Die zehn Minuten Ruhe müssen sein. Ich glaube, wir sitzen noch länger hier."

Nach und nach verschwanden die Pommes frites und Burger in den Mägen der hungrigen Kommissare. Mit der Nahrung kam auch ein Stück Lebensgeist zurück. Während des Essens erklärten sie Ulf Hofmann, was sie bisher besprochen hatten.

„Ich bin gespannt, was Mica uns noch zu sagen hat. Womit rechnet ihr denn?"

„Tja, schwer zu sagen", antwortete Hetzer „da die Tote kein Mann ist, brauchen wir nicht mit einer Kastration zu rechnen. Und vielleicht müssen wir uns von der Vorstellung der Entmannung komplett verabschieden. Wir waren nämlich davon ausgegangen, dass der Täter die Opfer ihrer Männlichkeit berauben will. Sie sind ja nicht nur kastriert worden, ihnen ist auch der Adamsapfel entfernt worden – auch ein Männlichkeitsattribut. Es ist also alles entfernt worden, was diejenigen zum Mann gemacht hat. Hoden, Schwanz und Adamsapfel."

„Dann sind sie eigentlich zum Neutrum geworden."

„Könnte man so sagen, ja."

„Zu einem Nichts", dachte Dickmann laut.

„Die Gesichtszüge sind noch männlich, aber du hast recht, geschlechtlich sind sie zu einem Neutrum geworden."

„Ich rufe jetzt Mica an."

In der Rechtsmedizin nahm jemand den Hörer ab, den Dickmann nicht kannte und der nur schwer dazu zu bewegen war, Mica zu stören.

„Ich krieg so was von auf den Deckel, wenn ich sie störe!"

„Das ist mir egal. Es ist wichtig. Sie nehmen jetzt sofort das Mobilteil und gehen in den Sektionssaal."

„Bernhard, was soll das? Du weißt doch genau, dass ich bei der Arbeit nicht gestört werden will. Ich rufe euch immer sofort hinterher an."

„Nur eine Frage: Ist am nackten Körper der Leiche irgendetwas Auffälliges?"

„Das kann man wohl sagen. Ich weiß ja nicht, was sie mal für Brüste hatte, auf jeden Fall hat sie jetzt minus Doppel-A."

„Was heißt das?"

„Sie hat nur noch Brustwarzen. Das Brustdrüsengewebe wurde komplett entfernt und je nachdem wohl auch reichlich Haut. Außerdem hat sie noch einen y-förmigen Bauchschnitt – ziemlich frisch, aber was das zu bedeuten hat, kann ich euch echt noch nicht sagen. Ich arbeite wie immer nach Vorschrift und jetzt bin ich noch bei der Lunge. Also: Geduld, meine Herren und lasst euch ja nicht einfallen, mich heute noch einmal zu stören. Ich melde mich dann, wie versprochen übrigens."

„Ok. Danke, Mica. Das hat uns schon weitergeholfen."

„Ach ja?"

Mica klang verdutzt, doch Bernhard konnte darauf nicht mehr reagieren, er hatte schon aufgelegt. Er ging in den Nachbarraum zurück, in dem es noch kräftig nach Frittiertem stank, und sagte:

„Was ich euch jetzt erzähle, glaubt ihr nicht."

„Nun spann uns nicht auf die Folter."

„Der Frau fehlt der Busen!"

„Was meinst du damit?"

„Sie ist vorne platt, sagte mir Mica. Die Brust, also das was da drin ist, wurde entfernt. Und irgendwas ist auch mit ihrem Bauch. Wahrscheinlich wurde sie da vor kurzem operiert. Es gibt eine Narbe, wie ein Ypsilon. So weit war sie aber noch nicht. Innen, meine ich. Sie sagt, sie beendet die Obduktion und meldet sich dann."

Hetzer sinnierte vor sich hin und nickte.

„Dann können wir wohl davon ausgehen, dass der Frau auch die Weiblichkeit genommen werden sollte. Ich wette, dass ihr die inneren Organe zur Fortpflanzung fehlen."

„Da wette ich nicht dagegen, Wolf. Du könntest wirklich recht haben."

„Wenn das der Fall ist, geht es nicht wirklich um Männer oder um ein Vergehen von Männern, wenn wir auf der Suche nach dem Motiv sind."

„Das stimmt nur, wenn wir es mit demselben Täter zu tun haben", bemerkte Kruse, der nur noch ein kleines Loch im Magen verspürte.

„Ich glaube, dass wir davon ausgehen können. Es wäre ein zu großer Zufall, dass die Geschenke an mich so perfekt zu den Opfern passen."

„Vielleicht haben wir da auch zu viel Phantasie entwickelt im Laufe der Zeit."

„Das glaube ich nicht", wehrte Dickmann ab. „Ich denke, Hetzer hat recht. Moment mal, das Telefon klingelt."

„Dickmann, Kommissariat Bückeburg."

„Hallo, ich bin's, Mica."

„Ach, das ist ja schön. So schnell auf einmal?"

„Es hat mir doch keine Ruhe gelassen. Jetzt, wo ihr einen Zusammenhang zwischen den Fällen vermutet. Also: Der Frau fehlen neben der Gebärmutter auch die Eierstöcke. Alles weg und was noch besser ist: Jemand hat ihr die Stimmbänder durchtrennt. Sonst immer ein erfreulicher Nebeneffekt der Adamsapfelentfernung. Hier hat der Täter durch den Rachenraum von innen gearbeitet. Deswegen sieht man von außen auch nichts. Aber das wäre wegen des abgetrennten Kopfes sowieso schwierig gewesen. Sie konnte also nicht schreien oder um Hilfe rufen. Reicht euch das fürs Erste? Ich stecke noch mittendrin. Mein Kollege hält mir den Hörer."

„Ja, danke, Mica. Du hast uns sehr geholfen." Dickmann legte auf und kehrte zu den Kollegen zurück.

„Wir sind auf der richtigen Spur. Mica hat die Untersuchung des Unterleibs vorgezogen. Sie ist wirklich kastriert worden, falls man das bei Frauen auch sagt. Ihr fehlen die Gebärmutter und die Eierstöcke. Die Stimmbänder wurden ebenfalls durchgeschnitten."

„Ja, dann gibt es wohl keinen Zweifel mehr. Jetzt stellt sich nur die Frage nach dem Zusammenhang, denn da muss es ja einen geben. Was kann jemand an einem Pfarrer, einem Politiker und – falls sie es ist, wie wir vermuten – einer Jugendamtsleiterin so hassen, dass er sie zuerst ihres Geschlechtes beraubt und sie dann umbringt? Wo ist die Verbindung? Was sehen wir nicht?"

„Meine Lieben, ich mache euch jetzt einen Vorschlag", sagte Bernhard Dickmann, „es ist schon spät und wir sollten morgen weitermachen. Vielleicht ist es auch ganz gut, wenn wir eine Nacht darüber schlafen und das Ganze auf uns wirken lassen. Hetzer, du schickst mir bitte morgen die kompletten Protokolle zu, damit wir uns ein Bild machen können. Wir befragen morgen die Zeugin, die die Tote gefunden hat, eine gewisse Nadja Serafin."

Hetzer und Kruse spitzten die Ohren.

„Was sagtest du da grade, Bernhard? Wie heißt deine Zeugin?"

„Nadja Serafin. Sie stammt hier aus dem Höppenfeld."

„Da wären wir gerne dabei!"

„Warum? Ich kann euch doch nachher das Verhörprotokoll rübermailen."

„Tja, weil Nadja Serafin auch schon unseren verblichenen Benno in der Eulenburg gefunden hat. Und das ist doch ein bisschen merkwürdig."

„In der Tat. Das ist interessant. Glaubt ihr, dass sie mit den Morden etwas zu tun hat?"

„Wer weiß, aber es könnte sein, dass der Mörder sie informiert hat und ihre Liebe zur Pathologie ausnutzt."

„Sie ist irgendwie angerufen worden. Das Handy haben wir hier. Es wird schon untersucht. Gut, dann bis morgen früh. Sie kommt um neun Uhr. Vielleicht kommt ihr eine halbe Stunde eher, damit ihr mir darüber noch mehr erzählen könnt. Ich muss jetzt wirklich los. Auf mich warten zu Hause vier Frauen und ein Hund. Aber der ist wenigstens männlich!"

„Auch nicht so ganz", lachte Ulf, „denn wenn ich mich recht erinnere, ist er kürzlich kastriert worden."

„Stehe ich jetzt unter Beobachtung? Ich hab ihn nicht selbst entmannt, das war meine Tierärztin in Obernkirchen", witzelte Dickmann und zog seine Jacke an.

„Ihre Mutter hat keinen guten Tag!", sagte Schwester Eva. „Sie lebt heute in den frühen 80ern. Ich fürchte, sie wird Sie nicht erkennen."

„Ich will es wenigstens versuchen. Vielleicht hilft es, wenn ich ebenfalls in diese Zeit zurückgehe."

„Möglicherweise, aber erhoffen Sie sich nicht zu viel. Man weiß nie, wie sie reagiert. Das kann sich von Minute zu Minute ändern. Das wissen Sie ja."

Schweren Herzens ging sie an Türen vorbei, bis sie bei Nummer 151 vorsichtig die Klinke herunterdrückte. Die Frau im Sessel fuhr zusammen.

„Hilfe, Einbrecher! Was wollen Sie von mir. Ich habe nichts."

„Mutter, ich bin es doch, deine Susi!"

„Sie lügen, meine Susi ist ein kleines Mädchen. Ungefähr so groß." Sie zeigte die Höhe mit der Hand. „Woher kennen Sie sie überhaupt?"

Es war wichtig, auf Mutters Fragen einzugehen. Sonst würde sie gleich anfangen zu schreien.

„Aus der Schule. Ich bin ihre Lehrerin. Sie ist bei mir im Biologieunterricht."

„Ah ja, Sie sind Frau Meier. Sie haben sich aber verändert."

„Ja, ich habe mir die Haare abschneiden lassen und die Farbe aufgefrischt. Gefällt es Ihnen?"

„Wunderbar. Sie sehen viel jünger aus. Wie macht sich mein Mädchen denn in der Schule?"

„In meinem Fach gibt es nichts zu klagen. Da ist sie ein Ass. Sie will später Ärztin werden."

Die Mutter lächelte verzückt.

„Wie ihr Vater, wissen Sie. Wie ihr Vater. Glauben Sie, dass er bald aus dem Ausland zurückkommt?"

„Ach, ist er viel unterwegs?"

„Jahrelang schon. Und das Kind vermisst ihn so. Aber er wird zu mir zurückkommen. Sie werden sehen. Keine von den anderen Frauen ist wie ich. Sind Sie auch eine von denen?" Sie sah ihr Gegenüber misstrauisch an.

„Nein, nein, ich kenne Ihren Mann überhaupt nicht", beteuerte sie schnell. „So lange wohne ich noch nicht in Schaumburg."

„Das ist aber schade. Er ist ein wunderbarer Mensch. Jeder kennt ihn. Jeder liebt ihn. Er war sogar einmal stellvertretender Bürgermeister. Jetzt hat er ein Haus am Meer. Das hat mir Schwester Eva erzählt. Aber er hat zu viel zu tun. Er kann sich nicht um mich kümmern."

„Das tut mir leid. Aber Sie haben doch Susi."

„Ja, meine Susi. Sie ist beim Ballett. Sie sollten sehen, wie schön sie in ihrem Tütü aussieht."

„Bestimmt ganz zauberhaft."

„Sie habe kein Talent, hat ihr Vater gesagt und sie abgemeldet. Er hat immer recht. Er weiß auch viel mehr als ich. Sie ist unser kleines Mädchen, hat er gesagt. Und das wird sie immer bleiben. Darum hat er sie weggeschickt. Ich war mir nicht ganz sicher."

„Warum?"

„Sie war so komisch. So traurig. Ich konnte sie nicht verstehen."

„Aber das ist doch oft so in der Entwicklung vom Kind zum Erwachsenen."

„Nein, das kam, weil sie weg war. Danach war es schlimmer. Sie wollte nichts mehr von uns wissen.

Sagen Sie, kennen wir uns? Sind Sie nicht Iris, Susis Freundin?"

„Oh, Sie haben mich erkannt?"

„Waren Sie nicht früher schrecklich dick?"

„Ja, das stimmt. Ich habe abgenommen."

„Und treffen Sie Susi noch?"

„Ich hörte, es geht ihr gut."

„Das ist fein. Es ist bald Weihnachten. Da kommt sie bestimmt nach Hause. Wir mussten sie ins Internat geben, verstehen Sie?"

„Vermissen Sie sie?"

„Ich weiß nicht. Hier sind so viele Menschen. Mein Mann sagt, sie muss jetzt ohne uns auskommen. Ich muss ja auch ohne ihn sein. Er ist in seinem Haus am Meer. Dort hat er viel zu tun. Oh, sehen Sie, es schneit!"

Tatsächlich. Vor dem Fenster trieben die ersten Schneeflocken des Winters vorbei.

„Wenn sie nun ohne Jacke zum Ballett gegangen ist. Sie wird sich den Tod holen. Hilfe, Hilfe, es schneit. Bitte retten Sie mein Kind. Bringen Sie ihr doch bitte eine Jacke. Hier, nehmen Sie meine. Damit Susi es warm hat."

Sie zog die Jacke über und versuchte, ihre Mutter zu beruhigen.

„Danke Mama, mir ist jetzt nicht mehr kalt. Guck, die Jacke ist ganz warm."

„Was erlauben Sie sich. Geben Sie sofort meine Jacke her. Ich schreie! Schwester Eva, Schwester Eva. Hier sind Einbrecher. Man will mir meine Jacke stehlen."

Sie hatte inzwischen geklingelt. Sie wusste, dass sich Mutter nun nicht mehr beruhigen würde. Im Eilschritt kam Eva um die Ecke, machte ihr Zeichen, dass sie sich zurückziehen sollte. Sie verschwand durch die Tür mit der 151. Legte vorher noch die Jacke auf den Stuhl. Ihre Mutter schrie immer noch. Es gab auch Besuche, bei denen alles glattlief. Da war sie mal Putzfrau oder Freundin, aber es endete nicht im Chaos wie heute.

Er hatte Mutter kaputtgemacht. Mit seinen Lügen, seinen Weibergeschichten, seiner Dominanz. Er hatte sie beide kaputt gemacht, auf unterschiedliche Art. Sie ging nur anders damit um. Mutter war nicht so stark. Ihr Geist war geflohen.

Es war schon weit nach acht, als Wolf Hetzer endlich mit seinem Ford auf den Hof fuhr. Die Stille erschreckte ihn. Kein Emil, keine Gaga. Die war noch bei Moni nebenan. Er wollte schnell den Kaminofen anmachen und sie dann abholen. Heute würde es nichts werden mit dem schnellen Zubettgehen. Er war viel zu aufgewühlt. So ein Sonntag musste einfach ruhiger ablaufen. Wie sollte er sich denn sonst erholen? Momentan fühlte er sich einfach nur zerschlagen. Immer neue Erkenntnisse, immer neue Ermittlungen. Wege, die ins Nichts liefen oder wie Wellenkreise in andere übergingen und sich vermehrten. Er musste einen klaren Kopf bewahren. Alles hing irgendwie zusammen und auch wieder nicht. Er war froh, dass ein Teil der Ermittlungen von den Hamelner und Bückeburger Kollegen übernommen wurde. Er hatte dafür gesorgt, dass ihm die Ergebnisse immer kurz und knapp zugemailt wurden. So war er nicht für alles verantwortlich, aber alle Fäden liefen bei ihm zusammen. Er wiederum informierte die Kollegen in einer Zusammenfassung der einzelnen Quellen. Und trotzdem waren es Scherben, die er in der Hand hielt. Sie spiegelten ein unvollständiges Bild, das sich nicht greifen ließ. Aber es war da. Er verstand es nur noch nicht.

Die Pommes frites lagen ihm schwer im Magen. Sie waren lecker gewesen, aber so spät so fett zu essen, war er nicht mehr gewohnt, seitdem er sich selbst das Kochen beigebracht hatte. Irgendwo hatte er noch einen Himbeergeist. Der würde hoffentlich den Magen aufräumen. Gerade, als er sich ein Glas eingeschenkt hatte, klingelte es an der Tür.

„Hallo Wolf, ich wollte dir Gaga bringen, damit du nicht so allein bist."

„Vielen Dank, das ist lieb. Ich bin echt fertig. Willst du auch einen Schnaps?"

„Was hast du denn für einen?"

„Himbeergeist aus Waldhimbeeren."

„Gut, dann nehme ich einen. Dann schlafe ich vielleicht auch besser."

„Oh, das ist bestimmt meine Schuld, dass du so schlecht schläfst. Bei dem ganzen Drama hier."

„Ein bisschen vielleicht, aber ich liege sowieso oft nachts wach und grübele."

„Du kannst Gaga auch gerne mit nach drüben nehmen heute Nacht, wenn du willst."

„Nee, nee, ganz bestimmt nicht, denn wenn hier jemand Schutz braucht, dann bist du es. Ich könnte noch weniger schlafen, wenn ich mir darüber Gedanken machen müsste, ob einer bei dir einsteigt, wenn du zu Hause bist."

„Danke, dass du dir Sorgen um mich machst. Komm setz dich, wir nehmen noch einen."

„Aber das ist der Letzte, sonst fange ich noch an zu lallen", lachte Moni.

„Komm, setz dich. Ab, marsch, marsch Jungs, runter vom Sofa, wir haben Besuch."

Unwillig trollten sich die Katerbrüder von ihrem Stammplatz und schoben beleidigt ab. Im Vorbeigehen warfen sie noch einen abschätzigen Blick in ihren Fressnapf.

„Jetzt gucken sie dich den ganzen Abend nicht mehr an, Hetzer. Sie hätten mich doch nicht gestört."

„Damit kann ich leben. Ich will auch noch da sitzen. Zu viert wird es ein bisschen eng."

„Dann wären wir eben zusammengerückt!" Hetzer überlegte, wie sie das gemeint haben könnte.

„Prost, Moni", sagte er zur Ablenkung, „das war ein Tag."

„Gibt es schon etwas Neues wegen des Kissens?"

„Nein, bisher nicht. Du weißt doch, dass die Kollegen abgerufen wurden."

„Ja, und ihr wolltet dann auch schnell weg. Hatte denn die Sache in Bückeburg etwas mit euren Fällen zu tun?"

„Wahrscheinlich. Es sieht ganz danach aus. Aber lass uns von etwas anderem reden. Ich brauche jetzt Feierabend mit Ofenfeuer und den Gedanken an etwas Schönes."

„Das verstehe ich doch, Wolf." Moni wollte vom Sofa aufstehen. Er zog sie zurück.

„Ich habe damit nicht gemeint, dass du gehen sollst. Es wäre nur schön, wenn wir über etwas anderes sprechen könnten. Zum Beispiel über Weihnachten. Wo feierst du in diesem Jahr?"

„Och, mal sehen. Wir hatten ja keine Kinder. Vielleicht verreise ich spontan." Sie wurde rot. „Nein, das stimmt nicht. Ich bin zu Hause. Und du brauchst mich ja auch für Gaga. Es ist schön, gebraucht zu werden."

Das ging Hetzer durch und durch. Wie einsam musste sie sein. Wie ich, dachte er. Wie ein einsamer Wolf.

„Weißt du was", sagte er, „ich kenne hier auch niemanden. Auf mich wartet niemand – außer Gaga und den Jungs – wie wäre es, wenn ich ein schönes Festtagsmenü für uns zaubern würde?"

„Das wäre albtraumhaft! Für meine Linie!"

„Sprich lieber nicht von Albträumen, meine letzten waren nicht so toll. Aber stell dir vor: Der Kaminofen brennt, die Kater liegen auf dem Sofa, Gaga im Korb, auf dem Tisch brennen Kerzen, leckere Düfte wehen durchs Haus ... Auf den Tannenbaum müssen wir leider verzichten. Ich fürchte, die Kater säßen darin." Hetzer hob die Augenbrauen und schmunzelte. „Na, wie wär's?"

„Mal sehen", lachte Moni. „Und wenn, nur unter einer Bedingung: Ich bringe das Dessert mit."

„Einverstanden! Dann kann ich mich voll auf Vorspeise und Hauptgang konzentrieren. Gibt es irgendetwas, was du nicht magst? Außer Fleisch, meine ich."

„Nein, ich esse alles, außer Löwenzahn. Der ist mir zu bitter."

„Da du keine großen Schneidezähne und Ohren hast, hätte ich auf Löwenzahn ohnehin verzichtet." Er gab ihr einen Nasenstüber.

„So, nun muss ich aber los. Ich will mich morgen früh gleich mit Gaga auf den Weg machen, wenn du weg bist. Bleib liegen. Ich finde schon raus. Schlaft alle gut!"

Hetzer hörte die Tür klappen und streckte sich wohlig aus. Moni war wirklich eine tolle Frau. In ihrer Nähe fühlte er sich wohl. Das war damals auch bei ihr so gewesen, wenn sie da war. Aber sie hatte immer wenig Zeit. War viel mit sich beschäftigt gewesen. Wollte so gerne Karriere machen. Bis sie erschossen wurde. Er schob den Gedanken weg und dachte über das Weihnachtsmenü nach. Es machte keinen Sinn, in der Vergangenheit zu leben. Er musste im Jetzt ankommen.

Er hatte schon eine Idee für das Essen am Heiligen Abend, auch wenn das erst in vier Wochen war. Er dachte an aufgeschnittene Serviettenknödel mit einer leichten Tomatensoße, dazu im Ofen gebackener Lachs und eine Mousse aus frischen Zucchini, danach Käseplatte und zum Dessert? Das war dann Monis Part, wenn sie kam. Er war gespannt.

Dass er nun doch noch auf dem Sofa einschlief, war eigentlich kein Wunder nach diesem Tag. Aber es war in gewisser Weise ärgerlich, da er Stunden später mit einem verdrehten Nacken aufwachte. Müde schleppte er sich über den Umweg durchs Bad in sein Bett. Dort schlief er sofort wieder ein.

Susi parkte in der Schlossstraße vor dem Tor. Es war verriegelt. Auf das Grundstück kam niemand mehr ohne Erlaubnis. Es sei denn, Waren wurden angeliefert oder es war Auktionstag. Heute war nichts dergleichen. Ein einfacher Winterabend mit Dämmerung und Nieselregen. Aber das machte ihr nichts aus. Im Hagenburger Schloss brannte Licht. Sie wusste nicht, ob er da war oder ob es nur so durch die Fenster schien, damit man dachte, dass jemand dort sei.

Immer, wenn sie hier war, brannten die Gefühle in ihr. Sie durchlebte nahe und ferne Vergangenheiten, die im Widerstreit mit sich selbst lagen. Hier war er ihr nah, weil er fern war. Weil sie auch Erinnerungen hatte, die schön waren. Als Kind zum Beispiel hatte er sie geliebt. Da war sie sich sicher. Hatte in der freien Zeit mit ihr Indianer gespielt. Sie waren fischen gegangen oder Boot gefahren. Jetzt hatte er sogar sein eigenes hier direkt am Schloss liegen, mit einer Zufahrt zum Steinhuder Meer. Der Hagenburger Kanal war die Verbindung seit alten Zeiten. Ob er seine Freizeit auf dem Wasser verbrachte, ohne jemals an sie oder an Mutter zu denken? Beide hatte er abgestreift wie seine chirurgischen Handschuhe. Hatte seine Hände nicht nur in Wasser gereinigt wie der römische Statthalter, sondern in Desinfektionsmittel. Mit beiden wollte er nichts mehr zu tun haben. Sie hatten ihn entehrt.

Er selbst war reich geworden durch seine Operationen, die Menschen schöner oder anders machten als sie waren. Mit oder gegen deren Willen, falls sie denn einen hatten. Irgendwann hatte er der Medizin den Rücken gekehrt und das Hagenburger Schloss gekauft. Jetzt hatte er dort ein Auktionshaus eingerichtet, das seinen Reichtum noch vermehrte, weil er Menschen mit Geld kannte, die wiederum andere mit viel Geld mitbrachten. Mit An- und Verkauf hatte er wenig zu tun. Das hätte auch seinen Horizont überstiegen, aber er beschäftigte eine Handvoll Angestellte, die sich mit Antiquitäten auskannten und die Geschäfte für ihn abwickelten. Er repräsentierte und schaffte Kontakte. Das konnte er am besten. Stolzierte bunt gewandet wie ein eitler Pfau herum und sah immer noch gut aus. Trotz seiner siebzig Jahre und dem Bauch, den er sich angefressen hatte. Dass ihn kaum jemand mochte, merkte er gar nicht. Es wäre ihm auch egal gewesen.

Eine Charaktereigenschaft, die Mutter nicht hatte. Sie war an ihm zerbrochen. Ihr ganzes bewusstes Leben war Schmerz gewesen. Seine Frauengeschichten, die Ignoranz und eine Form von Gewalt, die ihr gegenüber selten körperlich war. Er konnte sie mit den Augen bedrohen. Susi kannte diese Augen. Zuletzt hatte nur noch Verächtlichkeit in ihnen gelegen. Doch Mutter war auch an ihr kaputtgegangen. Weil sie nicht so war, wie sie hätte sein sollen.

Irgendwann war der Tag gekommen, an dem sie den Kontakt zum Vater hatte abbrechen müssen. Ein Selbstschutz vor Beleidigungen. Sie wollte diese Nähe nicht mehr zulassen. Wollte die Sicherheit der Distanz und des Nichtwissens. Mutter hatte das nicht verstanden, sie hielt weiterhin zu ihm. Schuf sich ihre eigene Realität. Er war ihr Ein und Alles, ihr ganzes Leben hatte sie mit ihm verbracht. Sie hatte nichts anderes.

Definierte sich nur über ihn. Und litt darunter, dass die Tochter nichts mehr mit dem Vater zu tun haben wollte. Mehr und mehr lebte sie in ihrer eigenen Welt, in der sich alles gegen sie verschworen hatte. Nur das kleine Mädchen nicht. Als sie begann, in der Öffentlichkeit auffällig zu werden, sorgte Vater dafür, dass sie auf der Station eines Kollegen im Wunstorfer Klinikum eine neue Bleibe fand. Dafür zahlte er gut. Zu diesem „Liebesdienst" fühlte er sich nach über vierzig gemeinsamen Jahren immerhin verpflichtet. Aber es würde bis zu ihrer Grablegung der einzige bleiben, denn er besuchte sie nie.

Als Vater das Schloss kaufte, bekam sie einen kurzen Brief von ihm. Er hatte ihr das elterliche Haus überschrieben, das Mutter damals geerbt hatte. Er wollte es nicht haben. Und setzte damit einen Schlussstrich unter den Lebensabschnitt mit Frau und Tochter.

Es war ein komischer Moment gewesen, als Susi das Haus wieder betreten hatte. Gewohnt und doch vollkommen fremd. Es hatte sich fast nichts geändert, nur wenige Möbelstücke waren verschwunden. Es sah noch so aus, als würde im nächsten Moment die Tür aufgehen und Mutter käme aus dem Wohnzimmer oder Vater die Treppe herunter. Sie erinnerte sich vor allem an die Tage von „Winnetou" vor knapp dreißig Jahren. Als sie noch eine harmonische Familie waren. Wenigstens dachte sie das damals.

Zuerst war sie unschlüssig, ob sie das Haus verkaufen sollte. Sie liebte und hasste es zugleich. Mehrmals kam sie her, setzte sich in verschiedene Räume. Schließlich kam sie zu dem Entschluss, es zu behalten und nur die Dinge zu ändern, die sie störten. Das waren wenige, denn Vater hatte die Möbel aus seinem Arbeitszimmer mitgenommen. Nur das Schlafzimmer ließ sie komplett räumen. Es stand jetzt leer. Ihr eigenes richtete sie sich in ihrem alten Mädchenzimmer ein. Von dort hatte sie einen Blick auf die Gärten und Bäume. Auf alte Bäume wie diese hier im Schlosspark, die sich jetzt so schwarz gegen den Himmel abhoben. Die den Naturgewalten widerstehen konnten. Wie sie selbst, und da war sie anders als ihre Mutter. Sie wehrte sich.

So richtig frisch fühlte sich Hetzer nicht, als er zu Peter ins Auto stieg. Sie hatten abgemacht, dass er ihn gleich von zu Hause abholte.

„Mensch, siehst du Scheiße aus. Hast du gesoffen?", fragte Peter und zwinkerte Hetzer zu. „Oder anderweitig eine lange Nacht gehabt?"

„Weder noch, aber danke für das Kompliment. Ich glaube, ich brüte was aus."

„Hoffentlich kein Küken!", platzte es aus Kruse heraus, noch bevor ihm auffiel, dass das wegen Emil unpassend war.

„Nein – Hatschi – mehr so einen roten Zinken."

Peter war froh, dass Hetzer nicht an den Ganter gedacht hatte, und lenkte vom Thema ab.

„Tolle Frau, diese Nadja, findest du nicht? Kernige 1,85 m groß und eine Handvoll Brust."

„Puh, da bin ich aber froh, dass Mica etwas kleiner ist. Sonst würde die dir auch noch gefallen. Du scheinst auf Pathologinnen zu stehen."

„Nee, Pfui Spinne, die kannst du haben. Du kommst doch immer so gut mit ihr klar. Auf deine Art, meine ich."

„Spaß beiseite, was hältst du von dieser Nadja? Ist doch merkwürdig, dass ausgerechnet sie die Frau am Teich gefunden hat."

„Na ja, sie ist angerufen worden. Wahrscheinlich vom Täter. Der wird wohl gewollt haben, dass Nadja sie findet."

„Dann wird er sie irgendwie kennen. Er muss ja auch an die Nummer gekommen sein. Ich frage mich, wie. Aber ich wette, bei der Untersuchung des Handys kommt nichts raus. Einen Vorwurf können wir ihm nicht machen, nämlich dass er blöd ist."

„Ich bin gespannt, ob am Tatort oder bei der Obduktion wieder keine Spuren gefunden wurden. Das ist doch fast nicht möglich. Irgendwann muss er einen Fehler machen." Peter Kruse parkte den Wagen vor der Wache.

„Warten wir's ab", sagte Hetzer beim Aussteigen. „Nachher werden wir mehr wissen. Mica hat versprochen, mich auf dem Handy anzurufen oder auf der Dienststelle in Bückeburg." Neben der laufenden Nase tränten ihm jetzt auch noch die Augen. Es war einfach zu viel im Moment. Sein Körper brauchte eine Auszeit.

Nadja wartete bereits auf dem Flur. Das erste, kurze Verhör hatten Dickmann und Hofmann schon am Tatort gemacht.

Jetzt versammelten sich alle mit ihr zusammen im Vernehmungsraum.

„Frau Serafin, bitte beschreiben Sie uns das Telefonat, aufgrund dessen Sie zum alten Ziegeleiteich gegangen sind."

„Am späten Nachmittag klingelte mein Handy. Es wurde keine Rufnummer übertragen. Ich überlegte noch, ob ich rangehen sollte. Meist lasse ich das, wenn die Nummer nicht angezeigt wird."

„Was hat Sie bewogen, das Gespräch doch anzunehmen?"

„Ich weiß nicht genau. Es war irgendwie so ein spontanes Gefühl."

„Aha, nur auf ein Gefühl hin? Und was sagte der Anrufer dann, als Sie drangingen?"

„Eine dunkle Stimme fragte: ‚Spreche ich mit Frau Serafin?' Da habe ich ‚Ja' gesagt und dann flüsterte der Mann weiter, dass ich, wenn ich etwas Interessantes sehen wolle, doch einen Spaziergang zum Ziegeleiteich wagen sollte."

„Also war es ein Mann?"

„Vom Klang her würde ich ja sagen, aber sie war auch irgendwie verfremdet. Theoretisch hätte es auch eine Frau mit tiefer Stimme sein können."

„Und hat er oder sie wörtlich gesagt, ‚einen Spaziergang wagen'?"

„Ja, das war der genaue Wortlaut. Und er sagte noch, dass es für mich interessant würde, weil es sich um mein Fachgebiet handele."

„Entschuldigen Sie mal", sagte Dickmann, „und dann gehen Sie einfach los, wenn ‚Unbekannt' anruft und Sie in die Wildnis lockt? Sind Sie immer so unbedarft oder haben Sie einfach keine Angst? Es hätte Ihnen doch auch jemand etwas antun können."

„Ich hatte doch Beppo dabei! Und stellen Sie sich vor, ich hätte die Kripo angerufen. Was wäre denn gewesen, wenn es nur ein Fake gewesen wäre."

„Wer ist Beppo?", fragte Hetzer.

„Mein Hund, ein über kniehoher Mischling. Der lässt niemanden an mich ran."

„Wenn ich mich recht erinnere, hatten Sie ihn aber am Rand des Geländes angebunden", warf Hofmann ein.

„Das stimmt, aber es war ja auch niemand da. Lebend meine ich, außer mir."

„Wie konnten Sie da so sicher sein?"

„Beppo hätte sonst Theater gemacht."

„Und da sind Sie ganz sicher?"

„Ja, er ist absolut zuverlässig. Er hätte gebellt und in die Richtung desjenigen geknurrt, der sich versteckt hält. Ihm entgeht nichts. Er ist ein Schäferhund-Hova-wart-Mix. Und außerordentlich wachsam."

„Ich weiß nicht, ob ich das mutig oder dumm finden soll." Peter schüttelte den Kopf.

„Beides!" Hetzer streckte sich. Sein Nacken tat immer noch weh und er fühlte sich fiebrig.

„Also, ich kann auch wieder gehen, wenn Sie mich nicht ernst nehmen."

„Können Sie nicht!", antwortete Dickmann lässig. „Sie sind nicht nur Zeugin, sondern auch tatverdächtig."

„Wie bitte? Sie spinnen ja!"

„Nun mal schön vorsichtig", unterstützte Hofmann seinen Kollegen. „Sie waren an zwei Tatorten von zwei nacheinander erfolgten Morden, die augenscheinlich miteinander in Verbindung stehen. Wie sieht es denn mit Ihrem Alibi aus?"

„Wenn Sie mir sagen, wann die Taten genau verübt worden sind, kann ich darüber nachdenken, wo ich war. Oder soll ich mir das selbst herleiten?"

„Schlaues Mädchen!"

„Erstens bin ich nicht Ihr Mädchen, Herr Dickmann, und zweitens will ich Rechtsmedizinerin werden. Übermorgen beginne ich einen weiteren Teil meiner Ausbildung in Stadthagen. Glauben Sie, dass ich das aufs Spiel setze? Zehn Jahre Ausbildung? Nur weil Sie einen Täter brauchen? Ich will Ihnen helfen. Ich bin kein Frischling mehr in der Medizin. Keine Ahnung, warum er oder sie mich dorthin gelockt hat. Vielleicht, weil ich den Toten in der Eulenburg entdeckt habe? Es ist doch die Frage, ob das auch nur Zufall gewesen ist oder schon Absicht. Haben Sie darüber schon mal nachgedacht?" Sie machte eine Pause und holte tief Luft. „Und übrigens, wenn Sie mich fragen, kann die

Frau am Teich noch nicht lange tot gewesen sein. Sie war noch ziemlich warm, das Blut war frisch, die Wundränder auch. Damit kann ich Ihnen dann auch ein Alibi geben. Leider nur ein profanes. Ich habe mit meiner Großmutter Wäsche gelegt. Sie können sie gerne fragen. Und davor habe ich im Wohnzimmer gelernt, während sie stickte. Das beruhigt mich immer. Reicht das? Können wir jetzt von Mensch zu Mensch sprechen?"

„Wir werden Ihr Alibi natürlich überprüfen, auch den Zeitraum der Ermordung von Benno Kuhlmann, aber ich glaube auch nicht daran, dass Sie etwas mit den Morden zu tun haben. Ich glaube allerdings, dass der Mörder etwas mit Ihnen zu tun hat oder sich mit Ihnen verbunden fühlt. Genau kann ich das nicht sagen. Aber es muss eine Verbindung geben."

„Auf keinen Fall eine bewusste! Darüber habe ich auch schon nachgedacht."

„Frau Serafin, können Sie uns beschreiben, wie Sie die Tote vorgefunden haben?"

„Zuerst habe ich mehr durch Zufall den Kopf im Wasser gesehen, als ich ans Ufer getreten bin. Das war etwas unheimlich, diese leblosen, offenen Augen. Weil ich in dem Moment nicht damit gerechnet habe. Tot und offen. Richtig gruselig. Zum Glück bin ich nicht empfindlich. Dann habe ich nach dem Körper gesucht. Es konnte ja sein, dass der auch irgendwo lag. Zuerst habe ich die Ausläufer der Blutfontäne gefunden und schließlich den Körper."

„Warum haben Sie den Körper berührt? Sie müssen doch wissen, dass Sie nichts anfassen durften."

„Wie kommen Sie darauf, dass ich sie angefasst habe?"

„Sie sagten vorhin, dass sie noch warm war", konterte Hetzer. „Es muss also einen Haut-zu-Haut-

Kontakt gegeben haben. Das Berühren können Sie auch allerdings nicht damit erklären, dass Sie die Frau noch hätten retten wollen. So ohne Kopf war das schwer möglich."

„Sehr witzig. Aber Sie haben recht, es war reine Neugier. Berufskrankheit!"

Peter Kruse grinste in sich hinein. Diese Nadja gefiel ihm immer besser.

„Na, was haben Sie noch so berührt und untersucht?", fragte er spitzbübisch.

„Keine Panik, ich habe nichts verändert. Außerdem hatte ich Handschuhe an."

„Das gibt es doch nicht!" Bernhard Dickmann schlug sich vor die Stirn. So etwas hatte er in seiner langen Laufbahn noch nicht erlebt. „Was für Utensilien hatten Sie denn noch dabei, Verehrteste? Für die pathologische Untersuchung?"

„Nur eine Lupe, für den Fall, dass es was zu sehen gäbe", sagte Nadja kleinlaut.

„Das ist ja nun alles nicht zu ändern oder will jemand die junge Dame strafrechtlich verfolgen?", schniefte Hetzer in die Runde. „Wir sollten uns das Wissen zunutze machen und wenigstens hören, was unsere angehende Rechtsmedizinerin gefunden hat."

„Sie müssen schon verzeihen. So eine einmalige Situation ergibt sich nicht oft."

„Ja, ja, schießen Sie los!"

„Drei Hiebe in den Hals. Der letzte trennte den Kopf ab. Die beiden ersten gingen daneben. Die Stümperei eines Ungeübten."

„Das haben wir selbst gesehen."

„Ist mir klar. Haben Sie auch bemerkt, dass sie eine deutliche Verengung der Halsschlagader hatte? Ein Blutgerinnsel wäre ihr Tod gewesen."

„Das ist ja nun nicht mehr relevant. Gibt es sonst noch etwas, das Ihnen aufgefallen ist und uns weiterhelfen kann?"

„Nein, nichts außer diesem Stückchen Gewebe." Sie zog eine Gefriertüte aus der Tasche. „Es ist durch einen kleinen Stein in meinem Schuhprofil stecken geblieben. Vielleicht ist es vom Tatort. Keine Ahnung. Als ich die Schuhe zu Hause sauber machen wollte, habe ich es gefunden, mit der Pinzette rausgezogen und sofort in die Tüte gesteckt."

„Sieht aus wie ein Stück Stoff von den Anzügen, die die KTU immer trägt", überlegte Hetzer.

„Das dachte ich auch", nickte Nadja, „nur dass die Leute von der KTU noch nicht da waren. Die Wagen kamen gerade, als ich ging."

„Seltsam. Das könnte tatsächlich wichtig sein." Dickmann nickte ihr zu. „Ich gebe es ins Labor."

„Vielen Dank Frau Serafin. Im Hinblick auf Ihre rechtsmedizinische Karriere sehen wir von weiteren Schritten ab. Wenn Sie allerdings noch einmal an einen Leichenfundort kommen sollten, möchten wir Sie bitten, doch Ihre Neugier im Griff zu behalten."

„Eine Frage noch", unterbrach Hetzer den Bückeburger Kollegen, „haben Sie auch wieder Fotos gemacht?"

„Nein, ich wusste doch, dass Sie das fragen würden. Außerdem war es schon dämmerig. Den Kopf hätte ich eh nicht mehr fotografieren können. Das wäre nur mit Blitz oder Stativ gegangen. Ein Stativ hatte ich nicht, die Wasseroberfläche hätte das Blitzlicht zurückgeworfen. Und halbe Sachen mache ich nicht. Entweder Körper und Kopf oder gar nichts. Es wäre auch nur zu eigenen Zwecken gewesen. Egal, Sie hätten sie mir sowieso weggenommen."

„Das stimmt!" Hetzer putzte sich die Nase. Sie war schon rot. In seiner Hose klingelte es.

„Hat noch jemand weitere Fragen?"

Hetzer hatte keine und er wollte unbedingt sehen, ob Mica ihn anrief. Darum ließ er die Kollegen mit Nadja sitzen und beeilte sich, ins Nebenzimmer zu kommen. Er zog das Handy aus der Tasche und schloss die Tür.

Winter 1978/79

Susi freute sich auf Silvester, sie würde es bei Iris verbringen. Dort fühlte sie sich wohler als zu Hause. Zu
Hause war mittlerweile alles schwierig. Zwischen Vater
und Mutter, zwischen ihr und Mutter, zwischen ihr und
Vater. Im Grunde kam niemand mit dem anderen klar,
eine Tatsache, der sich niemand bewusst werden wollte.

Susi hatte sich ganz in sich zurückgezogen. Lebte in
ihrer Bücherwelt, meist auf dem Bett, und mied die
Zusammenkunft mit den Eltern. Oder sie war weg,
wenn sie durfte. Und das kam ganz auf die jeweilige
Stimmung an.
    Doch heute war Silvester. Die Eltern hatten selbst
etwas vor, Susi wurde schon am Nachmittag zu Iris
gebracht. Sofort, wenn sie dort ins Haus kam, über-
wältigte sie das Gefühl von Gemütlichkeit. Es war wie
Urlaub von der Realität.

Susi schleppte ihre Tasche in Iris' Zimmer, das fernab
der Wohnung separat über der Garage lag. Auch
darum beneidete sie Iris, denn ihre Freundin konnte so
schön für sich sein. Laut Musik hören, Krach machen,
ohne jemanden zu stören. Manchmal saß Iris' Mutter
auf der kleinen Treppe, die von der Zimmertür in den
Raum führte. Zwei Stufen, um den Höhenunterschied
auszugleichen. Susi liebte die Gespräche zu dritt, während Iris eher genervt war. Klar, sie hatte ihre Mutter

immer um sich, aber Susi hatte keine solche Mutter, die mit ihr sprach. Susi wusste nicht mehr, ob das früher anders gewesen war, als sie klein war. Jetzt war ihre Mutter eine Meisterin des Schweigens. Wobei das Schweigen unterschiedlich sein konnte. Es gab das normale Schweigen, weil es nichts zu sagen gab und weil der Fernseher lief. Dann gab es das traurige Schweigen, weil Vater und sie gestritten hatten. Es war ein schwarzes, dunkles Schweigen, durch das Worte nicht hindurch gelangten, und es gab das eisige Schweigen, das sich gegen Susi persönlich richtete. Bei schlechten Noten oder erwischten Notlügen. Das konnte viele Tage anhalten und war so kalt, dass Susi lieber im Zimmer blieb, weil sowieso keine Antworten kamen.

Iris' Mutter war ganz anders. Warm, herzlich und verständnisvoll, so dass sie die Mädchen alleine ließ, wenn sie merkte, dass Iris sie loswerden wollte.

An diesem Abend hatten Susi und Iris sich einiges vorgenommen. Eine Flasche Eiswein war aus Vaters Weinkeller mitgenommen worden. Susi hatte zwar keine Ahnung, wie der schmeckte, aber der Name war toll. Iris hatte schon vor geraumer Zeit eine fast volle Flasche Martini bianco, die augenscheinlich niemanden interessierte und die daher auch nicht vermisst wurde, beiseitegeschafft. Er roch ganz gut, fand Iris. Wahrscheinlich hätte ihre Mutter gar nichts dagegen gehabt, dass sie zu Silvester ein Gläschen tranken, aber so heimlich war es noch besser.

Die Mädchen liebten Abba, die Beatles und ELO. Eine Mandarine auf einem Bleistift mit einem Taschentuch obendrüber ergab ein tolles Mikrofon.

„Kennst du ‚Take a chance on me'?", fragte Iris mit leuchtenden Augen. Susi nickte und sie schmetterten gemeinsam in ihr Mandarinenmikro, bis ihnen die Luft oder die Lust ausging. Iris' Mutter hatte für die Zweierparty Häppchen und einen Käseigel vorbereitet.

„Ihr wisst, dass noch Pudding in der Küche steht!", verabschiedete sie sich von den beiden und Iris schob sie freundlich aber entschieden aus dem Zimmer.

Die Kombination von Kräckern und Eiswein störte die Mädchen nicht. Vor allem zu Käse und Weintrauben schien das süße Zeug gut zu passen, fanden sie, bevor sie zum Martini übergingen. Irgendwie war alles zum Kichern. Sogar, dass dieser blöde Frank sie in der Schule nicht bemerkte, worüber Iris sonst traurig war. Gemeinsam überlegten sie, wie sie ihn auf Iris aufmerksam machen konnten, auch wenn in Susi eine leichte Eifersucht aufkam.

Ob Iris sich dann immer noch mit ihr treffen würde? Singen, lachen, meckern, jaulen, oder wie jetzt, zu tief ins Glas schauen?

„Meinst du nicht, es wäre besser, wenn wir uns schon mal den Schlafanzug anziehen?", fragte Iris und schälte ihr Mikro ab.

Susi grinste und sagte: „Glaubst du, dass wir das gleich nicht mehr können?"

„Keine Ahnung, ich habe so ein komisches Gefühl in den Beinen." Sie klappte den Bettkasten auf.

Susi griff nach ihrer Tasche und hätte sie beinahe verfehlt.

„Ganz schön heftig das Zeug", nuschelte sie und begann, sich auszuziehen.

„Mensch, du hast ja noch immer keine Haare unter den Armen oder rasierst du dich da, Susi?"

„Hä? Nee, bist du verrückt? Ich bin wohl ein Spätzünder. Brüste habe ich auch keine!", lachte sie, als sie die von Iris sah. „Wie fühlen sich die denn an?"

„Kannst ja mal anfassen, wenn du willst", kicherte Iris. „Sieht ja keiner."

Das war verlockend und Susi hatte auf einmal ein komisches Gefühl zwischen den Beinen. Vorsichtig griff sie nach Iris' Brust und drückte sie leicht.

„Fühlt sich toll an. So fest und weich zugleich."

„Bei dir ist wirklich gar nichts. Nicht mal ein Ansatz zu sehen." Iris streichelte über ihre platte Oberweite. „Hast du unten rum auch keine Haare?"

„Rein gar nichts. Blank wie ein Kinderpopo und du?"

„Ich habe einen Urwald, willste mal sehen?" Sie zog sich lachend die Hose aus und schwankte dabei leicht. „Jetzt du. Ich will das Nichts sehen."

„Wenn deine Mutter reinkommt. Was soll die denn denken?"

„Dass wir uns fürs Bett fertig machen? Außerdem hören wir sie rechtzeitig, wenn sie den Flur entlang kommt. Los, zeig mal!"

Susi fühlte sich nicht wohl.

„Erst das große Licht ausmachen!", sagte sie.

Iris kämpfte sich prustend bis zum Schalter und blieb dann vor ihr stehen. „Ich wusste gar nicht, dass du so schüchtern bist. Jetzt los, Hose runter oder willst du in deinen Jeans schlafen?"

Susi öffnete zögernd den Reißverschluss und schob ihre Hosen nach unten.

„Wow, echt irre, du siehst da noch aus wie ein kleines Mädchen. Dafür ist dein Lustknötchen größer als meins. Guck mal!" Sie zog Haare und Schamlippen etwas zur Seite.

„Na, wenigstens etwas!" schmunzelte Susi und griff nach der Schlafanzughose, weil sie fühlte, dass ihres dabei war, noch größer zu werden. „Mama hat im letzten Jahr ihren Frauenarzt gefragt und der hat gesagt, dass sie sich keine Sorgen machen soll. Es ist nicht jeder gleich früh dran. Bei meiner Mutter ging es auch spät los, auch mit den Tagen. Du hast ja deine schon."

„Klar, schon über ein Jahr. Caro war noch früher dran. Ich glaube, sie war keine elf."

„Sollen wir mein Bett schon aufbauen?"

„Nö, keinen Bock. Wir hauen uns erst auf meins. Prost!"

„Wir sind bestimmt gleich besoffen."

„Ja und? Ist doch egal. Ist schließlich Silvester!"

Sie hatten sich gegenüber auf Iris' Bett gelegt und prosteten sich zu. Susis Fuß auf Brusthöhe bei Iris. Ihr wurde wieder komisch. Sie überlegte, ob das nur der Alkohol sein konnte, der sie so durcheinander brachte. Oder Iris oder beides. Sie kicherten über die blödesten Dinge, bis Iris irgendwann einschlief. Susi versuchte noch, sie zu wecken, damit sie ihr Bett ausklappen konnten. Doch dann hatte sie eine andere Idee. Leise drehte sie sich um sich selbst und schmiegte sich ganz dicht an Iris. Die brummte nur leise und schlief weiter. Wie gut sie roch und wie gemütlich das war. Bei dem Gedanken, dass sie gerne noch einmal diese Brust berührt hätte, schlief auch Susi ein.

Irgendwann nach Mitternacht streckte Iris' Mutter den Kopf durch die Tür und schmunzelte. Da lagen die beiden in einem Bett. Es roch nach Alkohol. Auf dem Nachttisch stand eine fast leere Flasche Martini. Sie hatte sich schon gewundert, wohin die aus der Bar verschwunden war. Vorsichtig deckte sie die Mädchen zu und verließ das Zimmer. Sie war froh, dass Iris eine Freundin hatte wie Susi.

Endlich hatte Wolf das Handy aus seiner Hosentasche geangelt. Diese blöden Dinger verkeilten sich immer genau dann, wenn sie klingelten, dachte er.

„Hetzer."

„Hallo Wolf, ich bin's, deine Lieblingspathologin, hoffe ich wenigstens."

„Auf jeden Fall", konterte Hetzer. „Es gibt keine Zweite wie dich."

„Wenn du wüsstest, wie recht du hast!", lachte sie in die Muschel.

„Du sagtest, dass du glaubtest, der Fall hier habe mit deinen aus Rinteln und Hameln zu tun."

„Ja, das stimmt."

„Du hast recht!"

„Ach ja?"

„Sag mir zuerst, wie du darauf gekommen bist, ohne die Leiche nackt gesehen zu haben. Es sprach rein gar nichts dafür. Es ist diesmal eine Frau, und sie ist auf ganz andere Art als die beiden Männer umgebracht worden. Wo hast du einen Zusammenhang gesehen?"

„Ich hatte mal wieder einen Albtraum."

„Das kann ja wohl nicht wahr sein, du verlässt dich auf deine Träume? Tolle Idee."

„Nicht nur das, ich hatte auch ein Kissen in meinem Bett."

„Das soll gemeinhin in Betten schon mal vorkommen."

„Genau, aber dieses war ein fremdes Kissen. Und es ist mit Gänsedaunen gefüllt. Emil war am Tag davor plötzlich verschwunden!"

„Was soll ich aus deinem Wirrwarr verstehen? Kannst du ein bisschen deutlicher werden?"

„Mein Ganter Emil ist vor kurzem abends verschwunden. Dann hat mir jemand ein Daunenkissen ins Bett gelegt und ich träumte, dass jemand einer Gans bei lebendigem Leib die Federn ausreißt. Verstehst du? Wieder ein unverlangtes Geschenk. Diesmal in meinem Haus! Weißt du, wie schlimm das ist? Wenn jemand so in dein Leben eindringt?"

„Also jetzt mal von vorn. Das Tier ist weg und du findest ein Kissen. Hast du dich da nicht sowieso gewundert?"

„Nein, Moni, meine Nachbarin, hatte mir gesagt, dass sie mich mit irgendetwas überraschen wollte. Da dachte ich, es sei von ihr."

„So ein intimes Geschenk?"

„Was? Wieso intim?"

„Na, ein Kissen auf deinem Bett. Wenn du denkst, sie könne dir ein Kissen aufs Bett gelegt haben, würde ich sagen, sie will was von dir. Mann, bist du blind, Hetzer!"

„Darauf wäre ich überhaupt nicht gekommen, weil da nix ist zwischen uns. Sie ist viel älter als ich."

„Ja und? Das ist doch kein Grund. Aber egal. Jetzt sag mir endlich, wie du auf einen Zusammenhang mit den anderen Morden gekommen bist. Dein Liebesleben interessiert mich nicht."

„Schade eigentlich!", witzelte Hetzer. „Wir haben immer nach männlichen Vermissten Ausschau gehalten, weil wir dachten, diese Kastrationen sprächen dafür, dass Männer entmannt werden sollten. Ich denke, wir haben uns geirrt."

„Wieso?"

„Jedes Präsent an mich, also Ratte, Madentopf und jetzt auch das Kissen, stand immer im Zusammenhang mit dem Fund einer Leiche. Die Morde waren grundsätzlich so verübt worden, wie man das jeweilige Tier getötet hätte. Darüber hatten wir doch schon mal gesprochen. Ich sagte nach dem Kissenfund noch zu Peter, dass wir es jetzt eigentlich mit einem Enthaupteten zu tun bekommen müssten, denn Gänse werden nun mal geköpft. Da riefen schon die Bückeburger Kollegen an."

„Wieso, haben sie von Ferne zugehört, was ihr gesagt habt?" Er sah ihr Gesicht vor sich, als sie das sagte.

„Nein, sie haben die Spusi bei mir abgezogen, die das Eindringen in mein Haus untersuchte. Und Seppi erzählte mir von der Frauenleiche, deren Kopf im Wasser lag, weit entfernt vom Körper. Da war mir alles klar, und Peter und ich sind sofort los."

„Wieso, war der Kruse auch bei dir?"

„Ja, wir saßen bei Moni, damit wir der KTU nicht im Weg waren."

„Das scheint mir ja eine gemütliche Runde gewesen zu sein."

„Du, so gemütlich war das wirklich nicht. Und so unschön ging es auch weiter. Das weißt du ja. Hast ja selbst in der Kälte am Teich gearbeitet."

„In meinen Leichenfächern herrschen ganz andere Temperaturen und am Obduktionstisch ist es auch nicht viel wärmer. Ich hab mich in den Jahren an diesen Zustand gewöhnt."

„Und ich werde mich nie dran gewöhnen. Wenn ich mal reich bin, wandere ich nach Frankreich aus. Am besten in den Süden. Immer gutes Essen und warmes Wetter. So, und jetzt lass uns darüber sprechen, was du gefunden hast."

„Ein bisschen mehr als deine vage Kombinationsgabe. Aber das war so auf den ersten Blick auch nicht zu erkennen", räumte Mica gnädig ein. „Sabine Schreiber sind die Eierstöcke und die Gebärmutter entfernt worden. Hatte ich euch ja schon gesagt. Zusätzlich hat sich ihr Mörder noch die Mühe gemacht, ihre Brüste zu amputieren. Die Warzen wurden fachgerecht wieder eingesetzt. Da hat sich jemand wirklich Mühe gegeben. Und was ich bei der Obduktion erst nach genauerem Hinsehen bemerkt hatte: Ihre Stimmbänder sind ebenfalls durchtrennt worden. Sie konnte also nicht schreien. Die Narben der Brust- und Bauch-OP waren bereits ein paar Tage alt. Das deckt sich mit den Angaben des Ehemannes, den Dickmann und Hofmann vernommen haben, und auch mit dem mysteriösen Polizeieinsatz in Obernkirchen. Du weißt schon, an dem Abend, als sie verschwunden ist. Aufgrund der kompletten Kastration würde ich auch vermuten, dass die Taten zusammenhängen."

„Unglaublich", entfuhr es Hetzer.

„Unsere Taucher haben übrigens im Wasser, nahe am Ufer, eine Axt gefunden. Die mutmaßliche Tatwaffe. Wir konnten Fingerabdrücke von zwei rechten Händen sicherstellen. Die DNA-Untersuchung läuft noch, genau wie die der Probe, die Seppi an deiner Hundeklappe isoliert hat. Ich gebe dir dann Bescheid, sobald wir was wissen. Tschüss, Albtraum-Hetzer. Irgendwann erzählst du mir den mit der Gans mal genauer. Und hüte dich vor Geschenken. Wenn der Mörder jetzt schon in deinem Schlafzimmer war, kann er dir kaum noch näher kommen, ohne dass du ihn erkennst. Und dann wird er dich töten müssen."

„Du hast diese Steigerung also auch bemerkt?"

„Hetzer, ich bin nicht auf den Kopf gefallen. Bisher lagen die Dinge doch immer vor der Haustür, oder? Jetzt steigt einer bei dir ein, schleicht sich nach oben ins Schlafzimmer und legt dir ein Kissen ins Bett. Das ist auf jeden Fall eine Steigerung. Pass also auf dich auf! Mit wem soll ich sonst rumfrotzeln? Bis später also."

„Adieu, erleuchtete Leserin in den Leibern Verblichener."

Hetzer verstand nun gar nichts mehr. Er musste sich erst mal setzen und sich sammeln. Sein Kopf dröhnte von der Erkältung, ihm tat alles weh, und diese Gewissheit, dass die Morde zusammenhingen, war nicht nur ein Schritt vorwärts. Es war auch mindestens einer zurück. Die ganzen Gedanken an den möglichen Missbrauch Schutzbefohlener konnte er vergessen. Ob besondere Sexualpraktiken oder -partner der Ermordeten eine Rolle spielten, würden sie ergründen müssen. Wenn sich die Kastration nicht nur auf ein Geschlecht konzentrierte – überlegte er laut und sprach dabei mit sich selbst –, dann ging es vielleicht gar nicht um eine Entmannung oder Entfrauung im eigentlichen Sinne. Der Mörder machte sie gleich. Er machte sie zu Neutren. Aber warum?

In Hetzer kribbelte es.

Er hatte plötzlich das Gefühl, auf dem richtigen Weg zu sein. Diese Idee konnte ein Schritt zur Lösung der Frage sein, was der Täter für ein Motiv hatte. Aber darüber sollten jetzt erst einmal die anderen nachdenken. Ihm stand der Schweiß auf der Stirn und ihm war kalt. Er war sich sicher, dass er Fieber hatte. Mit knappen Worten berichtete er den Kollegen, was Mica ihm gesagt hatte, und bat anschließend Peter, ihn zum Arzt zu fahren. Es nervte ihn, dass er gerade jetzt, wo sie wahrscheinlich einen echten Durchbruch erzielt hatten, ausfiel.

Der Hausarzt konstatierte eine Grippe und schrieb Hetzer eine Woche krank. Verwarnte ihn noch, dieses nicht auf die leichte Schulter zu nehmen. Widerwillig, aber völlig entkräftet ließ er sich von Peter nach Hause bringen und ging ohne ein weiteres Wort zu Bett. Kruse zog die Haustür zu, drückte noch einmal dagegen, ob sie auch wirklich fest verschlossen war, und gab Moni Bescheid, damit er sicher sein konnte, dass sich jemand um Wolf kümmerte.

Während Wolf Hetzer die Tage weitgehend verschlief und seine Kollegen ermittelten, begann ein neuer Abschnitt in Nadjas Weiterbildung zur Rechtsmedizinerin. Sie hatte schon einen Teil in Stadthagen absolviert und kannte daher die Mediziner und Mitarbeiter der Abteilung der MHH, die hier ihren Dienst taten.

Dr. Walter Althaus begrüßte sie aufs Herzlichste und schlug ihr auf die Schulter.

„Tja, irgendwann kommen sie alle hierher zurück. Meist allerdings liegend!" Er selbst lachte über seinen Witz am meisten. „Viel Glück und vor allem gute Augen, einen wachen Geist und geschickte Hände. Sie können hier bei Dr. Mechthild von der Weiden viel lernen. Sie ist ein Ass in ihrem Bereich. Nichts entgeht ihrem Raubtierblick. Wir wünschen uns, dass Sie hier mit einem sehr gutem Ergebnis abschließen. Ich will ja schließlich mal in Rente gehen und meinen Stuhl an Frau Dr. von der Weiden weitergeben. Dann bräuchten wir Nachwuchs. Na, wie wär's? Sie sind doch beim letzten Mal mit dem Team gut zurechtgekommen."

Nadja strahlte über beide Ohren. Damit hatte sie nicht gerechnet. Das war ja praktisch schon ein Stellenangebot, wenn sie sich nicht allzu dämlich anstellte, und das hatte sie nicht vor.

„Vielen Dank, Herr Kollege, das wäre natürlich ein Traum für mich!"

„Wir wollen erst einmal sehen, ob sie mich auf Dauer als Chefin erträgt", schmunzelte Mica. „Ich bin nicht ganz einfach. Es wäre verständlich, wenn sie über kurz oder lang die Nase von mir voll hätte."

„Ach Quatsch, ich kann mich wehren. Ich erinnere mich noch gerne an die Streitgespräche, die wir geführt haben, auch wenn wir zu der Zeit nicht so direkt zusammengearbeitet haben. Es war immer sachlich und fachlich und immer ein Gewinn!"

„Das klingt ja fast wie ein Kompliment." Mica schüttelte den Kopf. „Da muss ich mich setzen, das bin ich nicht gewöhnt."

„Ich glaube eher, Sie haben es im Rücken."

„Wieso?"

„Ganz klare Schonhaltung und Bewegungseinschränkung. Sieht doch ein Blinder mit dem Krückstock."

„Pfiffig, pfiffig. Es könnte aber auch eine Blasenentzündung sein, die in die ableitenden Harnwege aufgestiegen ist."

„Könnte schon, aber dann wären Sie schon ein paar Mal wegen des Harndrangs verschwunden."

„Was ist das hier jetzt? Ein Verhör oder eine Begrüßung? Lassen Sie uns lieber anstoßen, meine Damen. Sehr zum Wohl!"

„Für mich nur ein kleines Tröpfchen, ich habe schon Ibuprofen eingenommen und will noch am Tisch weitermachen. Ist eigentlich schon einwandfrei bewiesen, dass Sie nicht zum Kreis der Täter gehören?"

„Von der Liste können Sie mich gedanklich streichen. Als Benno Kuhlmann starb, war ich in Süddeutschland, und Frau Schreiber kann ich auch nicht umgebracht haben, weil ich mit meiner Großmutter Wäsche legte und auch sonst den ganzen Tag zu Hause war, weil ich mich hierauf vorbereiten wollte."

„Das ist gut, denn die liegt noch in Teilen in meiner Kühlkammer, und da wollte ich Ihnen einiges zeigen beziehungsweise mir von Ihnen sagen lassen, was Sie sehen. Vielleicht haben Sie auch noch ein paar Tatort-informationen für mich. Sie können mir nämlich nicht erzählen, dass Sie nicht genau hingesehen haben."

„Meine Damen, man könnte Sie auch fanatisch nennen. Wenn Sie sowieso schon bei der Arbeit sind, ziehe ich mich jetzt zurück. Ich habe noch genug zu tun. Bitte entschuldigen Sie mich!" Doktor Althaus schüttelte wohlwollend den Kopf und leerte sein Sektglas. Da hatten sich ja die richtigen gefunden. Er war gespannt, ob die beiden demnächst überhaupt noch nach Hause gehen würden oder sich einen Schlafsack mitbrächten. Ihm war das recht, er wusste sein Institut in guten Händen.

Kurz vor Susis siebzehntem Geburtstag saßen die Eltern abends im Garten. Es war ein besonders schöner Sommerabend.

Die Luft war lau. In der Nacht würde die Temperatur nicht unter zwanzig Grad sinken, hieß es – eine so genannte tropische Nacht. Susi hatte sich überlegt, die Nacht in der Hängematte dort hinten zwischen den alten Kirschbäumen zu verbringen. Sie winkte von Ferne.

„Was gibt es Schöneres, als hier zu sitzen und auf die Bäume zu schauen, während überall die Grillen zirpen?", fragte Mutter mit verklärtem Blick.

„Meerblick wäre noch besser", gab Vater zurück. „Sag mal, was ich dich schon seit einiger Zeit fragen will, hat Susi inzwischen ihre Tage bekommen?"

„Nicht, dass ich wüsste."

„Ja, sprecht ihr denn nicht darüber?"

„Nein, wieso?"

„Weil sie ihre immer noch nicht hat. Mit fast siebzehn."

„Ja und, da hat sie doch Glück gehabt. Oder glaubst du, dass das schön ist? Eine Tante und eine Cousine von mir waren auch sehr spät dran."

„Ich möchte trotzdem, dass du jetzt mal mit ihr zum Frauenarzt gehst. Am besten, ich mache für euch einen Termin bei meinem Kollegen."

„Wenn es denn sein muss und dich beruhigt."

„Das wäre mir schon wichtig. Sag mal, aber etwas anderes an ihr ist dir nicht aufgefallen? Körperlich, meine ich."

„Ich wüsste nicht was, aber ich sehe sie auch nie. Wenn ich ins Bad gehe, ist sie immer schon auf dem Weg zur Schule. Was meinst du denn mit ‚körperlich‘?"

„Zum Beispiel, ob sie überhaupt ein bisschen zurück ist. Weil sie überhaupt keine Brust hat."

„Du hast vielleicht Probleme. Mir ist es lieber, sie hat keine Brüste, aber dafür bessere Noten."

„Wie dem auch sei, am besten, sie stellt sich da mal vor."

Für Mutter war die gemütliche Stimmung passé. Sie nahm ihr Glas und ging hinein. Vater ging dieser Unverstand schon wieder auf die Nerven. Sie würde gleich im Bett so tun, als ob sie schliefe, um weiteren Gesprächen mit ihm aus dem Weg zu gehen. Er fand, es war wichtig, das Thema medizinisch abklären zu lassen. Für so genannte „Spätzünder" konnte es unterschiedliche Ursachen geben.

Susi bekam von diesem Gespräch nichts mit. Sie lag träumend und sehnsüchtig in der Hängematte. Hatte mit sich und ihren Gedanken genug zu tun, denn sie war verliebt in Stefan. Stefan! Was für ein Name. Das war Musik und Schokolade zugleich. Er hatte so wundervolle grüne Augen. Und mit denen sah er sie so an wie noch kein anderer. Lange Haare hatte er, wie Winnetou. Leicht gewellt. Sie dufteten. Hoffentlich ging auch Vater gleich hinein. Stefan wollte von hinten durch den Garten kommen. Sie hoffte, dass er sie dann küssen würde. Endlich. Der erste Kuss seit damals im Iglu. Wo sie sich verraten gefühlt hatte.

Iris hatte bereits seit dem Frühling einen Freund, mit dem sie sich heimlich traf. Neulich hatte er ihre Brust geknetet, sagte sie. Das sei ein wahnsinnig tolles Gefühl gewesen. Was, wenn Stefan auch ihre berühren wollte? Da war ja nichts. Wenn sie ein bisschen den Oberkörper krumm machte, konnte sie vielleicht so tun, als ob da wenigstens etwas wäre. Wer weiß. Ob er schon einmal ein anderes Mädchen berührt hatte? Sie war so aufgeregt. Hoffentlich merkte er das nicht.

Mit Erleichterung sah sie, dass auch Vater aus seinem Gartenstuhl aufstand.

„Gute Nacht, Susi!", rief er ins Dunkel.

„Schlaf schön, Papa", antwortete sie und dachte ‚Schlaf schön tief, Papa!'

Sie hörte die Tür klappen. Kurz darauf war im Haus alles dunkel. Hier draußen war es herrlich. Sie hatte auch keine Angst vor den Geräuschen. Manchmal raschelte es im Gebüsch oder es knackte. Sie dachte sich Geschichten dazu aus, um sich abzulenken, bis Stefan endlich kam. Er würde doch hoffentlich kommen? Leise Zweifel begannen an ihr zu nagen. Was, wenn er nun doch nicht kommen würde oder wenn sie ihn oder er sie falsch verstanden hatte. Sie geriet in Panik.

„Pssst!", machte es hinter dem Apfelbaum. „Bist du allein? Kann ich rauskommen?"

„Klar, warte, ich steige aus." Susi ließ sich vorsichtig aus der Hängematte gleiten und wurde von Stefan aufgefangen.

„Da bist du ja!", sagte er mit einem leichten Zittern in der Stimme. Er schien auch aufgeregt zu sein.

„Komm, wir setzen uns. Ich habe eine Decke." Susi breitete den Stoff auf der Wiese aus und ließ sich nieder. Stefan setzte sich dicht neben sie. Sie konnte seinen Schweiß riechen und seine Haare. Es gab nichts Besseres.

„Willst du was trinken? Ich habe eine Flasche Wein aus dem Keller geholt."

„Klar, gerne."

„Ich hab aber nur Plastikbecher."

„Ist doch wurscht."

„Na dann, Prost!"

Der Rotwein lockerte die Stimmung etwas. Sie kicherten über Anekdoten aus der Schule und über Stefans Versuch, im Kunstunterricht einen Obstkorb zu malen. Susi lachte noch, als Stefan plötzlich ernst guckte und ihr einen Kuss gab.

Darauf hatte sie gewartet. Sie zog ihn an sich heran und beide sanken auf die Decke. Auf einmal waren keine Worte mehr wichtig. Der Wein fiel mit dem Becher um und floss in das Gras. Zuerst lagen sie still. Konnten es gar nicht fassen, dass sie sich im Arm hatten. Dann sprachen auf einmal ihre Körper, die Hände hatten so viel zu fragen und gingen auf Entdeckungsreise beim anderen. Zum Glück war die Mondsichel schmal und Stefan voller Sehnsucht. Susi zog sich sonst vor anderen nicht mehr aus. Aber jetzt musste sie die Klamotten loswerden, wollte nackt sein, wollte ihn nackt spüren, eins werden mit ihm. Sie berührten sich auf vielerlei Weise. Beide ließen alles zu und sie hätte ihn auch in sich eingelassen, doch das gelang ihnen nicht. Sie versuchten es mehrmals, doch der Weg war zu eng und Stefan wollte ihr nicht wehtun. Es kam auch so zur Befriedigung, weil beide längst über den Punkt hinweg waren, an dem sie hätten aufhören können. Er ergoss sich in ihrer Hand, während sie sich an seinem Bein zum Höhepunkt rieb.

Mit einem Mal war alles vorbei. Die Nacht kam zurück. Sie war heller, als sie gedacht hatten. Und sie waren nackt. Schnell zogen sie sich wieder an. Die Rücken zueinander gedreht. Der Rausch war vorbei. Sie schämten sich dessen fast ein bisschen, was passiert war, und lächelten sich unsicher an.

„Wann sehen wir uns wieder?", hauchte Susi in die Nachtluft.

„Ich muss morgen erst mal für drei Wochen mit meinen Eltern nach Dänemark fahren. Aber ich werde an dich denken. Jeden Tag."

„Ich auch an dich", antwortete Susi und küsste ihn zum Abschied. Sie hielten sich fest umschlungen, bis er sich sanft löste und durch die Gärten davonging.

Hetzer war soeben wieder aus einem unruhigen Schlummer erwacht, als sein Handy klingelte.

Seppi!

„Hör mal, Wolf, ich weiß du bist krank. Aber ich habe etwas Wichtiges. Sonst würde ich dich nicht stören."

„Ist schon in Ordnung. Mir fällt hier eh die Decke auf den Kopf. Ich bin froh, wenn ich mal was anderes höre als Fuchs und Hase."

„Auf der Axt, die wir gefunden haben, sind die Fingerabdrücke von zwei rechten Händen. Die einen Spuren sind deutlicher als die anderen. Vielleicht älter. Und es sind definitiv Abdrücke von zwei unterschiedlichen rechten Händen."

„Ja, und was ist daran nun so besonders? Es sollte mehrere Menschen mit rechten Händen geben."

„Das schon, aber hierbei handelt es sich um zwei unterschiedliche Fingerabdrücke mit demselben genetischen Material. Also so, als ob die Person zwei rechte Hände hätte."

Hetzer setzte sich im Bett auf.

„Was hast du gesagt? Ich glaube, ich bin im Kopf noch nicht ganz klar."

„Zweimal eine unterschiedliche rechte Hand an ein und demselben Menschen. Kapiert?"

„Wir suchen also jemanden mit zwei rechten Händen?", fragte Hetzer amüsiert.

„Ganz genau, du hast es! Und jetzt kommt das Beste. Die DNA stimmt mit der am Topfgriff und mit der an deiner Hundeklappe überein."

„Wahnsinn!", entfuhr es Hetzer, und er musste so doll husten, dass er erst einmal das Mobiltelefon zur Seite legen musste.

„Geht es jetzt wieder?"

„Ja, geht so. Mensch, das ist ja der Hammer. Wir sind ihm auf der Spur. Was hattest du damals gesagt? Eher nicht schwarz, eher nicht asiatisch oder so?"

„Genau."

„Jetzt müssen wir nur noch rausfinden, wie die Fälle zusammenhängen. Dann kommen wir ihm näher. Das spüre ich."

„Und wir müssen noch rauskriegen, warum er zwei rechte Hände hat. Dafür habe ich nämlich überhaupt keine Erklärung. Das Blut vom Keil der Axt stammt übrigens vom Opfer. War ja klar, aber ich wollte es der Vollständigkeit halber noch erwähnen. Die Axt war noch ziemlich neu, ist wahrscheinlich extra dafür gekauft worden. Billige Supermarktware, aber für den einmaligen Einsatz scharf genug. Ich wundere mich nur, warum der Täter sie nicht weiter ins Wasser geworfen hat. Wir haben uns nämlich erkundigt. Der Teich ist bis an die elf Meter tief. Am Grund siehst du fast nichts, weil der aufgewirbelte Ton wie dichter Nebel wirkt."

„Ja, das ist merkwürdig. Man könnte fast meinen, die Axt sollte gefunden werden", sagte Hetzer grübelnd mehr zu sich selbst als zu Seppi.

„Das könnte die Lösung sein. Wenn du mir jetzt noch verrätst, was es mit den zwei rechten Händen auf sich hat, kröne ich dich zum Ermittler des Jahres."

„Gib mir ein bisschen Bedenkzeit!", lachte Wolf. „Ich rufe dich dann an, wenn ich's raushab."

„Ok, Zeit hast du ja im Moment genug. Gute Besserung. Ich soll dich noch von Mica grüßen. Sie fragt, was du Weihnachten vorhast."

„Ich rufe sie die Tage an. Grüß mal zurück. Die anderen auch. Hast du sie eigentlich schon informiert?"

„Na klar, Hetzer, was denkst du denn. Bis dann."

Hetzer legte auf und streckte sich im Bett aus. Mensch, das waren doch mal tolle Neuigkeiten. Sie konnten jetzt sicher sein, dass es ein Mann war und dass er zumindest mit den letzten beiden Morden etwas zu tun hatte.

Er musste Kruse anrufen. Mit Schwung wollte er aus dem Bett aufstehen, setzte sich aber gleich wieder. Dieser blöde Infekt – ausgerechnet jetzt – steckte ihm in den Knochen. Wie hatte der Arzt gesagt? Er solle es nicht auf die leichte Schulter nehmen. Der hatte gut reden. Hetzer hatte eine Handvoll Leichen, die nach Aufklärung schrien. Apropos Hand. Er sah seine Hände an. Wenn doch die Axt ganz bewusst in Ufernähe geworfen worden war, dann konnte er doch eventuell auch davon ausgehen, dass nicht nur sie, sondern auch die Spuren, die darauf waren, gefunden werden sollten. Das würde also bedeuten, dass es absichtliche Spuren waren, die sie in die Irre führen sollten. Zwei rechte Hände von einer Person. Das roch doch geradezu danach, dass sich jemand den Bauch hielt vor Lachen. Aber wo war er? Wie nah war er am Geschehen? Er sah sich noch einmal seine Hände an. Drehte sie rechtsrum und linksrum, legte sie aufeinander, gegeneinander. Da kam ihm eine Idee.

Seine Koffer hatte er gepackt und ins Auto verladen. Sie passten auf den Rücksitz. Ein herrliches Gefühl. Weg sein bis nach Neujahr.

Mit dem Schließen der Haustür begann für ihn der Urlaub. Die Fahrt zum Flughafen Düsseldorf war schon ein Teil davon. Er öffnete die Heckklappe seines Kombis, um Regenschirm und Atlas in den Kofferraum zu legen. Das würde er beides sowieso nicht brauchen. Dass er zunächst erst einmal gar nichts mehr brauchte, konnte er nicht ahnen, denn ein dumpfer Schlag auf den Hinterkopf beraubte ihn seiner Sinne.

Es ging alles blitzschnell. Noch während der bewusstlose Körper zusammensackte, gab er ihm einen Stoß, sodass dieser mehr oder weniger sanft auf die Ladefläche glitt.

Er knebelte ihn vorsichtig, band Hände und Füße zusammen, schob das Verdeck zu und ließ die Heckklappe einrasten.

Niemand, der auf der Straße vorbeigegangen wäre, hätte erkannt, dass dort nicht der Besitzer des Wagens am Steuer saß. Er trug einen Hut und eine ähnliche dunkle Jacke wie sein Gefangener. Weiter hinten grüßte er einen Spaziergänger mit Hund, der später behaupten sollte, er habe gesehen, wie der Schlossherr mit einem Wagen zur Urlaubsreise aufbrach. Doch dort kam er nie an, weil sein Ausflug bereits in Obernkirchen endete – in einem Keller, den er nicht sah. Er war noch bewusstlos. Niemand würde ihn für die nächsten Wochen vermissen.

Wochen, die unvergesslich werden sollten und es nun auch werden würden, wenn auch anders, als er sich das gedacht hatte.

Nach den vielen Geschenken, die Hetzer nicht hatte haben wollen, hatte sich Moni angewöhnt, ihm immer ganz genau zu sagen, was sie wohin gestellt hatte. Eine Hühnersuppe in den Kühlschrank, Weihnachtsplätzchen in den Wohnzimmerschrank, damit die Kater sie nicht probierten, und einen Korb frischer Wäsche in den Hauswirtschaftsraum, weil dort die Truhe mit der dreckigen überzuquellen drohte. Sie verlor keine großen Worte darüber. Hetzer war ihr dankbar, dass sie nicht dauernd fragte, sondern einfach machte, was sie für richtig hielt. Sie wachte über Hetzer. Freundlich, aber unaufdringlich.

Es war wieder Sonntag und inzwischen der zweite Advent, als Hetzer endlich spürte, wie seine Lebensgeister zurückkehrten. Das Bett hatte er schon am Freitag verlassen und gegen das Sofa vor dem Kamin getauscht. Die Flammen hinter der Scheibe, die sowohl Körper und Seele wärmten, taten ihm gut. Immer noch fühlte sich sein Kopf so an, als ob er in Watte gepackt sei. Das kam von den Fiebertagen. Er hatte nicht gedacht, dass ihn eine richtige Grippe so umhauen würde, und er nahm sich vor, sich im nächsten Jahr impfen zu lassen. Erkältungen waren schon schlimm genug, aber dies hier ... Das brauchte er so schnell nicht wieder. Ohne Moni wäre er vollkommen hilflos gewesen.

So war es, wenn man niemanden hatte, dachte er. So würde es sein, wenn er alt wäre. Mit ihr hätte er vielleicht noch Kinder haben können. Nein, das war Schönfärberei. Sie hätte ihre Karriere nicht aufgegeben.

Aber er hätte zu Hause bleiben können, dachte er in diesem sehnsüchtigen Moment, und wusste doch genau, dass Kinder in ihr gemeinsames Leben nicht gepasst hätten. Er war sich auch nicht sicher, ob er überhaupt ein guter Vater wäre.

Das Telefonklingeln riss ihn aus seinen Gedanken.

„Na, müder Wolf, wieder halbwegs genesen?"

„Mensch Mica, das ist aber lieb, dass du nachfragst. Es geht so."

„Ich hörte, du hast eine richtige Influenza gehabt. Junge, Junge, das haut den stärksten Kerl um. Ich wollte dir schon ein Care-Paket schicken", lachte sie, „aber ich wusste nicht, wie so ein Geschenk bei dir ankommt. Möglicherweise werde ich noch verdächtigt, weil ich dir Räucheraal geschickt habe. Ich meine, falls dann demnächst ein Opfer an einen Baum genagelt wird."

„Es ist immer wieder schön, mit dir zu sprechen. Du bist so respektlos und gnadenlos ekelhaft in deinen Ausführungen, dass man sich das selbst nicht ausdenken könnte."

„Ich bin nicht immer so. Ich kann auch ganz nett sein. Es ist mir sogar schon gelungen, einen ganzen Abend weder über Leichen noch über Widerliches zu sprechen. Das erfordert natürlich meine ganze Konzentration. Aber: Es ist möglich! Apropos Abend. Was machst du denn an dem Heiligen? Du bist doch auch allein, oder? Wollen wir uns nicht zusammenrotten? So ein paar alte Platten hören und was zusammen kochen?"

„Die Vorstellung, dass du etwas kochst, finde ich ziemlich skurril." Wolf dachte daran, was sie sonst so in den Fingern hatte oder schnitt. Sie beim Zubereiten von Gemüse oder – schlimmer noch – Fleisch zu sehen, hätte seinen Magen überfordert.

„Ok, dann komme ich zu dir und du kochst. Einverstanden? Ich kann es eh nicht so gut und Peter hat erzählt, du wärst darin Meisterklasse."

„Kochen kann ich schon ein bisschen", antwortete er ausweichend, um Zeit zu gewinnen. Mist, jetzt war er in einer vertrackten Situation. Er hatte doch schon Moni eingeladen, und das konnte er jetzt Mica schlecht sagen. Sie hatte beim letzten Mal, als er Moni erwähnte, schon so komisch reagiert. Er wollte es sich aber auf keinen Fall mit ihr verderben. Also beschloss er, erst einmal nichts zu sagen. Alles Weitere würde sich finden. Es waren ja noch zwei, fast drei Wochen hin bis Heiligabend.

„Wir können auch Essen gehen", schlug Mica vor, „auf neutralem Grund!"

Mist, sie schien seine zögerliche Haltung doch bemerkt zu haben.

„So ein Quatsch. Ich koche wirklich gerne. Gibt es etwas, was dir nicht schmeckt?"

„Eigentlich nicht", sagte Mica und er hatte das Gefühl, dass sie besänftigt war.

„Nur mein Fleisch habe ich ganz gerne durchgebraten."

„Das kann ich verstehen. Ich möchte in meiner Freizeit auch nicht immer an die Arbeit erinnert werden."

„Der Witz hätte jetzt von mir sein können", freute sich Mica. „Soll ich noch irgendetwas mitbringen? Einen unverfänglichen Wein vielleicht oder ein Dessert?"

„Für einen guten Roten bin ich immer zu haben."

„ Ach ja? Gut zu wissen, wie man dich fangen kann, Isegrim."

Das Gespräch nahm eine eigenartige Wendung. Hetzer fiel nichts Besseres ein, als das Gesagte als Witz aufzufassen und antwortete:

„Da ist es dann aber mit einer nicht getan, um einen waschechten Wolf zur Strecke zu bringen."

„Sei unbesorgt. Im Jagen bin ich gut. Ich hätte ohnehin mehr als eine Flasche mitgebracht. Was hältst du geschmackstechnisch von einem Châteauneuf du Pape?"

„Der ist jederzeit willkommen! Genauso wie du."

„Nun geh mir mal nicht so um den Bart. Sonst müssen wir nachher noch eine Friedenspfeife rauchen. Und dabei gefällt es mir so gut, dass du so schön Kontra gibst. Ich brauche das!"

„Keine Sorge, ich werde ein widerspenstiges, unzähmbares Raubtier bleiben", lachte Hetzer.

„Wir werden sehen. Jetzt mal was anderes. Hast du schon gehört, was Seppi gefunden hat?"

„Ja, hab ich."

„Und, was sagst du dazu, dass jemand zwei rechte Hände hat?"

„Ich habe mir darüber schon den Kopf zerbrochen. Es muss eine Lösung geben. Und ich werde sie finden."

„Mutige Aussage. Sabine Schreiber ist übrigens inzwischen beerdigt worden. Der Bestatter hat sie wieder zusammengesetzt. Man hat nicht gesehen, dass sie ihren Kopf verloren hatte."

„Ja, die können schon was. Das kann man den Angehörigen ja auch nicht zumuten. Was meinst du, wie da getrickst wird. Unglaublich. Leider hat es bei den Ermittlungen keine neuen Erkenntnisse gegeben. Kruse hat sich wacker geschlagen, hat brav Herrn Mensching und Frau Dr. Kukla Bericht erstattet und ansonsten drei Kreuze gemacht, wenn er seine Ruhe hatte, um sich zu sammeln und nachzudenken."

„Er hat dich also auf dem Laufenden gehalten?"

„Ja, aber erst ab Donnerstag. Vorher habe ich nur ge-schlafen. Da war mir auch alles andere egal."

„Kann ich verstehen. Ich habe nur noch so ein paar Kleinigkeiten herausgefunden. Zum Beispiel, dass Sabine Schreiber Diabetikerin war. Die Brust wäre übrigens ganz schön geworden, wenn Sabine mehr Zeit gehabt hätte, ihre Wunden verheilen zu lassen. Zwar platt, aber sehr symmetrisch, und die Brustwarzen waren so wieder eingesetzt worden, dass sich ein ästhetisches Bild ergeben hätte."

„Du hast einen komischen Sinn für Ästhetik. Wie sieht das aus, wenn du als Frau einen Brustkorb wie ein Kerl hast?" Oder wie ein Kind, dachte er bei sich. Kind, Neutrum, ein Es, ein Niemand ohne Stimme ... aber er sagte es nicht. Das wollte er für sich behalten.

Warum, wusste er nicht. Er musste das mit Peter durchsprechen.

„Ja, schön ist das nicht, da muss ich dir recht geben, aber sie leidet ja nicht mehr darunter. So, ich muss jetzt los, wenn du eine Idee wegen der zwei rechten Hände hast, lass es uns wissen. Ach ja, Heiligabend, wie viel Uhr?"

„So gegen sechs? Aber wir sprechen uns sicher vorher noch. Bis dann."

„In Ordnung, Chef. Bis dahin. Und gutes Jagen im Rudel mit Peter. Ich will sofort wissen, wenn ihr was Neues habt."

„Was ist ein Neutrum?", griff er seinen Gedanken von eben wieder auf. Ein Geschöpf ohne Geschlecht. Vielleicht geht es um einen Menschen ohne Geschlecht. Ob es so etwas gab?

Er wusste sofort, dass er auf einem OP-Tisch lag, als er erwachte. Und er kam ihm bekannt vor, der Raum. Zu lange hatte er selbst dort gestanden und Menschen geholfen oder verschönert. Letzteres für viel Geld. Er begriff nicht, was er hier sollte. Angeschnallt wie einen Häftling hatte man ihn. In seine Vene tropfte eine Infusion. Kochsalzlösung. Ob mit Zusatz oder nicht, wusste er nicht.

Jemand hatte etwas mit ihm vor. Doch was? Er war nicht krank. Er war auf dem Weg in den Urlaub. Was war nur passiert? Das Letzte, an was er sich erinnerte, war, dass er die Koffer eingeladen hatte. Auf den Rücksitz und, ach ja, den Schirm hatte er noch in den Kofferraum legen wollen.

Danach riss die Erinnerung ab. Der Kopf tat ihm weh. Er bewegte ihn hin und her. Fühlte eine Beule auf dem kalten Stahl, den jemand mit Tüchern abgedeckt hatte. Warm war es trotzdem nicht. Trotz der Decke, die über ihn ausgebreitet war, fror er.

Er wusste, dass Fliehen keinen Sinn machte, denn die Lederfesseln waren gut angezogen worden, gerade so fest, dass sie nicht einschnürten, aber auch nicht so locker, dass ein Entschlüpfen der Hände möglich war.

Auch das Zappeln mit den Füßen blieb ergebnislos. Es brachte nichts, außer Schmerz und wunden Stellen. Er wollte seine Kräfte lieber sparen. Für das, was kommen sollte.

Doch was konnte das sein? Wenn nur der Knebel nicht gewesen wäre, dann hätte er wenigstens besser Luft gekriegt.

Im Halbdunkel konnte er nicht allzu viel erkennen, vor allem nicht ohne Brille. Aber es kam ihm so vor, als sei er schon einmal hier gewesen.

Plötzlich ging eine Tür. Schritte auf einer Treppe. Er zählte neunzehn Stufen, bis der Boden erreicht war. Dann kam die Gestalt auf ihn zu.

„Einen wunderschönen guten Tag. Ich begrüße Sie zu Ihrem Klinikaufenthalt."

„Uhmm, mmm", brummte er.

„Oh Verzeihung, Sie möchten etwas sagen!" Der Mann nahm ihm den Knebel aus dem Mund. Er trug Handschuhe, Mundschutz und Haube.

„Wieso Klinik? Ich bin nicht krank. Ich erwarte, dass Sie mich umgehend losbinden, Herr ..."

„Namen verwirren nur! Nennen Sie mich einfach Doktor. Und ich werde Sie ganz bestimmt nicht losbinden. Es gibt niemanden, der so krank ist wie Sie."

„Sie spinnen. Das ist Entführung. Ich schreie. Lassen Sie mich sofort gehen. Das wird ein Nachspiel für Sie haben."

„Das wird eher für Sie eins haben. Ich an Ihrer Stelle wäre also ein wenig freundlicher. Nicht, dass mir noch ein Kunstfehler passiert."

„Ach bitte, Herr Doktor, lassen Sie mich doch los! Ich bin auch Arzt." Er verlegte sich aufs Betteln und hoffte, dass die Mitleidstour zog. „Ich kenne einflussreiche Leute in Wirtschaft und Politik. Man wird mich vermissen. Ich bin ein freundlicher Mensch. Vielleicht brauchen Sie Geld? Ich kann Ihnen Geld geben. Wie viel brauchen Sie?"

„Sie beleidigen mich. Ich brauche kein Geld. Und es wird Sie auch niemand vermissen, weil Sie eine Schlange sind. Hinterhältig, gefährlich und giftig –

immer bereit zuzubeißen. Außerdem sind Sie gerade in den Urlaub gefahren, erinnern Sie sich? Es wird also in den nächsten vier Wochen niemandem auffallen, dass Sie nicht da sind."

„Meine Familie wird Nachforschungen anstellen. Man wird mich suchen."

„Keineswegs, denn Sie haben keine Familie mehr."

Er begann zu heulen. Begriff, dass sein Reden alles nur schlimmer machte.

„Was haben Sie mit mir vor? Bitte, ich habe hohen Blutdruck, ich darf mich nicht aufregen."

„Das brauchen Sie auch nicht, denn Sie werden jetzt schön schlafen."

Mit der Infusion floss jetzt auch das Narkotikum in Ottos Vene und schenkte ihm in Sekunden gnädiges Vergessen.

Kurz vor dem Schlafengehen fiel Wolf die Idee wieder ein, die er wegen der zwei rechten Hände gehabt hatte. Irgendwo musste er doch noch einen Untersuchungshandschuh haben. Er fand ihn und ging in sein Büro. Dort suchte er nach einer Prospekthülle. Doch alle, die er fand, waren schon gebraucht. Mist, dachte er, was nun? Er ging dorthin, wo er immer hinging, wenn er nachdenken wollte – in die Küche.

Genau, warum war er nicht gleich darauf gekommen. Das war die Lösung. Die Fleischplatte aus Edelstahl als Trägermaterial für die Abdrücke. Schnell noch einmal mit Wasser und Seife abgespült und getrocknet. Sein Versuch konnte beginnen.

Er cremte sich die Hände ein, wartete noch einen Moment und goss sich dabei ein Glas Milch ein. Dann zog er den Handschuh an die linke Hand und presste die Fingerkuppen gegen die der andern. Die rechte Hand legte er zuerst auf die Edelstahlplatte, so, dass sie sich überall gut abzeichnete. Anschließend zog er den Handschuh auf links wieder aus und schlüpfte in ihn mit der rechten Hand hinein. Jetzt setzte er die rechte Handschuhhand neben den ersten Abdruck.

Das war genial! Und eindeutig vom Täter fingiert worden. Diese Spur sollte gefunden werden. Ein kleines, gemeines Verwirrspiel. Doch sie waren nicht darauf hereingefallen. Aber es sagte etwas über den Täter aus. Er fühlte sich sicher und narrte sie. Fühlte sich weit überlegen. Und das war ein Vorteil für Hetzer. Denn dann war auch zu erwarten, dass er aus seinem

Überlegenheitsgefühl heraus irgendwann einen Fehler machen würde.

Morgen früh würde er mit Peter gleich nach Stadthagen fahren, um die Fleischplatte zur Untersuchung zu bringen.

An diesem Abend ging Wolf noch einmal früh zu Bett. Er wollte am nächsten Tag ganz erholt da weitermachen, wo ihn die Grippe außer Gefecht gesetzt hatte.

Leider hatten all die Befragungen der Kollegen der Moko „Orchidee" weder in Hameln noch in Rinteln, Bückeburg oder Obernkirchen zu einer neuen Spur geführt.

Sie hatten nur diese Fingerabdrücke auf der Axt, die mit denen aus seinem Haus und am Topf identisch waren. Es war gut gewesen von Seppi, dass er den Abdruck vom Griff gespeichert hatte, auch wenn Mica mit ihrer Meinung recht gehabt hatte, dass der Topf durch zu viele Hände gegangen war. Jetzt, im Nachhinein, hatte sich die Spur bestätigt.

Im Dahindämmern überlegte er noch, welche DNA denn ein Neutrum wohl hinterlassen würde.

Musik. Sanft und weit entfernt. Und Düfte. Düfte von Gewürzen, süß und schwer. Dann wieder leicht zitronig mit einem Hauch von Vanille. Er schnupperte in die Luft und öffnete die Augen. Alles war üppig. Er lag auf einem goldenen Diwan. Über ihm ein Himmel aus Stoff. Brokatbunte Figuren und Tiere erzählten Geschichten. Zuerst fiel ihm gar nicht auf, dass er nackt war, denn es war warm in der Dunkelheit, die durch Öllampen erleuchtet wurde. Er wartete. Er wusste nicht auf was, bis ein verschleiertes Wesen durch die Vorhänge schwebte und begann, ihn mit Öl einzureiben. Es summte leise und sagte kein Wort. Hetzer glaubte, seinen Augen nicht trauen zu können. Doch

Tatsache, das Wesen berührte den Boden nicht. Er konnte auch nicht erkennen, ob es ein Er oder eine Sie war, bis es schließlich die ersten Schleier fallen ließ und Brüste offenbarte, die in Schalen aus Seide wippten. Warum verbarg sie das Gesicht vor ihm? Es war ein Spiel. Ein erotisches Spiel. Und es zeigte seine Wirkung in Hetzers Mitte, denn auch dort rieb sie ihn mit Öl ein und summte. Es war ihm, als ob er das Lied kannte. Seine Erregung wuchs, als sie seine Brustwarzen knetete. Er wollte sie an sich ziehen. Doch sie ließ sich nicht greifen. Entwischte ihm gerade, als er dachte, dass er sie besitzen konnte. Sie schwebte einfach ein bisschen höher über ihm. Gut, er hatte begriffen. Er sollte liegen bleiben. Sie wollte nicht berührt werden. Vielleicht noch nicht, dachte er. Als er die Hände sinken ließ, kam sie wieder näher und warf den nächsten Schleier ab. Mit ihm die Seidenschalen. Was für wunderschöne Brüste sie hatte. Fest, mokkafarben und mit einer Rosinenknospe, die jetzt über seine Lippen strich. Er fühlte die Süße, lechzte nach mehr, doch sie entschwebte abermals. Wollte sie den nächsten Schleier abwerfen? Es war ihr Spiel. Sie hielt ihn hin, steigerte seine Lust, so dass er kaum noch Luft bekam. Mit Augen der Unendlichkeit sah sie ihn an. Ein letztes Stückchen Stoff hatte sie sich bewahrt. Es schützte ihre Scham vor seinen Blicken. Doch als sie ihm den Rücken zuwandt, sah er, dass sie von hinten völlig bloß war. Sie schmiegte sich voll Sehnsucht seiner Männlichkeit entgegen, die sanft und drängend ihren Weg ins Tal des immerwährenden Vergessens suchte. Er liebte sie und fühlte, wie sie keuchend feuchter wurde. Es war so lange her, dass er in einer Frau sich selbst und beider Lust befriedigt hatte. Er wollte noch den letzten Schleier lüften und griff nach vorn, um sie zum Höhepunkt zu reiben. Er war bereit. Da fühlte er das Zentrum ihrer Lust so groß gewachsen wie das seine. Sie schrie, ergoss sich warm in seiner Hand in dem Moment, als er mit einem tiefen Stoß auch in ihr kam. Doch noch bevor er wieder denken konnte, war sie fort. Ihr Duft und ihre Melodie lagen noch in der Luft. Und er begriff zum ersten Mal das Paradies. Es war das Land, in dem zugleich Milch und Honig floss.

Als er langsam aufwachte, verklang das letzte Summen dieses Paradieses in einem leisen, unheilvollen Zischen. Ein Hauch von Zimtapfel und Nachtjasmin lag in der Luft.

Als der Gefangene endlich eingeschlafen war, schob der Mann die Decke zurück. Da lag er, der elende Wurm. Glücksbringer und Unheilstifter zugleich in einem Leben, das mehr Höhen als Tiefen gehabt hatte. Er selbst war aus ihm entstanden. In einem Flügelschlag der Zeit war er aus ihm entwichen, als Spermium am Ziel der Lust. Sein Weg ins Leben. Doch was für ein Leben?

Sorgfältig rasierte er den Bereich um Glied und Hoden und begann sein Handwerk. Er hatte Übung, mittlerweile. Sein Vater hatte Glück. Und weil er ihn leben lassen wollte, nahm er ihm nur den Schaft. Er formte aus der Eichel einen kleinen Lustpunkt und ließ auch die Harnröhre auf natürliche Weise enden, nur verkürzt. Er würde sich zum Pinkeln setzen müssen, schmunzelte er über diesen kleinen Teil seiner Rache. Das würde er hassen und als Demütigung empfinden.

Es war nicht gesagt, dass durch die Entfernung seiner Hoden auch die Lust komplett verschwand. Nur, er würde nie wieder in eine Frau eindringen können und sein Ejakulat war ohne lebendigen Inhalt. Mit diesem Schwanz war keine Frau mehr zu beglücken. Er hatte Mutter oft genug betrogen.

Mit dieser Operation war er trotz allem besser dran als alle vor ihm, die nur mit Grauen ihrer eigenen Verstümmelung gewahr wurden und dann aus dem Leben schieden. Obwohl, wenn er es recht bedachte, war ein Leben ohne Geschlecht in Wirklichkeit schmerzhafter als ein schneller Tod. Hierin hatte er Erfahrung. Jahrzehntelange Erfahrung. Ein Leben in der Angst entdeckt und entlarvt zu werden. Ein Leben ohne die Aussicht auf Kinder oder eine eigene Familie. Ein Leben in der Furcht, als Monster abgestempelt zu werden.

Dies alles schuf eine eigene Form von Isolation. Das würde er in Zukunft erfahren, auch wenn er nach außen hin weiterlebte wie bisher.

Einige Zeit würde er ihn noch hierbehalten, bis er genesen war und ihn dann mit seinen Koffern wieder dorthin bringen, wo er ihn mitgenommen hatte. Vater. Sein Vater war ihm nur in der Kindheit einer gewesen. Als er ihn gebraucht hatte, hatte er versagt.

Sollte er sich zu erkennen geben?

Nein, Vater würde ihn anklagen. Rücksichtslos, wie er immer gewesen war. Er hätte kein Verständnis für diese Tat, weil nur er das Recht hatte, über andere Menschen zu bestimmen. Aber niemand über ihn, das war Gesetz.

Über den venösen Zugang spritzte er ihm noch ein Schlaf- und ein Schmerzmittel, kontrollierte den Sitz des Katheters. Dann zog er sich zurück – auch in sich selbst. Es war vollbracht. Alle, die damals daran beteiligt gewesen waren, waren nun wie er.

Schon Tage vorher war Susi aufgeregt. Iris hatte ihr gesagt, dass es gar nicht so schlimm sei. Doch Susi hatte immer Hemmungen sich auszuziehen, weil andere Mädchen anders aussahen als sie. In der Schule duschte sie daher nie beim Sport. Sie hatte sogar Tampons in der Tasche, auch wenn sie sie noch gar nicht brauchte. Es wäre aufgefallen, wenn sie keine gehabt hätte. Der Schwimmunterricht hatte sie im Sommer auf eine harte Probe gestellt. Aber sie hatte Glück. Einige Mädchen hatten begonnen, sich heimlich die Achseln zu rasieren und da lag sie voll im Trend. Nur der Busen wollte nicht wachsen. Im Spiegel fand sie, dass sie nun noch mehr wie ein Kind aussah.

Seit dem Herbst hatte sie sich angewöhnt, die kleinen Lavendelkissen aus ihrem Schrank in einen BH zu stecken, den sie von Iris bekommen hatte. Er war ihr längst zu klein geworden. Für Susi war das nach außen hin die Rettung. Und Mutter, die nicht so genau auf sie achtete, sagte eines Abends zu ihrem Mann:
„Siehst du, Otto, das war alles falscher Alarm. Du hast die Pferde scheu gemacht. Jetzt hat sie schon ein bisschen Brust entwickelt. Du wirst sehen, dass sie nun bald ihre Regel bekommt."
Doch Vater hatte darauf bestanden, dass sie zum Frauenarzt ging. Zu Prof. Dr. Buddensiek. Er war ein Kollege von ihm, Fachrichtung Gynäkologie, leitete die Abteilung in Rinteln. Und da saß sie nun in diesem Wartezimmer mit den anderen Frauen, die neugierige Blicke auf sie warfen. Jedenfalls empfand sie das so.

Das Warten dauerte nicht lange, leider, wie Susi dachte. In einer Kabine musste sie sich ausziehen, unterrum. Ausgerechnet dort. Das war ihr peinlich. Sie fühlte sich so nackt. Ob er sehen würde, dass Stefan und sie neulich zusammen waren? Und würde er es Mutter sagen? Die wartete zum Glück im Sprechzimmer des Professors.

Dass der Arzt versucht hatte, sie selbst mit Worten zu beruhigen, hatte Susi nur am Rand wahrgenommen. Sie fühlte sich ausgeliefert, wie sie dort auf dem Stuhl lag und die Beine spreizen musste. Ihr Intimstes, ihr Innerstes musste sie einem Wildfremden zeigen, einem alten Sack, der zwischendurch nachdenklich brummte und nun gar nichts mehr sagte. Er versuchte mit einem Instrument in ihr herumzustochern und ließ sich von der Schwester ein kleineres bringen. „Das für Kinder", rief er ihr hinterher. Sie war doch kein Kind mehr. Doch auch damit gelang es ihm kaum, sie zu untersuchen. Und Susi biss die Zähne zusammen. Es tat weh. Oh, es tat so erbärmlich weh, was der da machte. Wollte er sie innen zerreißen? Tränen liefen ihr aus den Augen, aber sie schrie nicht. Jetzt fummelte er auch noch weiter vorne an ihr herum. Zog ihre Schamlippen auseinander und nickte bedächtig.

„Schön, schön", sagte er, „so, du kannst dich unten herum wieder anziehen und den Oberkörper frei machen."

Auch das noch. Vorsichtig zog sie den Lavendel-BH aus.

„Heb mal die Arme. Aha. Ja, und hast du ein Ziehen in der Brust? Noch nicht, ok. Im Unterleib? Auch noch nicht." Er schrieb alles in seine Karteikarte. „So, du kannst dich jetzt wieder komplett anziehen und dann warte bitte hier."

Während Susi den Pullover überstreifte, hörte sie, wie der Arzt mit Mutter sprach, aber er hatte die Tür angelehnt und so konnte sie nicht hören, was er sagte, nur, wie er es sagte. Schonend und beruhigend, während Mutter immer aufgeregter und fast hysterisch laut wurde. Doch auch da drangen nur einige Worte zu ihr wie: Plastik, ...trogene, Mädchen. Sie blieb still sitzen, den Kopf gesenkt und wer sie gesehen hätte, hätte den Eindruck gehabt, sie warte auf ihre Verurteilung.

So fühlte sich Susi auch, wie an einem Kellertag. Wo sie unten bei der Heizung stand und wartete. Auf die Bestrafung. Aber sie hatte doch gar nichts gemacht.

Mutter war wie verändert, als sie mit ihr aus der Praxis ging. Wortkarg, ruppig und unnahbar. Und Susi sah, dass sie geweint hatte.

„Was ist denn Mama?"

„Nichts!"

„Ist irgendwas mit mir. Bin ich krank?"

Sie antwortete nicht.

„Mama, nun sag doch was!"

„Ich kann jetzt nicht."

„Wieso? Muss ich sterben?"

„Nein. Wie kommst du denn darauf?"

„Weil du so traurig bist!"

„Ich muss erst mit Vater sprechen. Lass mich jetzt bitte."

„Aber, wenn ich krank bin, muss ich das doch wissen."

„Susi, jetzt hör bitte auf. Wir reden zu Hause."

Das war gemein. Susi schmollte. Wenn sie nun schon krank war, wollte sie wenigstens wissen, was mit ihr los war. Das konnte doch nicht so ein Geheimnis sein.

„Muss ich ins Krankenhaus?", startete sie einen neuen Versuch.

„Vielleicht, aber jetzt ist Ruhe. Ich muss nachdenken. Ich möchte jetzt kein Wort mehr von dir hören. Sonst halte ich am Straßenrand an und du kannst zu Fuß nach Hause gehen."

Da schwieg Susi lieber, denn der Weg von Rinteln nach Obernkirchen war weit.

Nadja war in ihrem Element. So viel Freude am Beruf konnte sich nicht einmal Mica auf die Fahne schreiben, obwohl sie eine Koryphäe auf dem Gebiet der Rechtsmedizin war.

Nadja untersuchte Proben und Mica besprach alte Fälle mit ihr. Zeigte ihr Präparate und ließ sie die Diagnosen stellen. Interessanterweise fand Nadja in einem Gewebestück sogar noch ein weiteres Detail, das ihr selbst entgangen war. Zwar nicht weiter relevant, aber es zeigte ihr, dass die junge Dame aufmerksam, wach und immer auf der Jagd war. Das gefiel ihr. Mica strengte sich sogar an, nicht so sarkastisch zu sein wie sonst. Aber Nadja schien das gar nicht zu stören. Sie frotzelte einfach zurück und gab Kontra. Das gefiel ihr noch mehr. So machte das Arbeiten Spaß.

Er hatte sich geirrt. Niemand bleibt heute unerreichbar, auch im Urlaub nicht. Und da Otto sein Handy mit auf die Reise genommen hatte, versuchte der Geschäftsführer seines Auktionshauses ihn anzurufen. Sie hatten die einmalige Gelegenheit, einen echten Julius v. Klever günstig zu erwerben. Ein prachtvolles Bild aus einem russischen Nachlass von Spätaussiedlern.

Wieder und wieder rief er an und sprach auf die Mailbox. Normalerweise war Otto sehr gewissenhaft und rief sofort zurück. Gut, er hatte möglicherweise das Handy im Hotel gelassen. Als jedoch am dritten Tag keine Reaktion kam, rief er im Holiday Inn auf Teneriffa an.

Nein, hieß es da, der Gast sei nicht angereist. Andreas Zimmermann stand der Schweiß auf der Stirn. Von wo aus wollte Otto fliegen? Ja, genau, von Düsseldorf. Er sah nach, an welchem Tag die Reise geplant war, und rief auf dem Flughafen an.

Doch auch dort stand sein Name nicht auf der Passagierliste. Der Platz war leer geblieben. Er war bis zum Boarding nicht erschienen.

Andreas kam ins Grübeln. Die wildesten Dinge gingen ihm durch den Kopf. Hatte Otto sich abgesetzt? Irgendwo ins südamerikanische Ausland? Gab es irgendwelche wilden Geschäfte, von denen er nichts wusste? Zum Glück hatte er Prokura. Schnell überprüfte er die Geschäftskonten. Da gab es keine Unregelmäßigkeiten. Was konnte sonst passiert sein?

Er beschloss, noch einen Tag zu warten und immer wieder auf dem Handy anzurufen. Wenn sich dann nichts tat, würde er die Polizei verständigen.

Seppi freute sich, als Wolf und Peter an seine Bürotür klopften. Er war gerade dabei, einen dieser unseligen Berichte zu schreiben.

„Lästig, sage ich euch, einfach nur lästig. So sehr ich auch meine Arbeit liebe, aber darauf könnte ich gut verzichten."

„Glaubst du, dass uns das anders geht?", fragte Peter und schielte auf die Dominosteine, die einen Teller mit Butterspekulatius krönten.

„Was kann ich für euch tun?" Seppi bemerkte Peters Blick nicht.

„Ich habe dein Rätsel gelöst. Das hatte ich dir doch versprochen!"

„Nee, echt? Das mit den zwei rechten Händen? Glaub' ich nicht."

„Doch, wirklich. Es ist ganz einfach. Du wirst dir vor den Kopf schlagen, dass du nicht selbst darauf gekommen bist."

„Na, dann mal raus mit der Sprache. Mal sehen, ob ich deine Theorie gleich widerlegen kann."

„Bestimmt nicht. Die eine rechte Hand ist quasi ein Spiegelbild der linken Hand."

„Und wie soll das gemacht worden sein?"

„Mit einem Handschuh, der dann auf links gedreht und an die rechte Hand gezogen wurde."

„Mensch Hetzer, du bist genial. Das würde auch erklären, warum der Abdruck der einen rechten Hand deutlicher war als der der anderen. Der war ziemlich verwischt und undeutlich."

„Genau, du kannst das hier überprüfen."

Er zog die Edelstahlplatte aus einer Tüte.

„Ich habe das als Versuch mal simuliert."

Seppi holte die Spezial-Lupe. „Du könntest tatsächlich recht haben. Hut ab! Das erklärt auch, warum unser Spezialist beim Vergleich der Abdrücke so unzufrieden war. Wären sie deutlicher gewesen, hätte er bestimmt sofort erkannt, dass sie seitenverkehrt waren."

„Der Täter will uns also an der Nase herumführen."

„Davon kannst du ausgehen. Ich hab auch echt blöd geguckt, als die Hände dieselbe DNA hatten."

„Das hätte ich gerne gesehen", sagte Peter mit einem Loch im Magen, das sich minütlich vergrößerte. Warum sagte denn Seppi nichts? Merkte er nicht, dass er den Teller schon die ganze Zeit fixierte? Er wagte einen letzten Versuch: „Sag mal, hast du die selbst gemacht?" Er zeigte auf die Dominosteine.

„Nee, ganz bestimmt nicht. Die kann ich auch keinem empfehlen. Bestimmt verseucht, das Zeug. Ich hab sie von Mica. Sie scheinen schon vom letzten Jahr zu sein."

Peter kapitulierte. Ihm war spontan der Appetit vergangen. Doch das Loch im Magen war noch da.

„Meint ihr, dass die anderen Spuren derselben DNA auch drapiert worden sind?", überlegte Hetzer laut. „Wir haben nämlich erst seit dem Topf überhaupt DNA-Material gefunden und niemals auf den Toten. Das spricht doch dafür, dass da einer unglaublich sauber gearbeitet hat. Warum sollte er dann so dumm sein und immer deutlichere Spuren hinterlassen?"

„Vielleicht wird er unruhig? Weil wir ihm auf der Spur sind?", warf Peter ein.

„Das glaube ich nun wieder nicht." Seppi rieb sich den großen, roten Bart. „Dann hätten wir auf Sabine

Schreiber etwas gefunden. Irgendetwas. Wenigstens ein Fitzelchen. Aber auffällig war da, wie auf den anderen Leichen, dass da nichts war. Und an deiner Türklappe hing ein Stoffrest wie ein Zelt, der förmlich ins Auge sprang. Wenigstens, wenn man genau hinsah. Das passt doch ebenso wenig zusammen wie eine präparierte Axt, die der Täter in die Nähe des Ufers wirft, wenn es leicht möglich gewesen wäre, sie auf elf Meter zu versenken und damit nahezu unauffindbar zu machen. Oder er hätte sie wieder mitgenommen. Aber so? Ich glaube inzwischen auch, dass der Fingerabdruck am Topf absichtlich dort hinterlassen wurde."

„Tja", seufzte Hetzer, „und damit haben wir ein echtes Problem. Spuren, die wir finden wollen, haben wir nicht. Nur solche, die wir finden sollen. Und die sollen uns doch mit Sicherheit ablenken."

„Oder er will endlich gefunden werden. Das kommt ja auch schon mal vor." Peter griff nach einem Butterspekulatius.

„Halt!", rief Seppi, „du vernichtest meine Beweismittel."

„Aber du hast doch gesagt, das ist von Mica."

„Hab ich auch, aber sie sind zur Untersuchung hier, aus einem Altenheim. Da liegen einige der Bewohner im Krankenhaus. Und eine ältere Dame hat es nicht mehr geschafft."

Peter zog seine Hand zurück und schüttelte sich.

„Ich werde Nadja mal das Rätsel aufgeben mit den zwei rechten Händen. Bin gespannt, ob sie's rauskriegt. Und sie soll es dann auf jeden Fall mal überprüfen. Wir machen das aber hier im Labor. Du kannst deine Edelstahlplatte wieder mitnehmen."

„War ja auch nur, um dich zu überzeugen, dass du der Sache auf diese Weise noch mal nachgehst. Ist mir

schon klar, dass ihr das hier mit euren Mitteln untersuchen müsst."

„Nix für ungut, Wolf. So, und jetzt sollte ich weitermachen, auch wenn es viel netter ist, mit euch zu plau-
dern. Wollt ihr Nadja und Mica noch ‚Hallo' sagen? Sie
sind hinten bei der Dominosteinleiche."

„Jetzt nicht. Wir wollen nicht stören", sagte Wolf, als
er Kruses Blick sah. „Es ist auch nicht so, dass wir
nichts zu tun hätten."

„Denke ich mir. Na dann, alles Gute. Viel Glück bei
der Suche nach dem Täter. Irgendwann muss er ja mal
einen Fehler machen."

„Hoffentlich ist bis dahin nicht noch jemand tot.
Aber mir werden alle Vermisstenfälle im Umkreis von
100 Kilometern sofort gemeldet. Ich denke, wir können davon ausgehen, dass er seine Opfer zuerst fängt
und zum Neutrum macht. Apropos Neutrum. Gibt es
echte Neutren und wenn ja, was für DNA-Spuren hinterlassen sie?"

„Neutren im Sinne von neutraler DNA-Spur gibt es
nicht. Es gibt aber Menschen mit X0, XX, XY, XXY,
XYY, XXX – vielleicht habe ich nicht alle Varianten im
Kopf. Es gibt also nicht das Neutrale, aber eine Vielzahl unterschiedlicher Erscheinungsformen der Geschlechter, wobei es zu eng gefasst wäre zu sagen, dass
es nur Männlein und Weiblein gibt. Der echte Herm-
aphrodit, der Penis, Scheide, Hoden, Eierstöcke und
eine Gebärmutter hat, kann beides haben, kann sowohl
XY- als auch XX-DNA haben. Eine Mosaik- beziehungsweise Mischform. Allerdings nur in zwanzig
Prozent der Fälle. Wobei die Häufigkeit eines echten
Hermaphroditen bei 1:25.000 liegt. Davon zwanzig
Prozent – er kratzte sich an seinem wenig behaarten
Schädel – da wären wir dann bei einer Wahrschein-

lichkeit von 1:125.000. So, das war ein kleiner Ausflug in die Humangenetik. Wenn ihr Genaueres wissen wollt, muss ich mich erst schlaumachen oder ihr fragt die Damen da hinten bei der Seniorin."

„Nein, vielen Dank, die Information reicht uns erst mal. Und wenn wir uns nicht mehr hören, frohe Weihnachten Seppi."

„Euch auch!"

Draußen hatte es wieder zu schneien begonnen. Seit Anfang Dezember war der Winter ins Weserbergland zurückgekehrt. Das war schön anzusehen, solange man gemütlich vor dem Kaminofen sitzen und nach draußen sehen konnte. Kruse musste den Scheibenwischer anstellen, damit er überhaupt noch etwas sehen konnte.

„Wenn das so weiterschneit, brauche ich Schneeketten, um nach Hause zu kommen. So ein Mist."

„Ach, die streuen die steilen Straßen da hoch bestimmt", wollte ihn Peter beruhigen.

„Weißt du, worüber ich gerade nachdenken muss?"

„Nee, wieso sollte ich. Du bist der mit dem zweiten Gesicht und träumst immer die Mordgeschichten."

„Ich denke an das, was Seppi gesagt hat. Jetzt stell dir mal vor, so ein Mensch mit männlichen und weiblichen Genen verübt einen Mord, dann denken wir – je nachdem, welche DNA wir am Tatort gefunden haben –, es wäre ein Er oder eine Sie."

„Mensch Hetzer, 1:125.000, da ist wohl die Wahrscheinlichkeit nicht sonderlich groß. Und wenn ich jetzt nicht bald was zu essen kriege, dann hinterlasse ich DNA-Spuren auf dir. Hab ich einen Hunger. Was dagegen, wenn ich da vorne bei der Dönerbude anhalte?"

„Wenn's schnell geht. Ich habe keine Lust zu erfrieren."

„Wird schon kein Drei-Stunden-Döner!", brummte Kruse vor sich hin und knallte die Tür. Wenn er Hunger hatte, wurde er ungenießbar.

Obwohl es nur fünf Minuten gedauert hatte, waren die Scheiben des Dienstwagens beschlagen. Der heiße Döner tat sein Übriges. Hetzer öffnete kurz die Tür.

„Mensch, mein Essen wird kalt. Mach doch die Klimaanlage an."

Doch Hetzer stellte sich taub und summte ein Lied.

„Du kannst einem echt den Tag vermiesen", meckerte Peter und ließ den Wagen an. Er konnte auch einhändig fahren. Dachte er wenigstens, bis ein Klecks weiß-roter Soße seinen Weg auf die Lederjacke fand.

„Kacke!", fluchte er laut.

Und Hetzer hörte auf zu summen.

Er schmunzelte in sich hinein. Auf dem Präsidium würde der Döner schon seine Wirkung zeigen. Der Blutzuckerspiegel käme wieder auf ein erträgliches Niveau und selbst der Fleck wäre zu vernachlässigen. Er kannte Peter mittlerweile gut genug.

Nachdem er die Dönersoße abgewischt hatte, begann er sich zu beruhigen. Den letzten Rest verspeiste Kruse am Schreibtisch. Dann ließ er sich wohlig nach hinten in seinen Drehstuhl sinken und dozierte: „Leder braucht sowieso Fett!"

Es war schon nach drei und die Dämmerung setzte langsam ein. Da kam Claudia um die Ecke und legte Hetzer ein Blatt Papier auf den Tisch.

„Hier, Wolf, vermisste Person, männlich, 72 Jahre alt, bereits mehrere Tage abgängig. Ist aber jetzt erst aufgefallen."

„Dank dir, Claudia!"

Sein Blick fiel auf den Text und dort auf den Namen des Vermissten. Ihm stockte der Atem. Ob es ein Verwandter von Mica war? Soweit er wusste, hatte sie keine Eltern mehr.

Bei der langwierigen Durchsicht der Unterlagen und des Schriftverkehrs von Sabine Schreiber begannen sich Dickmann und Hofmann samt Team so langsam die Haare zu raufen. „Mein Gott, was sich in den Jahren so ansammelt. Vor allem bei einer Behörde. Ich glaube, es gibt nichts, was die nicht aufgeschrieben hat."

„Das ist auch vielleicht gut so", entgegnete Hofmann, „ich glaub', ich hab hier was! Einen Brief an Josef Fraas aus dem Jahr 1979."

„Unfassbar, das ist einunddreißig Jahre her!"

„Ist hier in einer Akte abgeheftet, die keiner betreuten Person zugeordnet ist. Es ist eher eine Sammlung wichtiger Briefe, teilweise noch mit Hand geschrieben. Ich lese mal einen Ausschnitt vor. Teilweise ist die Tinte verwischt:

... kann nach zahlreichen Gesprächen mit Ihnen und den Eltern durchaus dazu geraten werden, dass das Mädchen seinem Geschlecht gemäß ... mit dem Hausarzt abzuklären ... diese Entscheidung... hormonelle Gaben eine eindeutige Verbesserung... die Taufe des Mädchens eine ... gewährleistet. Wir bitten Sie ... Fürsprache ... Papier zu bringen ... Klinik und an ... zu senden."

„Hier haben wir eine erste Verbindung. Geht aus dem Schreiben hervor, um welches Mädchen es sich handelt?"

„Nein, es ist viel verwischt, aber ich habe außerdem den Eindruck, dass der Name absichtlich nicht erwähnt worden ist."

„Warum haben die Hamelner Kollegen in den Unterlagen von Fraas nichts gefunden?"

„Keine Ahnung, vielleicht hat er es nach über dreißig Jahren nicht mehr aufbewahrt oder gleich vernichtet. Oder die Kollegen haben die Schriftstücke nicht als wichtig erkannt, weil Frau Schreiber da noch lebte."

„Ja, dann fürchte ich, werden sie noch mal ranmüssen! Ich rufe jetzt mal Wolf an. Vielleicht bringt ihn das weiter. Es ist immerhin ein Ansatz, eine denkbare Verbindung zwischen diesen beiden Opfern. Und führt vielleicht zu neuen Ermittlungen, auch hinsichtlich dieses Rintelner Politikers. Vielleicht gab es auch zu ihm eine Verbindung."

„Es ist auf jeden Fall ein möglicher Hinweis auf einen Täter aus der Umgebung des Mädchens. Es sei denn, Schreiber und Fraas hatten noch mehr miteinander zu tun."

Kruse hatte auch wie gebannt auf die Vermisstenmeldung gestarrt.

„Hm, so ein Name wie von der Weiden ist ja nicht so häufig. Willst du Mica anrufen und fragen? Augenscheinlich hat sie ja niemanden vermisst, sonst hätte sie es uns doch gesagt."

„Darüber habe ich auch schon nachgedacht. Ich kann sie ja gleich mal unter einem Vorwand anrufen und ganz nebenbei fragen."

„Das ist eine gute Idee. Vielleicht ist Otto von der Weiden ein ganz entfernter Onkel oder so."

„Du, Peter", sagte Wolf, nachdem Kruse in wohliger Sattheit an seinem Kaffee nippte. „Kann ich dich mal was fragen?"

„Du kannst mich immer fragen."

„Wenn du satt bist!", lachte Hetzer, „sonst ganz bestimmt nicht."

„Das ist ein Sonderfall. Menschlicher Ausnahmezustand. Also, was willst du wissen?"

„Na ja, ich habe da ein Problem und weiß keine Lösung. Es ist ein Dilemma. Ein ganz persönliches."

„Nun mach es nicht so spannend, was ist denn passiert?"

„Es geht um Heiligabend ..."

„Ja, aber das ist doch noch ewig hin."

„Rund zwei Wochen. Viel zu kurz!"

„Soll ich dir beim Aussuchen des Tannenbaums helfen?"

„Nein, nein, das ist es nicht. Durch einen blöden Zufall kommen zwei Frauen zu mir an Heiligabend."

„Ja, aber das ist doch super! Freu dich doch. Ich nehme an, eine ist Moni, aber wer ist die andere?"

„Na, Mica!"

„Ich glaub's jetzt nicht!" Peter schlug mit der Faust auf den Tisch, dass der Kaffee in der Tasse Wellen schlug.

„Wie kamst du denn auf das schmale Brett, die einzuladen?"

„Das hab ich gar nicht, sie hat sich selbst eingeladen, aber vorher hatte ich schon Moni gefragt, ob sie kommt."

„Ah, und dann hast du dich nicht getraut, Mica zu sagen, dass Moni auch schon kommt." Er lachte und musste sich den Dönerbauch halten. „Ha, ich halt's nicht aus. Das wird ja ein feiner Spaß!"

„Komm doch auch, wenn du Lust hast."

„Das könnte dir so passen, dass ich dir die Kartoffeln aus dem Feuer hole. Also, wenn ich auf eins verzichten kann, dann ist das Mica zu Heiligabend. Vielen Dank auch. Wenn du Nadja eingeladen hättest, wäre das natürlich was anderes."

„Soll ich sie auch noch fragen?"

„Mein Gott, du ziehst ja alle Register. Aber nein, Wolf, tut mir leid, es geht wirklich nicht. Ich verbringe Weihnachten mit meiner Mutter in Minden. Vielleicht könnte ich später am Abend noch mal rumkommen und gucken, ob ihr alle drei noch lebt oder ob einer durch Blicke getötet worden ist."

„Du hast gut lachen."

„Das Süppchen hast du dir selbst eingebrockt. Kannst Mica ja wieder ausladen."

„Du weißt genau, dass ich das weder machen kann noch will. Und bei Moni auch nicht, sie ist ein echter Kumpel."

„Tja, dann Augen zu und durch. Tu einfach so, als sei es eine Überraschung. Weihnachten ist schließlich das Fest der Liebe. Da muss man großzügig sein."

Hetzer legte die Stirn in Falten.

„Wenn dieser Otto übrigens ein naher Verwandter wäre, würde sie doch Heiligabend mit ihm verbringen, so in Familie und so. Aber ich glaube, sie hat niemanden."

„Genau, und deswegen beißt sie auch in den sauren Apfel und fragt dich."

Peter fand, dass dieses Zusammentreffen wirklich eine lustige Sache war und fast bereute er es, nicht irgendwo in einer Ecke Mäuschen sein zu können. Dem Schlagabtausch mit Worten hätte er gerne gelauscht.

Hetzer war überhaupt nicht beruhigt. Er hatte sich Hilfe von Peter erwartet. Eine gute Idee, wie er mit der Situation umgehen konnte. In manchen Dingen war Peter eine echte Frohnatur. Er konnte schon jetzt Micas Gesicht sehen, wenn sie merkte, dass auch Moni da war. Aber wie hätte er es ihr vorher sagen sollen? Die Konsequenz wäre gewesen, dass sie allein zu Hause gesessen hätte. Das wollte er auch nicht. Es war und blieb ein Dilemma, und er war gespannt, wie es ausging.

Er griff zum Telefonhörer und wählte die Nummer der rechtsmedizinischen Abteilung in Stadthagen.

Während die Spurensicherung längst in und um Ottos Garage mit Suchhunden gearbeitet hatte, lag Otto noch im Dämmerzustand in einem Keller, den er nicht kannte.

Die Beamten fanden schließlich mittels Luminol und UV-Licht drei kleine Blutspritzer unter der Schneedecke auf dem Hof seines Grundstücks, gut konserviert. Die Vermutung eines Verbrechens erhärtete sich. Im Labor stellte sich heraus, dass es sich tatsächlich um das Blut des Verschwundenen handelte. Genetisches Material aus seiner Haarbürste war mit dem aus der Einfahrt identisch. In Ottos Wohnung gab es aber keinerlei Einbruchsspuren. Er schien sich auf dem Hof vor seiner Garage in Luft aufgelöst zu haben, samt seines Wagens.

Hetzer hatte sich sofort beim Lesen seines Namens mit den Beamten vor Ort in Verbindung gesetzt.

Ottos Sinne kehrten im Kellerverließ nur langsam und mühsam zurück. Ihm schien alles so fern zu sein. Wo war er? Und warum lag er in diesem schlichten, sterilen Raum in einem Gitterbett? Er versuchte sich aufzurichten, aber wie sollte er über das Gitter kommen, um sich aufzusetzen und die Beine aus dem Bett baumeln zu lassen? Da fiel ihm ein, dass er irgendwo auf einem OP-Tisch gelegen hatte. Hatte er das nur geträumt oder war das Wirklichkeit gewesen? Er schob seine Ärmel hoch. Tatsächlich, da war noch der Einstich der Infusion. Aber weswegen? War er operiert worden? Hatte er sich was gebrochen?

Ihm tat gar nichts weh.

Mit einem Mal wusste er wieder, dass er gar nicht freiwillig hier war. Aber er erinnerte sich nicht mehr, ob er aufgrund eines Unfalles hierher gebracht worden war, in dieses Krankenhaus. Alles sehr seltsam. Und mit diesen Gedanken schlief er wieder ein.

„Rechtsmedizinische Abteilung, Serafin."

„Ah, hallo Frau Serafin, na, neue Erkenntnisse im Fall der Domino-Seniorin?"

„Gut, dass Sie die männliche Form gewählt haben."
Sie lachte. „Hä, das verstehe ich nicht."

„Sie haben Domino-Seniorin gesagt. Domina-Seniorin hätte auch einen ganz anderen Beigeschmack gehabt als Gelee und Marzipan. Aber die Süßigkeit war nicht schuld. Noro-Viren. Die kommen in Heimen öfter vor."

„Ich sehe, Sie lernen schnell und stehen Ihrer Chefin in nichts nach."

„Hier darf man nicht auf den Kopf gefallen sein, Herr Kommissar. Alles intelligente Leute. Ich arbeite noch daran."

„Spaß beiseite. Ist Mica da?"

„Ja, Moment, ich hole sie mal."

Von Ferne hörte er, wie sie nach ihr rief. Es hallte von den Wänden wider. Dann schlurften Gummischuhe herbei.

„So so, erst willst du nicht mit uns sprechen und jetzt rufst du an. Ist dir der direkte Kontakt mit uns zuwider?"

„Nein, Mica. Du bist doof. Wer weidete sich denn da vorhin an den Eingeweiden? Sollten wir auch noch dazwischen herumtapsen?"

„Schön war das nicht. Hätte dir nicht gefallen, Wölfchen, das Fleisch war schon zu alt. Du solltest dich mit jüngerem beschäftigen."

Hetzer rollte mit den Augen. Den Seitenhieb auf Moni hatte er verstanden.

„Hör mal, Mica. Ich habe eine Frage. Kennst du einen Verwandten, der Otto heißt, Otto von der Weiden?"

Schweigen.

„Hallo, Mica!" Er klopfte auf die Muschel. „Hörst du mich noch?"

„Ja." Stille.

„Dann sag doch was!"

Sie atmete laut aus.

„Otto von der Weiden ist mein Vater. Was ist denn mit ihm?"

Jetzt blieben Hetzer die Worte im Hals stecken.

„Oh, Verzeihung, das wusste ich nicht. Das konnte ich ja nicht ahnen", stammelte er.

„Wie solltest du auch."

„Das tut mir leid."

„Was ist denn mit ihm. Ist er tot?"

„Nein, wie kommst du darauf? Aber er ist entführt worden. Hast du ihn denn gar nicht vermisst? Ich dachte, du hast keine Eltern mehr."

„Habe ich auch nicht, auf bestimmte Art. Ich habe keinen Kontakt mehr zu meinem Vater. Seit langer Zeit."

„Ach so, das erklärt die Sache natürlich. Entschuldige die Frage. Habt ihr euch zerstritten?"

„Das ist nicht der richtige Ausdruck. Sagen wir mal, ich habe den Kontakt abgebrochen. Ich hatte meine Gründe."

Hetzer fragte nicht weiter nach. Das ging ihn nichts an.

„Hast du eine Ahnung, wo dein Vater sein könnte? Er ist bereits seit einigen Tagen verschwunden."

„Nein. Wieso hat ihn denn niemand vermisst? Auch nicht eine seiner Bienen?"

„Er hatte Freundinnen? Kennst du die? Der Geschäftsführer seines Auktionshauses hat die Anzeige aufgegeben. Er sollte eigentlich im Urlaub sein. Da kam er nie an."

„Ich kenne seine jetzigen Gespielinnen nicht. Wie gesagt, ich habe seit Jahren nichts mehr mit ihm zu tun. Und er hat es auch niemals probiert, das zu verstehen. Manchmal ist es besser, wenn man sich aus dem Weg geht, als sich über Jahre immer wieder zu verletzen."

„Da hast du recht, Mica. Es tut mir sehr leid. Wenn ich gewusst hätte, dass Otto von der Weiden dein Vater ist, dann hätte ich es dir persönlich gesagt."

„Ist schon ok."

„Eine Sache noch. Du hast doch an den Fällen mitgearbeitet. Wir wissen jetzt, dass er entführt worden ist. Es besteht die Möglichkeit, dass er ein weiteres Opfer unseres Täters ist. Hast du eine Ahnung, wo wir ihn suchen könnten? Die Bückeburger Kollegen haben übrigens eine Verbindung zwischen Sabine Schreiber und Josef Fraas gefunden. Sie werden nur noch nicht ganz schlau aus dem Material. Vielleicht können unsere Graphologen den restlichen Text aus dem Brief wieder rekonstruieren. Wenigstens teilweise, damit sich ein Sinn ergibt."

„Leider kann ich dir nicht sagen, wo mein Vater sein könnte. Er war Chirurg. Ich glaube nicht, dass es eine Verbindung zwischen ihm und der Jugendamtsleiterin oder dem Pfarrer gibt."

„Falls dir doch noch etwas einfällt, auch wenn es das kleinste Detail ist, lass es uns wissen."

„Ja, ist gut."

Sie legte auf.

So kannte er sie gar nicht. So wortkarg und still. Das war eine ganz andere Mica, als die, die er sonst kannte. Er vermutete, dass das Verschwinden ihres Vaters sie doch mehr mitgenommen hatte, als sie sich selbst eingestehen wollte.

Peter hatte das Gespräch mitverfolgt.

„Puh, das konnte ja niemand ahnen, dass das ihr Vater ist, Wolf. Mach dir keine Gedanken."

„Nee, aber blöd ist es trotzdem. Ich hatte auch den Eindruck, dass ich da bei ihr eine Stelle berührt habe, die tabu war. Weißt du, wie ein Tor, durch das man niemanden einlassen will. Sie war auf einmal ein ganz anderer Mensch. Verschlossen, schweigsam und verletzlich."

„Das kann ich mir kaum vorstellen von unserer Frotzologin."

„Hast es ja auch nicht selbst gehört, wie sie war. Ermittlungstechnisch ist sie uns hierbei leider keine große Hilfe. Es bestünde schon seit Jahren kein Kontakt mehr, hat sie mir gesagt. Das müsste man sicherheitshalber mal nachprüfen."

„Schade eigentlich! Sie hätte Licht ins Dunkel bringen können. Aber so wird sie sich auch nicht allzu große Sorgen um ihn machen, so kurz vor Weihnachten."

„Das eine schließt das andere nicht unbedingt aus. Immerhin ist es ihr Vater. So ganz frei kannst du da nicht werden, denke ich."

„Vielleicht nicht. Ich bin zum Glück nicht in der Situation."

Peter ließ den Stift fallen.

„Und egal, was du jetzt noch vorhast, ich mache Feierabend."

„Keine schlechte Idee. Ich bin sowieso noch rekonvaleszent. Da soll man es nicht übertreiben. Schneit es denn noch?"

„Ja, aber es sieht so aus, als würde es weniger."

Eingepackt in dicke Jacken fegten sie ihre Autos vom Schnee frei und machten sich auf den Weg nach Hause.

Hetzer stellte den Ford in die Garage und schloss die hölzerne Flügeltür. Seitdem die Hundeklappe verriegelt worden war, war Gaga tagsüber immer bei Moni. Dort holte er sie lieber sofort ab, damit er sich nicht noch einmal an- und ausziehen musste. Erst jetzt merkte er, wie kaputt er noch war. So eine Grippe steckte man in seinem Alter eben auch nicht mehr so leicht weg. Mit 45 wusste man nicht, ob man den Zenit schon überschritten hatte und ob einem noch einmal dieselbe Zeitspanne zur Verfügung stand. Er klingelte bei Moni. Wie immer war Gaga zuerst an der Tür und fiepte.

„Hallo Wolf, na, war der erste Tag anstrengend?"

„Sieht man mir das an?"

„Lügen wäre jetzt charmanter, aber ich fürchte, das glaubst du mir sowieso nicht. Komm doch rein, es gibt Erbsen- und Möhreneintopf. Ist viel zu viel für mich allein. Zu zweit schmeckt es auch besser."

Ok, ich hole die Jungs noch rüber, dann sind wir komplett."

„Von mir aus."

„War ein Witz!", sagte Hetzer und trat sich die Schuhe ab. Auf der Matte zog er sie aus, streckte seine Zehen in den Selbstgestrickten aus und folgte den beiden. Die Socken waren noch von seiner Oma und wur-

300

den an manchen Stellen langsam dünn, bemerkte er mit Wehmut. Der Tisch war schon gedeckt.

„Setz dich schon, ich stelle eben den Herd noch mal an. Ich wusste ja nicht, wann du Feierabend hast."

Gaga legte sich unter seinen Stuhl und schien seine Nähe zu genießen. Mit den Zehen kraulte er ihren Bauch.

„Du verwöhnst mich aber", sagte er, als sie mit dem dampfenden Topf ins Esszimmer kam. Als sich der Duft in seiner Nase entfaltete, merkte er, wie hungrig er war.

„Lass es dir schmecken!"

„Danke. Guten Appetit."

Der Eintopf war so gut, dass Hetzer noch einmal nachnahm. Er war froh, dass er heute nicht selbst kochen musste. Da konnte er mit einem Buch früh zu Bett gehen und sich ausschlafen. Er schlief gerne, aber er war kein Langschläfer.

„Seid ihr denn schon weitergekommen mit euren Ermittlungen?"

„Stell dir mal vor Moni, es hat sich tatsächlich herausgestellt, dass der Topf und das Kissen von ein und demselben Menschen bei mir abgelegt wurden. Und eine Untersuchung aus dem letzten Fall hat bewiesen, dass es eine Verbindung zum ersten Opfer gibt. Außerdem wurde am Tatort dieselbe DNA gefunden wie an meinen Präsenten."

„Ja, aber das bedeutet doch, dass es der Täter war, der hier bei dir war, wie wir vermutet haben."

„Es sei denn, die Spuren wurden absichtlich gelegt. Dann könnte auch die DNA fingiert gewesen sein."

„Mein Gott, ist das kompliziert."

„Genau und deswegen gehe ich jetzt auch wieder rüber. Ich muss nachdenken. Es gibt einen neuen Ver-

missten und ich fürchte, er ist in den Händen des Mör-
ders. Aber wir haben noch keinerlei konkrete Hinweise. Alle Spuren enden im Nichts."

„Das tut mir leid. Ich verstehe, dass du allein sein
und über die Dinge nachdenken musst. Warte, ich hole
Gagas Leine."

Mit einem Kuss auf die Wange verabschiedete sich
Hetzer von Moni.

Er beschloss, sich zu Hause noch eine Wanne einzulassen. Gerade an so kalten Wintertagen liebte er es,
genüsslich zu baden. Neulich hatte er einen Badezu-
satz mit Kakaoschalen entdeckt, der herrlich nach
Schokolade roch. „Seelentröster" hieß er und genau
das brauchte er jetzt.

Susi hatte versucht zu lauschen, als Vater und Mutter miteinander sprachen. Das tat sie sonst nicht, aber hier ging es ja um sie selbst. Aber die Gesprächsfetzen, die sie aufschnappte, brachten sie nicht weiter. Sie beschloss, am nächsten Tag zu fragen. Doch auch ihr Drängen am frühen Morgen vor der Schule führte zu keinem Ergebnis. Sie solle bis zum Abend warten, erklärten ihr die Eltern, dann würden sie in Ruhe mit ihr sprechen.

Konnten sie denn nicht verstehen, dass sie es kaum noch aushielt? Susi kamen die Stunden bis zum Abend endlos vor. Die Zeit schlich dahin. Wann immer sie auf die Uhr sah, waren die Zeiger kaum vorwärtsgekommen. Sie rief bei Iris an, aber die war nicht da. Mist.

Als endlich das Abendbrot vorbei war, holte Vater tief Luft und sagte:

„Also, Susi, du hast dich bestimmt schon gefragt, was der Arzt gesagt hat."

„Ja, Papa, ihr seid seitdem so komisch. Ich habe Angst."

„Die brauchst du aber nicht zu haben, Kleines. Es ist gar nichts Schlimmes. Du hast da nur ein paar Knoten in der Leiste, die wegmüssen. Das ist ein kleiner Eingriff. In wenigen Tagen bist du wieder zu Hause."

„Also muss ich doch ins Krankenhaus?"

„Ja, aber wie gesagt, nicht lange. Eine Lappalie. Hinterher bekommst du dann noch Tabletten und du wirst sehen, du hast es bald vergessen. Die erste Zeit ist noch ein bisschen Schonung nötig. Also kein Schulsport und dergleichen."

Das störte Susi nicht. Da kam sie ums Duschen mit den anderen Mädchen drum herum.

„Wann soll ich denn ins Krankenhaus?"

„Wir haben Glück gehabt. Prof. Dr. Ansgar Buddensiek, Leiter der gynäkologischen Abteilung im Kreiskrankenhaus Rinteln, hat es möglich gemacht, dass du schon nächste Woche operiert werden kannst. Ich kenne ihn von früher."

„So schnell? Das war doch der Arzt, der mich untersucht hat. Ich mochte ihn nicht."

„Ob du ihn mochtest oder nicht, ist ganz egal. Er ist ein Spezialist auf seinem Gebiet. Ich werde auf dem Gang warten. Und wir wollen keine Zeit verlieren."

Susi schmollte. Das war ihr gar nicht egal, aber wenn Vater in der Nähe war, war sie halbwegs beruhigt. Er würde auf sie aufpassen. Aber insgesamt kam ihr das Ganze komisch vor. Ihre Mutter war seitdem völlig anders zu ihr. Guckte sie manchmal von der Seite an, als sei sie ein komisches Insekt. Hoffentlich würde sich das nach der Operation wieder geben.

Es war ein herrlicher Wintertag. Nadja schlenderte genüsslich durch das verschneite Rinteln. Auf dem
Marktplatz trank sie an einer Bude eine heiße Schokolade, um sich aufzuwärmen. Jetzt, wo die Dämmerung
hereinbrach, wirkten die Fachwerkhäuser im Schein
der Weihnachtsbeleuchtung, als ob die Zeit stehen geblieben war. Nadja versuchte, gedanklich einige Jahrzehnte zurückzugehen und schloss die Augen. Sie versuchte, sich in eine Zeit zu versetzen, in der noch Kut-
schen über den Platz ratterten, aber die Weihnachts-
lieder aus dem 20. Jahrhundert verdarben ihr diesen
Moment. Sie beschloss, über die Enge Straße und die
Riemengasse wieder zur Weserstraße zurückzukehren
und trank ihren Kakao aus. Blieb an einer Ecke stehen
und schloss die Augen. Hier konnte sie sich vorstellen,
wie sich die Kinder vor über hundert Jahren eine
Schneeballschlacht lieferten. An der Geräuschkulisse
hatte sich nichts geändert. Der Schnee machte die Töne
sanft. Im Geiste sah sie einen Mann Kohlen ins Haus
schleppen und müde Mägde trotz des Frostes die
Fenster fürs Weihnachtsfest putzen. Ein Schrei holte
sie in die Wirklichkeit zurück. Ein Schneeball hatte
wohl eine empfindliche Stelle getroffen. Weinend rieb
sich das Mädchen die Stirn, aber es war nichts Schlimmes. Sie setzte ihren Weg fort. Inzwischen war es
schon halb sechs geworden. Sie musste sich beeilen,
wenn Sie noch in die Boutique „Medea" wollte. Ab
und zu belohnte sie sich selbst mit etwas Schönem und
jetzt zu Weihnachten hatte ihr ihre Großmutter Geld
gegeben, aber sie verdiente endlich auch selbst genug.

Die Aussicht, in Stadthagen bleiben zu können, gefiel ihr. Es hatte sie gerührt, dass Prof. Dr. Althaus so lobend über sie gesprochen hatte.

Die Boutique hatte ein ganz besonderes Ambiente. Selbst die Weihnachtsdekoration drängte sich nicht auf. Sie fügte sich harmonisch in das Gesamtgefühl ein, das Nadja immer hatte, wenn sie hier war. Sie fühlte sich einfach wohl. Schließlich wählte sie ein dunkelrotes Kleid von „Mais où est le soleil?". Es hatte einen außergewöhnlichen Schnitt und passte perfekt zu der sündhaft teuren Lederjacke von „muubaa". Ein irres Teil, mittelgrau, handschuhweich mit schrägem Reißverschluss. Und sie passte wie eine zweite Haut. Bei „Medea" wusste man immer, was ihr gefiel. Es war, als hätten sie ein Gespür für ihr Innerstes und wussten, wie sie sein wollte: Ungewöhnlich, extravagant, aber nicht zu auffällig. Mal sehen, wann sich eine passende Gelegenheit ergab, das Ensemble auszuführen.

Zufrieden verließ sie mit ihren Taschen den Laden und schlenderte durch die Fußgängerzone in Richtung Klosterstraße. Dort, wo ehemals Rumbke sein Herrengeschäft hatte, bog sie rechts ab zum Parkplatz. Ihr Wagen war mittlerweile von einer Schneeschicht überzogen. Mit einem Handfeger beseitigte sie das Nötigste und stieg ein.

Morgen würde sie mit Seppi DNA-Spuren untersuchen. Darauf freute sie sich schon jetzt. Es waren spannende Tage in der Rechtsmedizin. Und sie war hungrig. Sie lernte gerne dazu.

„Hallo!" Hört mich denn niemand?"

Otto hatte mehrmals am Tag gerufen. Die Sedierung hatte nachgelassen. Allmählich nahm er die Realität um sich herum wieder wahr wie jeder andere.

Das allerdings war nicht nur von Vorteil. Der Fremde hatte ihm im Schlaf die Hände mit Kabelbindern zusammengebunden. Dabei hätte er so gerne nachgesehen, was mit ihm passiert war. Er spürte ein leichtes Ziehen in der Leistengegend und im Bereich seines Unterleibs. Die Beule am Kopf hatte er schon vorher gespürt. Es konnte sein, dass er einen Unfall gehabt hatte, aber warum dann die Fesseln? Die Gitter am Bett waren heruntergelassen worden. Er erinnerte sich vage, dass das neulich noch anders gewesen war. Da hatte er sich gefühlt wie ein Tiger im Käfig.

Wäre er belesen gewesen, wäre ihm jetzt das Gedicht von Rainer Maria Rilke in den Sinn gekommen.

Vielleicht irrte er sich aber, die Narkose und die Beruhigungsmittel hatten ihn so benommen gemacht. Aber warum waren seine Hände zusammengebunden? Umständlich stand er auf, das Abstützen war schwierig. Er wankte in Richtung Tür und versuchte, die Klinke mit beiden Fäusten herunterzudrücken. Doch die Tür war verschlossen. An das Fenster kam er so auch nicht heran, um Hilfe zu rufen. Wütend schlug er seine Fäuste an die Metalltür. Doch es kam niemand. Runde um Runde irrte er durchs Zimmer. Trotz einigen Ekelns nahm er zwischendurch auf dem Toilettenstuhl Platz, der neben einem Tisch stand. Um die Mittagszeit legte er sich wieder ins Bett. Er war noch zu kaputt und das Gehen strengte ihn an. Es machte auch die Schmerzen schlimmer. Wann kam denn endlich mal jemand? Er hatte Hunger. Doch es stand nur eine Flasche Wasser auf dem Tisch. Man konnte ihn hier doch nicht einfach einsperren, er war schließlich jemand. Nicht so ein dahergelaufener, nutzloser Asozialer. Oder dachte das jemand? Man musste doch schon an der Kleidung gesehen haben, dass er ein Mann mit Rang und Namen war. Herrgott, Sakrament, er hatte die Schnauze voll. Da fiel sein Blick auf eine scharfe Kante an seiner rechten Bettseite. Vielleicht konnte er wenigstens den Kabelbinder losbekommen. Mühsam kniete er sich mit seinen nackten Beinen zwischen die Rollen und bewegte die Hände auf und ab, auf und ab. Eine anstrengende und langwierige Prozedur. Er musste zwischendurch Pause machen. Dann irgendwann – es dämmerte schon – hatte er es geschafft.

Endlich! Die Handgelenke hatten Striemen, aber er war frei. Frei in dem Sinne, dass er sich bewegen und endlich nachsehen konnte, was mit ihm geschehen war.

Vorsichtig hob er das weiße Hemd und wollte es über die Schulter legen, aber es fiel immer wieder nach vorn. Da beschloss er, es kurz ganz auszuziehen. Wo war eigentlich seine Kleidung?

Als er den großen Verband sah, der sich von seinem Schritt aus in Richtung Bauch fortsetzte, wurde ihm mulmig. Es war doch hoffentlich nichts mit seiner Prostata oder seiner Blase? Überall war dieses Klebegewebe, bis auf einen schmalen Streifen in der Mitte. Das Fixomull ging so schlecht ab. Er konnte aber nicht so genau dorthin gucken, weil sein Bauch so dick war. Außerdem musste er schon wieder.

Er fummelte an einer Ecke, bis er ein Stück des weißen Verbandsstoffes in der Hand hielt. Dann holte er tief Luft und riss den Verband ab. Dachte er wenigstens, aber er hielt nur die Hälfte in der Hand und seine Haut brannte. Also noch einmal an der anderen Seite lösen, einatmen und nochmals reißen. Uuuh, das tat furchtbar weh. Er wartete, bis der Schmerz nachließ, und legte sich auf das Bett. So war der Bauch flacher. Aber sehen konnte er immer noch nichts. Vorsichtig fühlte er dort, wo seine Augen nicht hinkamen. Zuerst tastete er sich über die rasierte Haut zu seinem Penis. Penis? Ihm wurde heiß und kalt. Da war inmitten stacheliger Fäden nur ein kleiner Knubbel. Vielleicht so groß wie eine halbe Walnuss. Er fühlte tiefer ins Nichts, das ebenfalls durch Fäden zusammengehalten wurde, und schrie.

Er schrie so laut wie er noch nie geschrien hatte. Konnte es nicht glauben, dass er verstümmelt war. Versehrt. Unfähig. Erniedrigt, abgestempelt und wertlos war er. Was war er denn noch? Ein Nichts, ein Niemand. Er schrie, bis die Kräfte nachließen und das Schreien in ein Weinen überging. Als die Tränen versiegt waren, kam nur noch ein Schluchzen. Wer auch immer ihm das angetan hatte, wusste, was er tat.

Und was ihn jetzt am meisten verstörte, war, dass er gegen seine Natur nicht ankämpfen konnte. Er musste. Er musste jetzt so dringend, dass er es nicht verhindern konnte auszuprobieren, ob er wenigstens noch durch seinen Stummelschwanz pinkeln konnte.

Inzwischen waren es nur noch zwei Tage bis zum Heiligen Abend. Es machte Peter und Wolf ganz verrückt, dass sie keine neuen Erkenntnisse hatten, was das Verschwinden von Otto von der Weiden betraf.

In dessen Wohnung hatte es auch nichts weiter Aufschlussreiches gegeben. Aber Hetzer hatte ein paar entzückende Kinderbilder von Mica in einem Album gesehen, wo sie mit Federschmuck und Pfeil und Bogen im Schneidersitz auf einer Wiese saß. Oder wie sie im Dirndl mit ihrer Schultüte auf dem Schulhof stand. Er war sich sicher, dass das Mica war. Soweit er sich erinnern konnte, hatte sie einmal erwähnt, dass sie ein Einzelkind war.

Doch die Bilder waren das einzig Interessante gewesen.

Hetzer war ganz in Gedanken versunken, als Peter ihn fragte, ob er denn schon einen Schlachtplan fürs Fest hätte.

Das Telefonklingeln ersparte ihm die Antwort. Es war Seppi.

„Hallo Hetzer, bist du's?"

„Ja, erkennst du mich nicht an der Stimme?"

„Ich frage lieber. Und jetzt setz dich!"

„Wieso?"

„Frag nicht, tu's einfach."

„Ok, ich sitze!"

„Stell dir mal vor, was unsere Nadja herausgefunden hat."

„Jetzt mach es doch nicht so spannend."

„Es gibt eine ganz verrückte Übereinstimmung von zwei DNA-Proben. Ich übe doch gerade ein bisschen mit Nadja. Sonst hätten wir die beiden Proben wahrscheinlich überhaupt nicht verglichen."

„Und was für eine Übereinstimmung ist das?"

„Der Täter muss ein Sohn von Otto von der Weiden sein und damit ein Bruder von Mica."

„Sag das noch mal! Warte, ich mache den Lautsprecher an, damit Peter mithören kann."

„Also, Nadja ist eine Übereinstimmung der beiden DNA-Proben aufgefallen. Die von Otto und die Tatortspuren von der Axt. Infolgedessen haben wir einen Abstammungstest gemacht. Man untersucht dabei 15+1 Marker, also fünfzehn unterschiedliche DNA-Regionen. +1 ist das Geschlecht. Jeweils die Hälfte der gemessenen Allele – das sind Erbmerkmale – muss mit denen des Vaters oder der Mutter übereinstimmen. Und das war hier der Fall."

„Dann könnt ihr also mit Sicherheit sagen, dass der Täter beziehungsweise die DNA-Spuren, die wir gefunden haben, von einem Sohn von Otto sein müssen?"

„Absolut!"

„Gut, dass ich sitze."

„Gut, dass wir sitzen", rief Peter dazwischen.

„Hast du Mica schon gefragt, ob sie einen Bruder hat?"

Wolf konnte es immer noch nicht recht fassen.

„Ich wollte erst mal mit dir darüber sprechen. Sie ist nicht gut drauf, seitdem sie weiß, dass ihr Vater verschwunden ist."

„Komisch, ich dachte, sie hat schon seit Jahren keinen Kontakt mehr zu ihm."

„Manchmal holt einen die Vergangenheit wieder ein. Oder es werden alte Wunden aufgerissen. Wir wissen ja nicht, was damals passiert ist und weswegen sie den Kontakt abgebrochen hat", überlegte Seppi laut.

„Vielleicht hatte ja auch er kein Interesse mehr an ihr."

„Kann auch sein."

„Tja, jetzt ist die Frage, wer die Mutter dieses Sohnes ist. Vielleicht bringt uns das weiter. Als ich neulich mit Mica sprach, kam nebenbei heraus, dass er wohl immer wieder wechselnde Freundinnen hatte. Sie kennt sie aber nicht."

„Wenn wir wenigstens wüssten, wie alt der Sohn ist, dann ließe sich die Müttersuche vielleicht eingrenzen. Ansonsten hast du mehrere Altersstufen zur Auswahl. Also, viel Spaß bei der Suche nach der entsprechenden Dame."

Seppi klang amüsiert und müde zugleich.

„Kann man denn anhand der Probe nicht feststellen, wie alt dieser Sohn ist?"

„Lustig, dass du fragst. Gerade erst kürzlich haben zwei niederländische Wissenschaftler eine Möglichkeit entdeckt, wenigstens das ungefähre Alter aus einer DNA-Probe heraus festzustellen. Aber so ganz genau ist das nicht. Es lässt sich auf ein Jahrzehnt eingrenzen. Das nützt uns auch nicht viel. Lebt denn eigentlich Micas Mutter noch? Dann könnten wir wenigstens sie ausschließen."

„Ich weiß nicht genau, da müssten wir Mica fragen. Aber wie, ohne sie noch mehr aus dem Lot zu bringen? Jetzt so kurz vor Weihnachten wäre das ziemlich unsensibel. Es sind nur noch zwei Tage bis Heiligabend." Hetzer rieb sich nachdenklich das Kinn.

„Du bist doch ein schlauer Wolf. Ruf' sie unter einem Vorwand an."

„Genau", hakte Peter ein, „du fragst sie noch irgendwas wegen des gemeinsamen Essens."

312

„Gemeinsames Essen?"

Seppi verstand nicht, was Peter meinte.

„Na, Mica verbringt doch den Heiligen Abend mit unserem Wolf."

„Aha!"

„Nix aha, meine Nachbarin kommt auch."

„Ja, aber dann ist das doch ein guter Plan und vollkommen unverdächtig, sie vor dem Fest noch einmal anzurufen."

„Gut, dann mache ich das eben und melde mich wieder bei dir."

„Bis gleich." Hetzer legte auf.

„Na, das ist ja ein Ding. Ein Bruder von Mica. Wer hätte das gedacht?"

„Wer hätte überhaupt gedacht, dass sie einen Bruder hat? Sie selbst wohl am allerwenigsten. Ich rufe sie jetzt mal an. Ein bisschen scheinheilig komme ich mir aber trotzdem vor, auch wenn es in guter Absicht geschieht."

Wolf nahm das Mobilteil und wählte die Nummer der rechtsmedizinischen Abteilung in Stadthagen.

„Leichenbeschauzentrum Stadthagen."

„Mensch Mica, du hast vielleicht Nerven. Kannst du dich nicht normal melden?"

„Normal kann jeder. Außerdem habe ich doch deine Nummer erkannt, du Schlaumeier. Fuchs ist augenscheinlich nicht dein Vorname."

„Vielen Dank für das Kompliment. Ich wollte dich noch etwas wegen übermorgen fragen."

„Und das wäre?"

„Du hast doch keine Allergien oder Nahrungsmittelunverträglichkeiten auf irgendwelche Zutaten?"

„Nicht, dass ich wüsste. Ich habe nur eine Bienengiftallergie, aber das dürfte zum momentanen Zeitpunkt keine Rolle spielen. Außerdem habe ich in den warmen Monaten immer ein Mittel dabei, das ich mir spritzen kann, wenn mich tatsächlich so ein Vieh stechen sollte."

„Ah, interessant. Ist so etwas eigentlich erblich?"

„Ja, das ist möglich, es muss aber nicht vererbt werden. Meine Mutter hatte auch eine."

„Oh, dann lebt sie nicht mehr?"

„Doch, in gewisser Art und Weise, wieso?"

„Weil du ‚hatte auch eine' gesagt hast."

„Das liegt daran, dass sie in einer geschlossenen Abteilung untergebracht ist. Es ist die Frage, ob man da noch lebt im eigentlichen Sinne. Dahin kommen auf jeden Fall keine Bienen."

„Das tut mir leid. Das wusste ich nicht. Sind denn irgendwelche Geschwister von dir auch betroffen?"

„Das muss dir nicht leid tun, Wolf. Ich weiß nicht mal, ob es mir selbst leid tut. Und, nein, Geschwister habe ich keine. Wenigstens nicht, dass ich wüsste."

„Besuchst du deine Mutter?"

„Selten. Sie erkennt mich nicht immer."

„Das muss hart sein."

„Geht schon. Man gewöhnt sich auch daran. Ich habe übrigens den Rotwein schon gekauft. Ein ganz besonderer Jahrgang und ich bringe noch eine Flasche Cardenale Mendoza mit. Hatten wir schon eine Uhrzeit abgemacht?"

„Ehrlich gesagt, Mica, ich wusste es nicht mehr, darum rufe ich ja unter anderem an."

„Ach so, was wäre dir denn recht?"

„So gegen sechs? Ist doch eine gemütliche Uhrzeit."

„Alles klar, bis dann. Und mach' nicht zu viel Aufwand. Ich bin genügsam."

„Lass dich überraschen!", entfuhr es Hetzer und dabei dachte er an etwas ganz anderes – an Moni.

Wann immer er den Raum betrat, in dem der Vater hauste, vermummte er sich komplett mit Haube, Mundschutz und Handschuhen.

Seitdem der Vater mit dem Elektroschocker Bekanntschaft gemacht hatte, versuchte er auch nicht mehr, den Mann zu überwältigen, der ihn gefangen hielt. Er hatte resigniert. Fürchtete, dass das, was noch kommen könnte, viel schlimmer sein könnte, als das, was er bisher erlebt hatte.

Auf keine seiner Fragen antwortete der Fremde. Er sagte überhaupt nichts. Nur seine anklagenden Augen lasteten auf ihm. Nur warum? Er kannte den Fremden nicht, was sollte er ihm also getan haben?

Wenn das irgendeine Rache sein sollte, dann konnte er sich den Grund nicht erklären.

Der Fremde lächelte nur, versorgte ihn gut mit Getränken und Nahrung und räumte seine Exkremente aus dem Toilettenstuhl fort. Das Pinkeln klappte mittlerweile ganz gut und fast schmerzfrei. Etwas Gefühl hatte er auch schon wieder in der Eichel. Mit ein wenig Glück würde er sich später wenigstens noch einen wichsen können, falls man das bei dem Überbleibsel noch so nennen konnte. Später – ja davon träumte er, auch wenn er verstümmelt war. Denn leben wollte er. Mehr als alles andere.

Hetzer hatte Peter erzählt, was Mica gesagt hatte, und wählte Seppis Durchwahl.

„Hi Seppi, die Mutter lebt noch. Irgendwo in einer geschlossenen Anstalt. Hoffentlich hier in der Nähe."

„Das kriege ich schon raus. So häufig ist der Name von der Weiden zum Glück nicht."

„Wohl nicht. Offizielle Geschwister hat Mica übrigens keine, sagt sie. Parallel erkundigen wir uns bei den Standesämtern hier im Umkreis, ob irgendwo als Vater ein Otto von der Weiden eingetragen ist. Wäre ja auch möglich. Wie schnell haben wir denn wohl ein Ergebnis von euch?"

„Wir besorgen uns die DNA. Du hörst dann wieder von uns. Da Weihnachten so schön arbeitgeberfreundlich liegt, versuche ich, dir noch vor Neujahr Bescheid zu geben."

„Das wäre natürlich superklasse! Vielen Dank. Und falls wir uns nicht mehr hören. Erst einmal ein frohes Fest!"

„Euch auch, da drüben überm Berg. Es sieht ja nach weißen Weihnachten aus. Hoffentlich kommst du überhaupt noch deinen Berg da hinauf. Es soll morgen ein ordentliches Schneegebiet hier durchziehen. Also deck dich schön ein mit Lebensmitteln und Holz. Aber das kannst du ja auch aus dem Wald holen. Im Notfall, meine ich."

„Erstens ist das verboten und zweitens wäre das doch viel zu nass. Aber danke und für euch da drüben auch ein paar schöne Weihnachtstage. Ach, warte mal, mir ist da noch etwas eingefallen."

Plötzlich war Hetzer eine Idee gekommen. Wenn er das mit dem Abstammungsgutachten richtig verstanden hatte, gab es noch eine andere Möglichkeit herauszufinden, ob Micas Mutter auch die Mutter des Täters war, ohne die kranke Frau zu belästigen.

„Sag mal, Seppi, habe ich das richtig verstanden, dass ein Mensch immer die Hälfte des Erbguts vom Vater und von der Mutter hat?"

„Das ist korrekt."

„Ja, dann brauchen wir es ja gar nicht so kompliziert zu machen."

„Was genau meinst du da jetzt?"

„An die DNA der Mutter kommen wir über Mica. Beziehungsweise können wir die des Täters mit der von Mica vergleichen, um auszuschließen, dass es ein echter Bruder ist. Wenn es ein Halbbruder ist, ist es gut möglich, dass sie nichts von ihm weiß. Aber vielleicht verheimlicht uns Mica ja auch etwas, um ihren Bruder zu schützen. Sie könnte von seiner Existenz wissen und uns nichts davon sagen. Auf jeden Fall sparen wir uns Zeit."

„Gute Idee, Wolf, auch wenn ich heute eigentlich keine Lust mehr habe, durch den Schnee zu stapfen und die Proben ins Labor zu bringen. Ich mache es gleich morgen. Dann können sie den Test noch ansetzen, das Ergebnis hätten wir übermorgen. Genug genetisches Material von Mica kann ich auftreiben. Da sie ab und zu bei ihren Leichen übernachtet, hat sie Bürste und Zahnbürste hier. Vielleicht finde ich auch noch ein verschnupftes Taschentuch oder eine Kaffeetasse. Ich muss nur aufpassen, dass sie davon nichts mitbekommt. Sonst ist hier der Teufel los."

„Schon klar. Sag mal, arbeiten die vom Labor denn übermorgen noch?"

„Ja, bis mittags. Könnte noch haarscharf klappen. Ich lasse das Ergebnis ins Institut faxen."

„Super, rufst du mich dann zu Hause an?"

„Eigentlich habe ich Heiligabend frei, aber ich wohne nur ein paar Straßen weiter. Wenn du mich lieb bittest, schaue ich im Institut noch mal vorbei. Das geht aber erst abends, wenn meine Frau zwischen sechs und sieben mit ihrer Mutter in der Christmette ist. Dazu habe ich sowieso keine Lust. Das kostet dich aber eine Flasche Whisky."

„Mensch, das ist toll. Was für einen Whisky trinkst du denn?"

„Pech für dich. Ich trinke nur Glenmorangie Oloroso."

„Das ist mir egal, wir wollen weiterkommen. Vielleicht erreichen wir zwischen den Feiertagen etwas. Der Mistkerl ist immer noch unerkannt und ich fürchte, er hat Micas Vater in seiner Gewalt."

„Ich tue, was ich kann. Auf jeden Fall wünsche ich dir einen ruhigen letzten Arbeitstag morgen und - Nadja ruft gerade von hinten – sie wünscht dir ein frohes Weihnachtsfest. Wir sprechen uns ja noch."

Hetzer legte auf und streckte sich. Er dachte daran, dass er erst einmal Heiligabend hinter sich bringen musste, so oder so. Und er beschloss, auf jeden Fall morgen einzukaufen. Heiligabend war nur Bereitschaftsdienst. Hoffentlich kam es zu keinem Einsatz. Er freute sich auf freie Tage vor dem Ofen mit Gaga und den Katern. Was wohl sein Emil machte? Ob er noch lebte? Wenn er ehrlich war, glaubte er nicht daran. Armer, treuer Emil. Das hatte er nicht verdient. Auch dafür jagte er den Mörder. Er hatte Emil zu einem Opfer gemacht, weil Wolf hinter ihm her war.

Otto saß in seiner Zelle und starrte auf die Uhr. Die immerhin hat er ihm gelassen. Es war Heiligabend, 16 Uhr. Zeit der Bescherungen in den Familien. Er hatte auch einmal eine Familie besessen. Das war lange her.

Jetzt saß er hier, allein, verstümmelt und gefangen genommen von einem Unbekannten, der nicht einmal mit ihm sprach. Er setzte sich jetzt nicht mehr zur Wehr. Anfangs hatte er noch versucht, den Fremden zu überwältigen, aber der hatte einen Elektroschocker dabei. Dieses Gefühl wollte er nicht noch mal erleben.

Er hörte Schritte auf der Treppe. Das war ungewöhnlich. Normalerweise bekam er sein Essen immer erst gegen sechs. Gab es heute doch eine Ausnahme, weil Weihnachten war?

Die Tür ging auf. Der Duft von Linsensuppe drang in seine Nase. Schon wieder Linsensuppe. Am Heiligen Abend? Na ja, wenigstens musste er nicht hungern. Er nahm den Löffel in die Hand und drehte seinem Peiniger den Rücken zu.

„Du wirst bald frei sein."

Otto war verwirrt. Plötzlich sprach der Mann mit ihm.

„Und doch wirst du nie wieder frei sein. So, wie ich, – Vater. Bis heute. Aber heute wird alles anders werden."

Mit diesen Worten fiel die Tür ins Schloss. Der Schlüssel wurde herumgedreht. Zweimal. Dann war Stille.

Jedoch nicht in Otto. In ihm tobte ein Meer von Fragen und das Unverständnis schrie lauthals in seinen Gedanken.

Vater, er hatte Vater gesagt! Dabei hatte er gar keinen Sohn.

Seppi hatte recht gehabt. Am 23. Dezember begann es
zunächst zu regnen, dafür hatte ein kurzfristiger Tem-
peraturanstieg gesorgt. Später war der Regen in
Schnee übergegangen und sämtliche Autos waren mit
einer Schicht wie aus Zuckerguss überzogen. Hetzer
machte gegen 14 Uhr Feierabend und fuhr auf dem
Weg nach Hause an mehreren Supermärkten vorbei.
Als er mit seiner Beute hangaufwärts schlidderte, war
er froh, dass ihn nahezu nichts und niemand mehr
dazu bringen konnte, den Berg wieder zu verlassen –
es sei denn, ein neues Verbrechen geschah. Und das
wollte er nicht hoffen. Es war Weihnachten. Daran
würden sich hoffentlich auch diejenigen halten, die gelegentlich mit der Polizei in Konflikt kamen. Anderer-
seits war natürlich Weihnachten meist ein passender
Zeitpunkt für Beziehungsdramen. Egal, er konnte es
sich sowieso nicht aussuchen. Einfach abwarten.

Wenn es so weiterschneite wie jetzt, war es auch fraglich, ob Mica es überhaupt schaffen konnte, den Weg
von Obernkirchen nach Todenmann zu fahren. Vielleicht kam er um den peinlichen Moment herum, den
beiden Frauen zu erzählen, dass es kein gemütliches
Weihnachtsessen in trauter Zweisamkeit geben würde,
eher eine Ménage à trois. Hetzer schmunzelte bei dem
Gedanken, der ihm jetzt durch den Kopf schoss. Am
Ende würden sich die beiden sogar noch gut verstehen. Obwohl, so recht glaubte er das nicht. Sie waren
einfach zu unterschiedlich in ihrer ganzen Art. Es wäre
vielleicht ganz gut, wenn er Moni schon einmal ein-

weihte. Ob sie wohl verletzt reagieren würde? Dafür gab es eigentlich keinen Grund, dachte er bei sich. Soweit er sich erinnern konnte, hatte er keiner der beiden Damen irgendwelche Hoffnungen gemacht.

Mit Schwung glitt er um die Ecke seiner Einfahrt. Geschafft. Wenn das Schneien nicht aufhörte, würde er morgen auf jeden Fall Schneeketten brauchen, falls er zu einem Einsatz gerufen wurde. Bis er die Kisten in seinen Hauswirtschaftsraum getragen hatte, sah er selbst aus wie ein Schneemann. Er schüttelte sich, klopfte sich ab und öffnete die Garagentüren. Schnell hinein mit dem Wagen. Während er die Garage abschloss, hoffte er, dass die Tür in den nächsten Tagen zubleiben würde. Er hatte ein paar freie Tage nötig. So, jetzt noch schnell Gaga holen, dann konnte er es sich richtig schön gemütlich machen und im Kopf schon mal das Essen für morgen planen.

„Na, endlich frei, Wolf?", fragte Moni mit fröhlichem Lächeln.

„Ja, zum Glück! Übrigens hat sich noch eine Kollegin für morgen eingeladen. Sie ist wohl sonst alleine. Das macht dir doch nichts aus, oder?"

Das Lächeln aus Monis Gesicht verschwand. Sie wirkte nachdenklich.

„Du, es macht mir auch nichts aus, zu Hause zu bleiben, wenn ihr zu zweit sein wollt. Wirklich. Nimm da keine Rücksicht auf mich."

„Bist du verrückt?" Jetzt musste Hetzer aber doch lachen. „Du willst mich allein mit Mica lassen? Mit einer Pathologin? Das kommt überhaupt nicht infrage. Wie gesagt, sie hat sich selbst eingeladen. Ich wäre nicht im Traum auf die Idee gekommen."

„Verstehe", Monis Gesichtszüge entspannten sich, „dann brauchst du also auf jeden Fall meine Hilfe?"

„Und wie!"

„Sie bringt aber doch nichts zu Essen mit, oder?"

„Um Himmels willen. Mir würde jeder Bissen im Hals stecken bleiben."

„Also, dann bis morgen, so um sechs, ja? Den Nachtisch bringe ich dann mit."

„Oh ja, vielen Dank. Bis morgen dann."

Hetzer leinte Gaga nicht an. Hier kam jetzt sowieso niemand vorbei. Die Hündin machte Luftsprünge, hüpfte im Schnee hin und her und versuchte, die Flocken zu fangen.

Es war Winter geworden unter der Frankenburg. Wenn man nirgendwo hinmusste, war das eine feine Sache. Wolf schloss die Hauswirtschaftsraumtür auf und ließ die Hündin ins Haus laufen. Er selbst räumte eben noch die Einkäufe weg.

Jetzt noch schnell einen Korb Holz ins Wohnzimmer getragen, dann konnten die Feiertage kommen. Wenn Hetzer es richtig anstellte, schaffte er es, den Ofen tagelang nicht ausgehen zu lassen. Kurz vor dem Zubettgehen schichtete er daher Braunkohlebriketts auf die Glut und konnte sie am nächsten Morgen wieder entfachen.

Das war auch am 24. Dezember sein erster Weg am frühen Morgen, nachdem er Gaga in den Garten gelassen hatte.

Im Dunkeln kam es ihm so vor, als ob es tatsächlich noch mehr geschneit hatte. Er schob den Rüttelrost auf, entfernte die alte Asche und legte Holz auf den

Glutrest. Kurze Zeit später flackerten die Flammen hinter der Scheibe. Er ließ den Hund wieder ins Haus und kochte sich Kaffee. Croissant oder Brötchen? Die Entscheidung fiel ihm schwer. Wenn er sich ein Ei kochte, war das Brötchen besser. Aber wollte er ein Ei?

Als er endlich am Tisch saß, überlegte er, wann er welche Speise zubereiten wollte, damit nachher alles wie am Schnürchen klappte. Gestern war er nicht mehr dazu gekommen zu planen. Die Müdigkeit hatte ihn irgendwann vor dem Ofen gepackt, als er über eine Soße nachdachte.

Dort lag er dann auch um Mitternacht noch. Er war gerade noch rechtzeitig aufgewacht, um Kohlen ins Feuer zu legen. Dem Nacken hatte das nicht gutgetan. Den spürte er heute noch.

Er beschloss, alles ganz in Ruhe angehen zu lassen. Es war Zeit genug bis zum Abend.

Nach einer ausgedehnten Dusche zog er sich warm an und ging mit Gaga in den Wald. Sie hatte zwar auch Auslauf auf dem Grundstück, aber ein Spaziergang war noch etwas anderes für den Hund.

Es machte Freude, ihr zuzusehen. Sie kontrollierte die Strecke und entfernte sich nicht weit von ihm.

Nach einer Stunde war er froh, dass er wieder ins Warme durfte. Das Gesicht war kalt, die Schuhe nass. Ja, er wusste, dass er sich Stiefel kaufen musste. Das war seine eigene Schuld!

Gegen elf Uhr klingelte das Telefon. Er sah aufs Display. Obernkirchener Vorwahl. Ein Glück, dachte er. Das muss Mica sein. Sie sagt bestimmt ab. Ohne Schneeketten kam man auf keinen Fall mehr zu seinem Haus.

„Hallo Wolf, hast du gesehen, wie das geschneit hat? Wie sieht es denn bei dir auf dem Berg aus?"

„Katastrophe, sag ich dir." Hetzer frohlockte innerlich. Vor seinem geistigen Auge sah er, wie sich seine Sorgen im Wirbel der Kristalle auflösten. „Ohne Schneeketten läuft da gar nichts. Und es hat schon wieder angefangen zu schneien."

„Kein Problem, Schneeketten habe ich im Winter immer dabei, falls ich zu einem Tatort gerufen werde. Ich wollte nur sagen, dass du dir keine Sorgen machen musst. Ich komme, egal, wie das Wetter wird. Genau auf die Minute wird es vielleicht nicht klappen. Aber ich fahre früh genug los. Ach, eins noch. Sag mal, ist irgendetwas mit Seppi los? Der kam mir gestern so komisch vor. Ging mir immer aus dem Weg und sprach kaum mit mir."

„Ich glaube, dem liegen die Feiertage schwer im Magen. Er muss mit Frau und Schwiegermutter in die Kirche."

„Ach so, ja das kann ich verstehen. Ein echtes Problem, aber eins, das sich auf viele Arten lösen ließe. Er sitzt doch an der Quelle."

„Wir wollen nicht weiter darüber nachdenken, wie du das jetzt gemeint hast. So, nun muss ich langsam in die Küche, wenn das heute Abend etwas werden soll."

„Jetzt schon?"

„Na ja, gleich, Gutes braucht seine Zeit."

„Das klingt vielversprechend. Ich freue mich schon, endlich mal deinen Bau kennenzulernen. Bis nachher dann."

Mist, dachte Hetzer bei sich und hatte sofort ein schlechtes Gewissen.

Dabei steckte er doch nur in dieser schwierigen Situation, weil er nicht ‚Nein' sagen konnte. Und er hatte schon jetzt ein komisches Gefühl. Er musste sich dringend etwas einfallen lassen, sonst ging der Abend noch völlig schief.

Doch nach und nach beruhigte ihn das Feuer und er fiel in einen kurzen Mittagsschlaf.

Er wusste nicht, wie er hierhergekommen war. Er stand auf der obersten Plattform des Eiffelturms im Wind. Der schrie in seine Ohren und zerrte an den Streben. Ein Wind, so kalt, dass ihm die Tropfen an der Nase gefroren. Es schneite leicht, in ganz dünnen Flocken. Sie wirkten wie Nebel und wirbelten um das Metall. Der Boden, auf dem der Turm stand, war nicht zu erkennen. Nur die Gestalt vor ihm. Sie trug einen Umhang. Er konnte nicht erkennen, ob es ein Mann oder eine Frau war. Während er sich krampfhaft am Inneren der Plattform festhielt, stand der Mensch im bodenlangen Schwarz viel zu dicht am Rand. Der Umhang flatterte wie ein Segel, das sich losgerissen hatte. Beine konnte er nicht erkennen. Wo waren die Beine? Er kniff die Augen zusammen und sah, dass die Gestalt auf der Brüstung saß.

„Nein! Halt!", schrie er gegen den Wind und ließ die Strebe los. Wollte den Unglücklichen packen und zurückziehen. Doch der Wind hatte anders entschieden. Er schleuderte ihn mit aller Wucht gegen die Balustrade. Gegen den dort sitzenden Rücken. Und noch während er nach ihr griff, um sie zu retten, fiel die Gestalt. Er konnte sich eben noch festhalten, warf sich auf den Boden der Plattform und keuchte vor Angst. Und er fühlte Schuld. Bis ein leichter Duft von Nachtjasmin die Luft zu wärmen schien und er sah, dass sich der Umhang ausbreitete und das Wesen im Schneetreiben davonflog.

Gegen 14 Uhr fing er mit den Vorbereitungen an. Das Kochen entspannte ihn, da war Wolf in seinem Element. Mit den Serviettenknödeln wollte er beginnen, denn sie dauerten am längsten. Er riss die Brötchen vom Vortag klein, vermengte sie mit Ei, Milch und Butter, gab tiefgefrorene Petersilie dazu und formte daraus einen Rolle. Nebenbei ließ er die Tomatensoße leicht einkochen und goss dann und wann ein wenig Rotwein hinein. Anschließend rieb er die Zucchini klein und dünstete sie in Butter.

Dabei hatte er genug Zeit zum Nachdenken. Er überlegte, ob er Mica gleich an der Tür reinen Wein einschenken sollte. Nein, das war nicht so gut, sie könnte womöglich gleich wieder kehrtmachen. Er könnte so tun, als ob es ein riesiger Zufall war. Aber das war unfair Moni gegenüber. Am Ende beschloss er, einfach gar nichts zu sagen. Sie hatte sich selbst eingeladen und er war ihr zu keiner Rechenschaft verpflichtet. Sie hätte auch fragen können, aber sie hatte augenscheinlich auch keinen Gedanken daran verschwendet, dass er schon jemanden eingeladen haben könnte.

Zwischendurch deckte er den Tisch. Dekorierte liebevoll kleine Tannenzweige aus dem Garten rund um die Teller. Dazwischen standen kleine Gläser mit Teelichtern, die er jetzt anzündete. Er war zufrieden, es sah sehr stimmungsvoll aus. Gegen Viertel nach fünf ließ er die Serviettenknödel ins kochende Wasser gleiten. Eine halbe Stunde noch, dann musste der Lachs in den Ofen. Er hatte eine herrliche halbe Lachsseite bekommen, die er mit selbst gewürztem Öl bestrich und auf dem Blech gar werden ließ. Die Damen würden Augen machen. In der Zwischenzeit holte er die Marmorplatte aus dem Schrank. Sie war rund und ließ sich auf dem Sockel drehen. Den Käse konnte er ruhig schon aus dem Kühlschrank nehmen und drapieren, damit er Zimmertemperatur bekam.

Dass Moni der erste Gast war, konnte er zwar nicht am Klingeln erkennen, aber an Gagas Verhalten. Sie fiepte und wedelte an der Tür, als Hetzer öffnete.

„Frohe Weihnachten, Wolf, und dir auch, Gaga!", sagte sie sanft und küsste Hetzer auf die Wange. „Den Knochen gebe ich ihr dann mal drüben! Aber für dich habe ich auch noch etwas."

„Du hast doch schon ein Dessert gemacht, Moni, das reicht doch."

„Nein, ich dachte, dass du das hier noch dringend gebrauchen könntest."

Sie drückte ihm ein kleines Päckchen in die Hand. Doch noch bevor Wolf nachschauen konnte, was sich darin befand, sprang Gaga bellend zur Tür, und schon klingelte es. Moni zog den Hund am Halsband von der Tür weg und befahl ihr, sich in den Korb zu legen.

„Hi Mica, bist du gut hier heraufgekommen? Los rein mit dir. Hier drin ist es warm."

„Mensch, Mensch, das war wirklich abenteuerlich, aber ich bin bis jetzt noch überall hingekommen. Wo ist denn dein Hund? Der hat doch eben noch gebellt."

Sie zog ihre Stiefel aus, gab Hetzer den Mantel und schlüpfte in die Socken, die sie sich mitgebracht hatte. Aus ihrem Rucksack holte sie zwei Flaschen Wein und einen Kasten belgische Trüffel und sagte: „Falls wir nachher noch Lust auf etwas Süßes haben." Dabei zwinkerte sie leicht. Hetzer wurde ganz anders. Er hatte sich nicht geirrt, in letzter Zeit etwas Anzügliches aus ihren Worten herausgehört zu haben. Das konnte ja heiter werden.

„So, jetzt komm erst mal rein."

Er ging um die Ecke ins Esszimmer.

„Moni kennst du ja schon vom Hörensagen. Ich schlage vor, wir werden jetzt gar nicht zu förmlich. Moni, das ist Mica."

Obwohl Hetzer den Eindruck hatte, dass Micas Gesicht auf einmal leer geworden war, schien sie sich gut im Griff zu haben. Freundlich begrüßte sie Moni und nahm Platz. Aber sie war etwas stiller als sonst. Das würde sich hoffentlich im Laufe des Abends noch geben.

„Meine Damen", sagte er, „Sie müssen mich jetzt für einen Augenblick entschuldigen, damit ich Sie verwöhnen kann."

In der Küche schnitt er die Serviettenknödel in Scheiben, füllte das Zucchinimousse in eine Schüssel und gab den Lachs auf eine lange Platte.

„Sollen wir dir helfen?"

„Nein, danke, ihr müsst sitzen bleiben. Dieser Abend ist ein Geschenk an euch und darum dürft ihr gar nichts machen – außer essen!"

Als endlich alles auf dem Tisch stand und er einen Chardonnay in die Gläser gegossen hatte, nahm auch Wolf Platz.

„Hmm, ganz köstlich", sagte Mica nach einer Weile. Sie schien zu ihrer alten Form zurückzufinden. „Und vor allem gibt es kein Fleisch."

„Ach", fragte Moni, „isst du auch keins?"

„Ehrlich gesagt, habe ich von Berufs wegen ein etwas gespaltenes Verhältnis zu Muskelfasern."

„Ähäm, können wir das Thema wechseln, Mica?"

„Keine Angst, ich wollte nicht weiter ausholen. Hatte ich doch auch versprochen, falls du dich erinnern kannst."

„Kann ich." Er griff nach der Flasche und schenkte nach.

„Dann arbeitet ihr eng zusammen bei euren Kriminalfällen?"

„In gewisser Weise", erklärte Wolf, „ohne die Rechtsmedizin läuft heute gar nichts. Manchmal klären wir sogar mit Micas Hilfe Fälle auf, die viele Jahre zurückliegen. Sie ist ein echtes Ass auf ihrem Gebiet."

„Jetzt lob mich mal nicht so. Sagen wir, es ist ein Zusammenspiel aus Denken, Wissen, Kombinationsgabe und Intuition."

„Wie viel, meint ihr, spielt euer Bauchgefühl eine Rolle?", fragte Moni interessiert.

„Schwer zu sagen." Mica zuckte mit den Schultern.

„Bei Wolf ziemlich viel, würde ich meinen. Er träumt sogar manches vorher oder parallel zu den Ereignissen."

„Vielleicht hört er auch Stimmen und spricht mit Geistern? Komm, Wolf, gib's zu. So erklärt sich deine hohe Aufklärungsquote."

Alle drei lachten.

Hetzer war erleichtert. Zwar hatte er unterschwellig das Gefühl, dass die Freundlichkeit der beiden Damen untereinander mehr Fassade war, aber so war es immerhin einfacher. Moni war eine gute Freundin. Über Micas Absichten war er sich seit kurzem nicht mehr so recht im Klaren.

„Also, der Lachs war wirklich lecker! Peter hat nicht zu viel versprochen."

„Stimmt", Moni bestätigte das Lob, „aber auch diese Knödel sind himmlisch gewesen."

Hetzer legte die Serviette auf den Tisch und stand auf.

„Das freut mich. Es sollte auch ein ganz besonderer Abend werden. Ich hole dann mal das Dessert. Das hat Moni für uns gemacht."

In diesem Augenblick klingelte das Telefon. Das musste Seppi sein. Am besten ging er in die Küche und von dort in den Hauswirtschaftsraum. Da war er ungestört. Mica musste ja nicht mitkriegen, was Seppi über ihren Bruder herausgefunden hatte.

„Entschuldigt mich bitte einen Moment. Bestimmt irgendwelche Verwandtschaft."

„Schon gut, geh nur. Wir kommen schon klar!", rief ihm Mica hinterher.

Hetzer nutzte die Gelegenheit und schlüpfte durch die Küchentür in den Hauswirtschaftsraum.

„Hetzer."

„Hallo Wolf, Seppi hier, wie versprochen." Er klang irgendwie seltsam. So niedergeschlagen.

„Na, hast du etwas herausgefunden? Gibt es eine andere Mutter?"

„Nein!"

„Wie, nein?"

„Die Mütter sind identisch."

„Wie kann das sein? Ein älterer Bruder, von dem Mica nichts weiß?"

„Nein, das nicht."

„Mensch, jetzt lass dir doch nicht jedes Wort aus der Nase ziehen. Du bist doch sonst nicht so auf den Mund gefallen."

„In diesem Fall schon. Ich muss die Info selbst erst noch verarbeiten. Ist Mica in der Nähe?"

„Nein, sie sitzt mit Moni am Esstisch. Wir hatten gerade leckeren Lachs."

„Das ist gut so. Also, pass auf. Was ich dir jetzt sage, ist so unglaublich, dass wir nicht darauf kommen konnten. Die DNA von Mica stimmt mit der des Täters überein."

„Also ein Zwilling von Mica?"

„Hetzer, du verstehst mich nicht. Selbst bei eineiigen Zwillingen kann es Unterschiede in der DNA geben. Aber hier haben wir männliche DNA. Identisch mit der von Mica. Micas DNA ist männlich."

Hetzer lachte. „Seppi, du bist vielleicht bescheuert. Das kann nicht sein."

„Das kann sehr wohl sein und es gibt auch keinen Zweifel, weil wir unterschiedliche Proben von den Gegenständen genommen haben, die nur Mica benutzt hat. Irrtum ausgeschlossen."

„Mensch, wir kennen doch Mica. Sie ist kein Mann. Sie sieht auch nicht wie einer aus."

„Das stimmt schon, Wolf, aber es gibt mehr Geschlechter als die beiden, die du kennst."

„Sprichst du von Transsexuellen oder Transgendern?"

„Nein, ich spreche von Intersexuellen, dem dritten Geschlecht. Wir hatten doch neulich von den Hermaphroditen gesprochen. Ich habe mich anschließend weiter informiert. Das Thema ist spannend. Ich vermute, dass unsere Mica zu den XY-Frauen gehört."

„Willst du mir damit sagen, dass Mica unser Täter ist? Dass sie diese ganzen Menschen verstümmelt und umgebracht hat? Dass sie ihren Vater gefangen hält? Weißt du, in welcher Situation ich mich gerade befinde? Sie sitzt bei mir am Weihnachtstisch, als Freund. Ich kann das nicht glauben."

„Ist schon klar, ich verstehe dich. Aber ich irre mich nicht. Ich hätte auch schon eher angerufen, aber ich konnte es selbst nicht glauben. Da habe ich Nadja gebeten, sich durch den Schnee nach Stadthagen zu quälen. Ich wollte ganz sicher sein. Warte, ich gebe sie dir mal."

„Tut mir leid, Herr Hetzer, aber der Befund ist wirklich eindeutig. Wir haben uns hier eben noch mal schlaugemacht. Frau Dr. von der Weiden hat wahrscheinlich CAIS oder eine besonders ausgeprägte Form von PAIS. Genetisch muss sie als Junge auf die Welt gekommen sein, mit dem Erscheinungsbild eines Mädchens. Das wird lange Jahre niemand gemerkt haben. Diese „Jungen" können ihre eigenen männlichen Hormone nicht verwerten, darum bildet sich kein richtiger Penis aus. Eventuell zeigt sich eine etwas vergrößerte Klitoris. Die Hoden bleiben in den Leistenbeugen oder im Bauchraum stecken. Die Sache fällt erst in der Pubertät auf, weil diese Menschen keine Gebärmutter und Eierstöcke ausbilden. Es gibt daher keine Menstruation. Schamhaare wachsen diesen Menschen ebenfalls nicht, weil das Testosteron nicht verarbeitet werden kann."

„Das ist ja unglaublich."

„So unglaublich auch wieder nicht. Jeder 2.000ste Mensch wird auf irgendeine Art intersexuell geboren. Viele bemerken es nie oder es wird totgeschwiegen. Früher sind diese genetisch männlichen Mädchen dann während oder nach der Pubertät operiert worden. Man entfernte ihnen die Hoden, oft ohne deren Wissen, und gab weibliche Hormone, damit sich eine Brust entwickelte. Bei vielen ist später auch noch die Scheide vergrößert worden, da sie bei einer XY-Frau oft zu klein und zu kurz ist, da sie blind endet."

„Das ist alles ein bisschen viel auf einmal. Mensch, wie sollen wir denn jetzt damit umgehen?"

„Warten Sie, ich gebe Ihnen Seppi wieder."

„Wolf, wir müssen handeln. Ich weiß, wie schwer das ist. Sie ist immerhin auch meine Kollegin und ich mag sie. Vorstellen kann ich mir das auch nicht, dass sie so etwas getan hat, aber bei der Lebensgeschichte, die sie hinter sich hat, ist es nicht auszuschließen, dass sie Menschen kastriert hat. Das ist immerhin genau das, was man auch mit ihr gemacht hat."

„Da hast du recht. Hier fügt sich das Bild zusammen. Im Schmerz des eigenen Schicksals. Was für ein Leben."

„Ja, aber das gibt ihr nicht das Recht, Gleiches mit Gleichem zu vergelten. Ich bin gespannt, was die Opfer mit ihr zu tun hatten, warum sie genau diese Menschen ausgewählt hat."

„Ich bin gespannt, was sie sagt. Aber wie soll ich mich denn jetzt verhalten? Hoffentlich merkt mir niemand etwas an. Mit dem Lügen habe ich so meine Probleme."

„Du sollst nicht lügen, nur schauspielern. Ich rufe jetzt die Kollegen an. Sie müssten dann bald bei dir sein."

„Sag ihnen, sie sollen Schneeketten aufziehen. Sonst kommen sie hier nicht hoch. Und ohne Tamtam. Alles ganz leise ... Ich gehe jetzt zurück ins Esszimmer. Meine Güte, ich bin schon viel zu lange weg, fast eine Viertelstunde."

Als Wolf zum Esstisch zurückkam, saß nur Moni dort.

„Na, wo ist denn Mica abgeblieben? Habt ihr euch nicht gut unterhalten?"

„Doch, doch Wolf. Sie ist sich das Näschen pudern gegangen. Aber du kennst mich doch. Ich könnte mich auch mit Westerwelle unterhalten, ohne dass der merken würde, dass ich ihn für untragbar halte."

„Dann schließe ich aus deinen Worten, dass du Mica nicht magst?" Hetzer sprach im Flüsterton weiter.

„Das kann man gar nicht so sagen", antwortete Moni leise, „sie ist intelligent. Sie ist witzig, aber irgendetwas stimmt nicht an ihr. Sie ist nicht authentisch. Schwer zu beschreiben, was ich meine. Es ist so, als ob sie eine Rolle spielt. Aber lass uns jetzt von etwas anderem reden. Sie wird gleich wiederkommen."

„Wie lange ist sie denn schon im Bad?"

„Ungefähr fünf Minuten. Bevor du wiedergekommen bist, ist sie aufs Gäste-WC gegangen. Ich kann ja mal nachsehen. Vielleicht ist ihr schlecht geworden?"

Moni stand auf und ging in den Windfang. Dort ging es links ins WC und rechts in den Hauswirtschaftsraum. Sie klopfte an die Tür.

„Mica, ist alles in Ordnung? Geht es Ihnen nicht gut?"

Aber es kam keine Antwort. Inzwischen stand schon Wolf hinter ihr. Er drückte die Klinke – abgeschlossen.

„Mica!", rief er und hämmerte an der Tür. Als keine Reaktion kam, sagte er zu Moni, sie solle ein Stück zurückgehen und warf sich mit aller Wucht gegen das Holz. Es knirschte leicht, aber die Tür gab nicht nach.

„Guck mal, Wolf, ihr Rucksack ist weg und ihre Jacke auch. Und hier liegen die Socken. Sie scheint gegangen zu sein, ohne sich zu verabschieden."

Mit einem Mal wurde Hetzer von Panik ergriffen. Sie musste dem Telefongespräch gelauscht haben. Dann wusste sie also Bescheid und war abgehauen.

Moni schien seine Unruhe zu spüren, sagte aber kein Wort, als Hetzer sich seine Winterjacke anzog und den Schal umband. Entschlossen ging sie ins Wohnzimmer und kam mit einem Päckchen zurück. Das Papier hatte sie schon aufgerissen.

„Hier, setz die auf und nimm den Hund mit. Pass auf dich auf!"

„Die Kollegen werden gleich da sein. Sag ihnen, sie sollen meinen Fußspuren folgen."

„Es schneit aber immer noch. Hoffentlich finden sie dich."

„Hoffentlich finde ich Mica!"

Mit diesen Worten war er aus der Tür. Sie hörte, dass er sich Sorgen um Mica machte. Gerne hätte sie gefragt, was geschehen war, aber sie hatte gefühlt, dass dafür keine Zeit war.

Wolf Hetzer folgte den Spuren, die in Richtung der Gaststätte „Waldkater" führten. Was hatte sie nur vor? Wohin sollte sie fliehen bei diesem Wetter? Ihr musste doch klar sein, dass das aussichtslos war. Selbst wenn sie sich dort ein Taxi bestellte, würde es ewig dauern, bis es da war.

Der „Waldkater" lag ruhig und verschneit in den ersten Bäumen am Hang. Hier stand Hetzer und wusste nicht weiter. Gedämpftes Licht, das aus den Fenstern drang, beleuchtete viele Fußspuren. Wohin war sie gegangen? Seine Nachfrage im Restaurant führte ihn nicht weiter. Hier war keine einzelne Frau mit Rucksack gewesen. Sie würde doch bei diesem Wetter nicht weiter in den Wald gegangen sein? Oder doch? Und wenn ja, wohin?

Da fiel ihm sein Traum wieder ein. Was, wenn sie unterwegs war zum Klippenturm? Er mochte am liebsten gar nicht darüber nachdenken und schaltete seine Taschenlampe wieder an.

Mühsam kletterte er im Schnee bergauf. Oberhalb des „Waldkaters" begann der steile Weg zum Luhdener Klippenturm. Und hier war auch eine ziemlich frische Spur im Schnee. Man konnte sie trotz des heftigen Schneefalls noch gut erkennen.

Er hatte recht gehabt, seine Intuition hatte ihn richtig geleitet.

Gaga sprang durch den Schnee. Für sie war es einfach ein Spaziergang, aber Hetzer hatte Angst. Angst um Mica. Er fragte sich, warum? Wenn das alles stimmte, was Seppi und Nadja gesagt hatten, dann war sie ein Monster und Opfer zugleich. Er hatte keine Ahnung, wie sie jetzt reagieren würde. Sie musste wissen, dass er hinter ihr her war, wenn sie das Gespräch durch die Tür belauscht hatte.

So versunken in seinen Gedanken, hatte er nicht darauf geachtet, dass die Spur auf einmal nicht mehr da und sein Hund zurückgeblieben war.

Der Schlag, der ihn traf, hätte ihn schwerer verletzt, wenn er nicht die Fellmütze aufgehabt hatte, die Moni ihm gerade geschenkt hatte. So verlor er nur kurz das Bewusstsein, während eine Beule auf seinem Kopf wuchs. Gagas Bellen riss ihn ins Dasein zurück. Er rieb sich den Schädel und stand auf. Von jetzt an musste er vorsichtiger sein.

Das letzte, steile Stück zum Klippenturm nahm er Gaga an die Leine und ließ sie „Fuß" gehen. Noch waren die Fußspuren vor ihm. Frisch. Mica konnte noch nicht lange hier vorbeigekommen sein. Zum Glück hatte es aufgehört zu schneien. Der Himmel riss auf und der nicht mehr ganz volle Mond senkte sein geisterhaftes Licht auf den Turm. Vor Wolf lagen die Holzbänke, auf denen es sich im Sommer gemütlich sitzen und ins Tal schauen ließ. Weiter hinten, unter der Überdachung, sah es so aus, als säße dort jemand. Er hob die Taschenlampe und leuchtete.

„Mica, bist du da?"

„Geh weg, Wolf! Du wirst mich nicht kriegen. Ich bin dir immer einen Schritt voraus." Sie lachte. „Wie seid ihr auf mich gekommen?"

„Wenn du deinen Vater nicht entführt hättest, säßen wir jetzt gemütlich bei unserer Käseplatte und dem Châteauneuf."

„Ah so?"

„Ja, Nadja hat mehr oder weniger zufällig eine Übereinstimmung der DNA deines Vaters mit der DNA der Tatorte gefunden. Wir tippten, dass du einen Bruder haben müsstest, weil es männliche DNA war."

Mica lachte erneut, aber ihr Lachen klang bitter.

„Interessant, aber wieso habt ihr meine DNA untersucht?"

„Wir wollten wissen, ob der Täter dein Halbbruder ist oder ob er eine andere Mutter hat. Aber wir wollten deine Mutter nicht damit belasten. Es hätte sonst jemand zu ihr ins Heim fahren müssen, um ihre DNA zu besorgen. Da hatte ich die Idee, die Täter-DNA mit deiner zu vergleichen. Wenn sie sich unterschieden hätten in der Hälfte der DNA, hätten wir Bescheid gewusst, dass es zwei unterschiedliche Mütter gibt."

„So habt ihr jetzt auch Bescheid gewusst. Nein, komm nicht näher!"

Wolf hatte versucht, ganz langsam immer weiter in Micas Richtung zu gehen.

„Mica, was hast du da am Arm?"

Er leuchtete mit der Taschenlampe in ihre Armbeuge.

„Das ist eine Butterflykanüle und das hier eine Spritze. Am besten, du kommst nicht näher."

„Mica, bitte, zieh das Ding wieder raus. Was soll das?" „Es wird mir einen mehr oder weniger angenehmen Tod bescheren. Heute ist doch Heiligabend, oder nicht? Da gibt es eine Bescherung."

„Mach das nicht, Mica. Wir finden eine Lösung. Glaub mir!"

„Leeres Psychologengeschwätz. Die einzige Lösung, die es für mich gibt, ist hier in der Spritze. Hältst du mich für so dumm? Glaubst du, ich wüsste nicht, dass ich ins Gefängnis muss oder in die geschlossene Abteilung? In welches würdet ihr mich denn stecken? In das für Männlein oder Weiblein? Ich bin nichts von beidem."

„Ist das der Grund, warum diese Menschen sterben mussten?"

„Menschen? Das waren Ungeheuer. Der Pfarrer, für den es nur schwarz oder weiß gab, Benno – Vaters Freund, der ihm geraten hat, mich Missgeburt operieren zu lassen. Die vom Jugendamt, die den anderen nach dem Mund geredet hat. Sie haben über mich bestimmt, ihre Zustimmung oder ihren Rat zu meiner Kastration gegeben. Mit welchem Recht? Ich habe nicht einmal gewusst, was mit mir passiert. Mir haben sie erzählt, ich hätte Knoten, die entfernt werden müssten. Und ich habe ihnen geglaubt. Dabei haben sie mich zu einem Nichts gemacht. Und mich später mit Hormonen vollgepumpt, weil ich Brüste kriegen sollte, damit es niemandem auffiel."

„Das ist wirklich ganz schlimm, Mica, aber du hattest auch nicht das Recht, selbst Justiz zu spielen. Gerade du nicht."

„Was verstehst du denn schon davon? Du hättest es nicht mal bemerkt, wenn du mit mir geschlafen hättest. Viermal haben sie mich operiert und ständig geweitet, damit ich wenigstens Sex haben kann. Hättest du dich – dies alles wissend – mit mir eingelassen?"

Hetzer schwieg, er überlegte, aber eine ehrliche Antwort war schwer. Er wusste es nicht.

„Siehst du!", sagte sie und nahm die Spritze in die Hand.

„Nein, Mica, tu das nicht. Was ist da überhaupt drin?"

„Bienengift. Für mich in der Dosis auf jeden Fall tödlich."

Hetzer zog sein Handy aus der Tasche und wählte 112.

„Hetzer, Kripo Rinteln, einen Krankenwagen, bitte schnell, es ist dringend, zum Luhdener Klippenturm. Starke Bienengiftallergie."

„Sie sind sich schon sicher, was sie sagen? Wir haben Winter."

„Keine Diskussion. Ein Rettungswagen, sofort."

Mica begann zu summen und spielte mit der Spritze. Hetzer tat einen Schritt vor.

„Vergiss es, Wölfchen. Wir wären ein schönes Paar gewesen. Hätten gemeinsam jagen können. Aber ich gehe in keinen Käfig. Bis dein Rettungswagen hier ist, bin ich nicht mehr zu retten. Wenn ich schon nicht in Würde leben konnte, lass mich bitte wenigstens in Würde sterben. Das ist mein letzter Wunsch!"

Mit diesen Worten drückte sie den Kolben in die Spritze und lehnte sich zurück.

Hetzer band die Hündin am Zaun fest und rannte zu Mica.

„Keine Panik, mein grauer Geselle, es wird sehr schnell gehen. Das Jucken hat schon begonnen."

Als sie begann, nach Luft zu schnappen und sich zu übergeben, nahm er sie in die Arme. Sie wehrte sich nicht.

„Das hättest ... du ... schon mal ... früher ... tun sollen ..."

Schweiß stand ihr auf der Stirn, sie sackte in sich zusammen.

„Mica, komm, nicht aufgeben!"

Er riss sich die Jacke vom Körper, wickelte sie um Mica und legte sie auf den Boden. Auf seine Mütze bettete er ihren Kopf, die Beine hoch auf die Sitzfläche der Bank, auf der sie gerade noch gesessen hatte. Ihre Augen waren vor Angst geweitet. Von Ferne hörte er jetzt das Martinshorn. Sie waren unterwegs. Er streichelte die kalte Wange, auf einmal schloss sie die Augen.

In diesem Moment traf ihn der Schein von zwei Taschenlampen. Dickmann und Hofmann, die sofort auf Seppis Notruf reagiert hatten, rannten so schnell sie konnten durch den Schnee auf ihn zu.

„Los, zieht eure Jacken aus, wir müssen sie warmhalten. Sie hat einen Schock. Hat sich selbst Bienengift gespritzt. Sie ist hochallergisch."

Als sich der Krankenwagen trotz der Schneeketten mühsam um die letzte Ecke zum Turm quälte, froren drei Kommissare in der Nacht, die eigentlich eine heilige sein sollte.

Glücklicherweise lag die Butterflykanüle noch und war sogar durchgängig, sodass der Notarzt sofort einen Zugang zu ihrer Vene hatte. Jede Sekunde war entscheidend. Micas Blutdruck war aber bereits so stark abgefallen, dass er sich nicht zu einer Aussage hinreißen ließ. Während der Rettungswagen vorsichtig wieder bergab fuhr, versuchten zwei Menschen das Leben von Mica zu retten.

Inzwischen hatte Seppi dafür gesorgt, dass Micas Vater aus dem Keller in Obernkirchen befreit wurde. Und endlich waren auch zwei Streifenwagen auf dem Turmgelände angekommen. Sie luden Hetzers Hündin und die schlotternden Kommissare ein, die trotz ihrer Jacken immer noch froren. Hetzers Jacke musste gewaschen werden. Er hatte sich in eine Decke gehüllt. Die Beule unter der Fellmütze meldete sich pochend.

Zu Hause nahm Moni ihm die Jacke mit spitzen Fingern ab und stopfte sie in die Waschmaschine. Sie fragte nichts. War nur froh, dass er wieder da war. Gaga wedelte und legte sich vor den Ofen.

„Möchtest du vielleicht dein Dessert?"

„Ja, das wäre lieb."

Das war das Einzige, was er sagte. Zu sehr war er mit sich und seinen Gedanken beschäftigt. Er aß fast mechanisch und hätte später nicht mehr sagen können, was es gewesen war.

„Ich glaube, ich muss noch mal ins Krankenhaus", sagte er irgendwann in die Stille.

„Ist gut. Soll ich warten, bis du wiederkommst?"

„Das kann ich nicht erwarten. Ich habe dir eh schon das Fest verdorben."

„Es war immerhin weniger einsam als zu Hause, wegen der Kater."

„Dann bleib doch noch. Ich weiß aber nicht, wann ich wiederkomme."

„Möchtest du, dass dann jemand da ist?"

„Ich weiß es nicht."

Mit Lederjacke, Schal und Mütze – darüber freute sich Moni – stapfte Hetzer zur Garage. Mist, er musste erst den Schneeschieber aus dem Schuppen holen. So bekam er die Türen gar nicht auf.

Der Wagen sprang sofort an und arbeitete sich mit den Schneeketten langsam bergab. Es lohnte sich nicht, sie für das kurze Stück Straße abzumontieren. Denn auch dort lag eine geschlossene Schneedecke. Außerdem musste er später auch wieder bergauf.

Gisela wachte wieder auf. Otto war endlich gekommen.

„Sieh nur, da ist sie, unsere Susi. Ist sie nicht süß. Ich möchte sie Susanne Michaela nennen."

„Sie ist zauberhaft, die Kleine. Ich habe sie durch die Scheibe des Säuglingzimmers gesehen. Die Schwester hat sie mir gezeigt. Die Namen, die du dir überlegt hast, sind wunderschön, aber wir sollten sie nach meiner Mutter Mechthild benennen und die anderen Namen anfügen. Das sind wir ihr und unserem alt-ehrwürdigen Familiennamen schuldig. Wir können sie ja Susi rufen."

Otto nahm auf dem Stuhl neben dem Bett Platz und streichelte die Wangen seiner Frau.

345

Mica lag auf der Intensivstation. Zahlreiche Schläuche führten zu ihrem Körper und von dort wieder weg. Hetzer hatte sich umziehen müssen und saß nun an ihrem Bett. Sie läge im Koma, hatten die Ärzte gesagt, und es sei ungewiss, ob sie die Nacht überleben würde. Der Schockzustand hatte wichtige Organe nicht mehr richtig versorgt. Es war auch fraglich, ob ihr Gehirn noch genug Sauerstoff bekommen hatte.

Wolf nahm ihre Hand und streichelte sie. Wahrscheinlich würde sie das gar nicht mitbekommen, aber vielleicht löste es wenigstens ein wohliges Gefühl aus. Niemand konnte das mit Sicherheit sagen.

Wenn sie nun ein Pflegefall würde, hätte sich ihr letzter Wunsch nicht erfüllt, dachte Hetzer. Sie hatte in Würde sterben wollen. Nicht dahinvegetieren. Vielleicht eine schlimmere Strafe als das Gefängnis oder die geschlossene Anstalt, aber sie würde es nicht merken.

Leise stand er auf. „Frohe Weihnachten, Mica. Du wirst mir fehlen", flüsterte er und streichelte zum Abschied ihre Wange. Auf dem Flur nickte er den Schwestern zu, die ihren 24. Dezember wohl auch lieber anders verbracht hätten. Als er total erschöpft zu Hause ankam, war es bereits nach Mitternacht. Der erste Weihnachtstag war angebrochen. Noch im Auto stellte er sein Handy aus und beeilte sich, ins Haus zu kommen.

Moni war noch da. Sie schlief auf dem Sofa zwischen den Katern. Auch das Feuer glomm nur noch müde hinter der Scheibe. Er war froh, dass sie da war.

Nun konnte es Weihnachten werden unter der Frankenburg.

Im Verlag CW Niemeyer bereits erschienen ...

Wo ist Sophie? Seit Wochen ist die Siebenjährige aus Hannover verschwunden. Spurlos. Alle Ermitt- lungen führen ins Leere. Mit jedem Tag
schwindet ein Stück Hoffnung dahin, dass die Kleine noch lebend gefunden werden kann. Als am Strand von Neuharlingersiel ein erschrecken-
der Fund gemacht wird, scheint alles verloren. Hauptkommissar Wolf
Hetzer reist an die Nordseeküste.

Nané Lénard. SchattenGrab
328 Seiten. Paperback. ISBN 978-3-8271-9422-0
E-Book 978-3-8271-9643-9 (Pdf)
        978-3-8271-9843-3 (Epub)

Krimis finden Sie unter ...
www.niemeyer-buch.de

Im Verlag CW Niemeyer bereits erschienen ...

Eine Frau hängt am Pranger der Petzer Kirche. Ihr wurde die Kehle
durchgeschnitten, aber es findet sich kein Blut. Es zeigt den Kommissaren Wolf Hetzer und Peter Kruse, dass sie es mit einem brutalen Mörder
zu tun haben. Dass eine Frau gleichzeitg Drohbotschaften erhält, erfahren
sie zu spät. Aber wer kann wissen, ob es sich um denselben Täter handelt
oder jemand die Gelegenheit nutzt, sich einen unliebsamen Menschen
vom Hals zu schaffen.

Nané Lénard. SchattenTod
320 Seiten. Paperback. ISBN 978-3-8271-9415-2
E-Book 978-3-8271-9618-7 (Pdf)
        978-3-8271-9818-1 (Epub)

Krimis finden Sie unter ...

Im Verlag CW Niemeyer bereits erschienen ...

Eine Frau verschwindet. Von ihr werden blutverklebte Haarbüschel und ein Fetzen ihrer Kleidung gefunden. Ist sie ermordet worden oder gibt es noch Hoffnung? Die bekannten Kommissare Wolf Hetzer und Peter Kruse ziehen alle Register ihres kriminalistischen Könnens, um die Frau lebend finden zu können. Stundenlange Ermittlungen im Umfeld des Opfers bringen nach und nach grausame Details ans Licht.

Nané Lénard. SchattenGift
352 Seiten. Paperback. ISBN 978-3-8271-9412-1
E-Book   978-3-8271-9612-5 (Pdf)
            978-3-8271-9812-9 (Epub)
Hörbuch   978-3-8271-9700-9

www.niemeyer-buch.de

Im Verlag CW Niemeyer bereits erschienen ...

Wer ist die mysteriöse Tote auf dem Gelände der alten Frankenburg?
Und warum findet die Rechtsmedizin merkwürdige Flecke auf ihrem Rücken? Und was hat es mit den Kindern des Mondes auf sich? Das bekannte Ermittlerduo Wolf Hetzer und Peter Kruse tappt noch völlig im
Dunklen, während im Wald das Grauen lauert. Spät, viel zu spät hat
Hetzer eine Ahnung des Bösen, das sich nicht greifen lässt. Es führt ihn
an den Abgrund
seines Verstandes.

Nané Lénard. SchattenWolf
368 Seiten. Paperback. ISBN 978-3-8271-9407-7
E-Book 978-3-8271-9608-8 (Pdf)
        978-3-8271-9808-2 (Epub)

Krimis finden Sie unter ...

Im Verlag CW Niemeyer bereits erschienen ...

Wem gehört die Hand, die vertrocknet aus der Entengrütze des Hexen-
teiches ragt? Wer ist der Serienmörder, der seine Opfer mit einem Draht
vom Leben ins Jenseits befördert? Diese und andere spannende Fragen
stellen sich Hauptkommissar Wolf Hetzer, seine Kollegen in anderen
Städten. Oft geschehen böse Taten im Schatten des Alltags und niemand
kommt auf die Idee, dass eine arme Seele noch leben könnte, wenn sie
denn gehört worden wäre.

Nané Lénard. KurzKrimis und andere SchattenSeiten
288 Seiten. Paperback. ISBN 978-3-8271-9419-0
E-Book 978-3-8271-9630-9 (Pdf)
        978-3-8271-9830-3 (Epub)

Krimis finden Sie unter ...